# Rennsteig-Schwalben

Klaus Jäger wurde 1960 in Meiningen geboren und ist in einem Bücherhaushalt aufgewachsen. Nach Abitur und einer Ausbildung zum Eisenbahner war er Berufssoldat und studierte u. a. Journalismus. Seit der Wende ist er hauptberuflich als Journalist und Redakteur bei Thüringens größter Tageszeitung tätig. Der Krimi »Rennsteig-Schwalben« ist Jägers fünfter Roman.
www.klaus-jaeger.info

KLAUS JÄGER

# Rennsteig-Schwalben

THÜRINGEN KRIMI

emons:

**Bibliografische Information der Deutschen Nationalbibliothek**
Die Deutsche Nationalbibliothek verzeichnet diese Publikation in der Deutschen Nationalbibliografie; detaillierte bibliografische Daten sind im Internet über http://dnb.d-nb.de abrufbar.

MIX
Papier aus verantwortungsvollen Quellen
FSC® C083411


Umschlagmotiv: photocase.com/Francesca Schellhaas
Umschlaggestaltung: Tobias Doetsch
Gestaltung Innenteil: César Satz & Grafik GmbH, Köln
Lektorat: Dr. Marion Heister
Druck und Bindung: CPI – Clausen & Bosse, Leck
Printed in Germany 2015
ISBN 978-3-95451-686-5
Thüringen Krimi
Originalausgabe

*Nichts ist trauriger als eine Frau,*
*die sich aus anderen Gründen auszieht*
*als für die Liebe.*

Juliette Gréco

# 1

Ein bisschen sah sie aus wie die Queen. Der Rock ihres himmelblauen Kostüms bedeckte züchtig die Knie, über dem angewinkelten Unterarm hing akkurat eine cremefarbene Handtasche von beachtlichem Volumen. Ein Hut mit einem Hauch von Schleier am Rand saß ein wenig schräg, ja fast keck auf ihrem Kopf. Als sie die drei Stufen erreichte, die in das Bankgebäude führten, blickte sie achtsam zu Boden, als fürchtete sie, die erste zu verfehlen. Doch dazu kam es nicht mehr.

Mit gesenktem Oberkörper stürmte ein bulliger Mann aus der Tür und rammte die Queen brutal mit der Schulter, sodass sie geradewegs in die Arme der Zivilpolizistin flog, die neben dem Eingang stand. Auch ihr Kollege, drei, vier Meter daneben, war von der plötzlichen Flucht so überrascht, dass er sich dem Mann nicht mal mehr in den Weg stellen konnte. Und die Uniformierten, die gerade aus einem Transporter sprangen, kamen ohnehin zu spät.

Der Flüchtende trug über seiner Hose ein weißes Hemd, dessen Knöpfe am Bauch spannten, hielt eine schwarze Schreibmappe fest an den Körper gepresst und rannte in einem Tempo, das man ihm aufgrund seiner Leibesfülle gar nicht zugetraut hätte, in die nächste Seitengasse.

Die Queen machte »Huch« und »Hach«, ehe sie sich berappelte und auch ohne die stützenden Hände der Polizistin von alleine stehen konnte. Dann verschaffte sie ihrer Empörung Luft.

»Also hören Sie mal!«, rief sie.

Der Angesprochene indes konnte sie längst nicht mehr hören. Und die Polizisten, die der Transporter ausgespuckt hatte, rammelten alle in die Gasse, alle dem Mann mit der Schreibmappe und dem ihn verfolgenden Zivilpolizisten hinterher.

Beide hatten das hintere Ende der kleinen Straße erreicht.

»Bleiben Sie stehen!«, brüllte der Zivilpolizist. Und wenig später, schon ganz atemlos, noch einmal: »Stehen bleiben, Polizei!« Er war wesentlich jünger als der Fliehende, und er war besser trainiert. Aber er hatte die kürzeren Beine. Dennoch schien er den Vorsprung verkürzen zu können. Als er nach links um die nächste Ecke rannte, prallte er jedoch mit einem Pärchen zusammen, dessen Einkaufstüten übers Pflaster schlitterten. Und während das Stakkato der Polizeistiefel hinter ihm immer näher kam, gewann der Flüchtende wieder wertvollen Boden für sich.

Doch am Ende, so wusste der Polizist, würden sie den Mann erwischen. Der Verfolgte schleppte zu viel Gewicht mit sich herum, und der Überraschungseffekt war verpufft. Als der Beamte die Verfolgung wieder aufnahm, verschwendete er einen winzigen Augenblick an den Gedanken, per Funk andere Kräfte aus einer anderen Richtung herbeizurufen. Doch das wäre alles verschenkte Zeit.

Ein zweites Mal bog der Mann nach links ab. Nun hielt er wieder auf den Boulevard zu, der als schmucke Ladenstraße den Platz der Demokratie nach Westen hin verlängerte. Dort im Gewühl würde das Wettrennen für alle Beteiligten schwieriger werden. Die ersten Jungs der Polizeibereitschaft überholten ihn. Klar, die waren noch mal zehn Jahre jünger, und sie waren auf solche Situationen vorbereitet.

Wenig später tauchte der Flüchtende wieder ins gleißende Sonnenlicht der breiten Einkaufsstraße, doch da war seine Flucht auch gleich vorbei. Die Straßenbahn war schon fast an ihm vorüber, als der Fahrer den Knopf der Klingel bediente, die schrill die Passanten warnte. In vollem Lauf knallte der Kerl vor den ersten Wagen der Bahn, konnte noch die Hände heben, aber eben nicht mehr verhindern, dass er zur Seite stürzte.

Er rappelte sich behände wieder hoch und wollte seine Flucht in östlicher Richtung fortsetzen – in die Richtung, aus der er gekommen war. Doch er stolperte mehr, als dass er rannte, als ihn der erste Polizist am Ärmel des Hemdes zu fassen bekam. Noch einmal konnte er sich losreißen, da war auch schon der zweite Uniformierte zur Stelle und stieß ihn so in den Rücken, dass er strauchelte. Noch im Stolpern drehte sich der Bursche um, ließ seine Schreibmappe fallen und versetzte dem Polizisten aus der Drehung einen langen Schwinger vor den Oberkörper, sodass dieser zu Fall kam.

Und dann waren sie auch schon über ihm. Zwei, nein drei Mann stürzten sich auf ihn. Er schlug um sich und traf mit seiner Faust einen so hart, dass dem sofort die Haut über der Augenbraue platzte und Blut über das Gesicht lief. Der nun endlich von den Polizisten Überwältigte brüllte, einer der Beamten drückte ihm einen Unterarm auf den Hals, andere bekamen die Arme des Überwältigten zu fassen, einer griff nach den Handschellen an seinem Gürtel und dann, endlich, endlich, drehten sie ihm die Arme auf den Rücken, und es machte hörbar klick.

Mit roher Gewalt zerrten sie den Mann wieder auf die Beine. Dessen Hemd war inzwischen aus der Hose gerutscht, ein paar Knöpfe waren abgerissen, sodass ein stattlicher behaarter Bauch herausragte. Doch plötzlich drehte der Mann die Augen nach oben, das Weiße darin wurde sichtbar, und er sackte zusammen.

»Hehehe«, rief einer der Polizisten, er konnte das Gewicht des erschlaffenden Körpers kaum noch halten. Um die Uniformierten und den nun offenbar Bewusstlosen hatte sich sofort eine Traube von Menschen gebildet. Sie gafften. Einer der Polizisten legte zwei Finger an den Hals des Mannes. Sein Kollege blickte ihn fragend an, und er schüttelte den Kopf.

»Ein Arzt«, rief er den Umstehenden zu. »Ist hier ein Arzt unter Ihnen?«

Einer drückte auf ein Mikrofon, das ihm in Brusthöhe auf der Uniform baumelte, und sprach rasche und präzise Anweisungen hinein. Ein weiterer Transporter der Polizei rollte auf den Boulevard, ließ kurz seine Sirene aufjaulen, woraufhin die Gaffer eine kleine Gasse bildeten. Mehrere Uniformierte sprangen heraus, einer drängte die Menschenmenge ein wenig zurück, ein anderer begann, rot-weißes Trassierband zu ziehen, um den Zuschauern eine Grenze aufzuzeigen.

»Zurücktreten. Gehen Sie doch bitte zurück.«

»Ist er tot?«, wollte einer der Passanten wissen.

Zwei Polizisten beugten sich jetzt über den leblos am Boden Liegenden. Einer in normaler Uniform, der andere in der martialisch anmutenden Montur der Bereitschaftstruppe. Dem Mann wurde das Hemd aufgerissen, einer fühlte wieder nach dem Herzschlag. Der andere hob seinen Hals etwas an, sodass das Kinn richtig nach oben kam, und begann mit einer Mund-zu-Mund-Beatmung. Dann nickte er seinem Kollegen zu, der sich mit zwei Händen auf den Brustkorb des Verletzten stützte, gerade dort, wo die Rippenbögen am Brustbein zusammenliefen.

»Mach das nicht so zaghaft, du musst richtig zudrücken. Und schneller«, forderte der, der sich um die Beatmung kümmerte.

»Ich brech dem doch nicht die Rippen«, gab der andere empört zurück.

»Scheiß auf die Rippen, der kratzt uns hier ab. Los, noch mal«, feuerte ihn sein Kollege an.

Mit durchdringendem Jaulen bahnte sich ein Rettungswagen den Weg durch die Fußgängerzone. Zwei Männer in weißen Hosen und mit dem roten Kreuz auf den kurzärmeligen Hemden stürzten sich auf den Leblosen. Sie prüften Puls und Atmung, bevor sie die gleichen Rettungsversuche wie die Polizisten unternahmen.

Nicht einmal eine Minute verging, dann tauchte in einem größeren Kombi ein Notarzt am Schauplatz des Geschehens auf. Er klappte einen großen schwarzen Koffer neben dem bewusstlosen Mann auf, sprach kurz mit den Rettungssanitätern. Mit schnellen und präzisen Handgriffen holte er eine Spritze aus den Tiefen des Koffers, zog eine Ampulle aus einem Gummiband im Deckel, stieß die Injektionsnadel hinein und zog mit dem Kolben die Flüssigkeit ins Innere. Dann rammte er dem Bewusstlosen die Spritze mitten in den Brustkorb.

Und wartete.

Schließlich schüttelte er den Kopf, ging zu seinem Einsatzfahrzeug und holte ein Klemmbrett mit einem Formular. Einer der Rettungssanitäter brachte eine goldfarbene Rettungsfolie und breitete sie über Gesicht und Oberkörper des Mannes. Unter den Zuschauern gab es ein Gemurmel.

***

Eine knappe Viertelstunde später kam Peter Hartmann den Boulevard herunterspaziert. Der Reporter der Riedburger Rundschau hielt sein Arbeitsbuch in der Hand und ließ sich

Zeit. Selbst wenn er langsam ging, würde er noch rechtzeitig zu seinem Termin kommen. Im barocken Prunkbau der Sparkasse schloss deren Vorstand medienwirksam eine Rahmenvereinbarung mit dem Verein Riedburger Kinderhilfe ab. Dabei wollten die Sparkassenfuzzis die Designerin Tasha Bazooka, gerne als »Stardesignerin« hochstilisiert, weil sie sich ihr Rüstzeug für den Beruf in London geholt hatte, zur »Botschafterin« der Kinderhilfe ernennen. Ein Termin, der normalerweise nicht zum Alltagsgeschäft von Hartmann gehörte, der sich als Polizeireporter der Rundschau in den letzten Jahren einen geradezu legendären Ruf erarbeitet hatte. Aber nicht alles im Leben eines Journalisten ist spektakulär, und da er der Landesredaktion zugeordnet war, musste er sich auch den ganz banalen Dingen widmen. Wie etwa Pressekonferenzen der Sparkasse.

Als er die Menschenansammlung und den Rettungswagen vor der Volksbuchhandlung sah, dämmerte ihm schon, dass es heute möglicherweise doch eine andere Geschichte als die von vertragsunterzeichnenden Schlipsträgern geben würde. Er schob sich bis zum rot-weißen Absperrband und sah die Bescherung: Augenscheinlich war ein Passant auf offener Straße zusammengebrochen und einem Infarkt oder Ähnlichem erlegen. Also nichts für die Öffentlichkeit.

Dachte er, drehte sich um und wollte sich wieder auf den Weg machen, als ein dunkler Opel mit Magnetblaulicht auf dem Dach direkt vor ihm stoppte. Spätestens als er Kriminalhauptkommissarin Steffi Schmaerse auf dem Beifahrersitz erkannte, wusste er, dass er den Termin mit den Sparkassenfuzzis sausen lassen würde, Stardesignerin hin oder her.

# 2

Steffi Schmaerse leitete seit vielen Jahren das Dezernat für höchstpersönliche Rechtsgüter in der Landespolizeiinspektion Riedburg, das Dezernat, das der Volksmund gerne als Mordkommission bezeichnet. Sie hatte schon die Augen verdreht, als man sie vor einer Viertelstunde über den Tod des Mannes informierte.

Jetzt verleierte sie die Augen erneut: Sie konnte noch nicht einmal den Tatort in Augenschein nehmen, da stellte sich ihr Peter Hartmann beinahe in den Weg. Hartmann, der Polizeireporter der Rundschau. Wie hatte der schon wieder Wind von der Sache bekommen? Das war ja geradezu unheimlich.

Eines Tages erwische ich dich beim Abhören des Polizeifunks, dachte sie grimmig, während sie ihn mit einem strahlenden Lächeln bedachte.

»Herr Hartmann, Sie schon wieder vor mir da. Irgendwann dreht das Lokalfernsehen mit uns beiden noch einmal die Geschichte vom Hasen und vom Igel.«

Hartmann grinste.

»Die schönste Kommissarin der Warschauer Vertragsstaaten, sieh an«, begrüßte er sie wie eine alte Bekannte. »Können Sie mir schon etwas sagen?«

»Bitte!«, fauchte sie ihn an. »Sie sehen doch, dass ich eben erst eingetroffen bin.«

»Aber sicher nicht zufällig«, stichelte er.

»Sie gestatten«, sagte sie und schob sich an ihm vorbei, ohne noch ein weiteres Wort zu sagen.

***

In Hartmanns Gesicht stahl sich ein kleines ironisches Lächeln, während er sie passieren ließ. Er folgte ihr in respektvollem Abstand und hielt derweil die Ohren offen. Noch immer begafften die Riedburger mit unverschämter Neugier den Leichnam, obwohl es inzwischen kaum noch etwas zu sehen gab. Die Absperrung war aber auch viel zu eng gezogen – die nächsten Umstehenden waren höchstens fünf oder sechs Meter vom Schauplatz des Geschehens entfernt.

Ein Polizist in Uniform und mit den vier silbernen Sternen eines Hauptkommissars stand dicht bei Schmaerse und redete vertraulich auf sie ein. Sie nickte, ab und an machte sie eine kurze Bemerkung. Dann hob einer der Polizisten die Folie an, und die Ermittlerin kniete sich neben den Toten. Ein »Ah« und »Oh« ging durch die Reihen.

Als ob es ein besonders erstrebenswertes Erlebnis wäre, eine Leiche zu sehen, dachte Hartmann mit einem Anflug von Verachtung. Er hasste Gaffer. Eine junge Frau hielt einem vielleicht sechs Jahre alten Jungen die Augen zu. Warum sie in Begleitung des Kindes überhaupt erst stehen geblieben war, blieb Hartmann unbegreiflich.

»Was ist denn eigentlich passiert‹?«, wollte eine Frau hinter ihm wissen. »Haben die den erschossen?«

»Nein«, antwortete bedächtig ein älterer Herr, der trotz der warmen Strahlen der Frühjahrssonne noch eine Strickjacke über seinem Hemd trug. »Da ist ein Mann einfach auf der Straße zusammengebrochen.«

»Klar.« Ein Mittvierziger tippte sich an die Stirn. »Deswegen ist auch ein Überfallkommando hier.« Er wies mit dem Finger schräg nach vorn. »Dort stehen die Jungs noch.«

Der Ältere schnappte zweimal mit dem Mund, bedachte dann den Jüngeren mit einem empörten Gesichtsausdruck und schwieg.

Hartmanns Blick folgte dem Fingerzeig, und in der Tat: Neben zwei blau-weißen Sixpacks stand eine Gruppe Bereitschaftspolizisten in Einsatzuniform herum. Offensichtlich also kein harmloser Unfall auf offener Straße.

»Na und, haben die den nun erschossen oder nicht?«, wollte die Frau nun direkt von dem anderen Mann wissen.

»Erschossen nicht, aber irgendeine Waffe muss da im Spiel gewesen sein«, sagte dieser. Er genoss es sichtlich, plötzlich im Mittelpunkt zu stehen.

Die Folie lag inzwischen wieder über dem Toten, und die

Polizisten standen in kleinen Grüppchen herum, sprachen miteinander, telefonierten oder fummelten an ihren Sprechfunkgeräten. Neben einem der Rettungswagen wurde die Kopfwunde eines Polizisten versorgt – irgendwas am Ohr oder gleich darüber.

»Was soll das für eine Waffe gewesen sein, hä?«, fragte ein jüngerer Mann dazwischen.

»Ein Messer oder so was«, fiel dem Wichtigtuer plötzlich ein. »Der jetzt tot ist, hatte plötzlich ein Messer gezogen.«

»Ja, der eine Polizist ist ja auch offenbar verletzt«, sagte die Frau wieder und wies auf den Rettungswagen.

»Das war eine Verfolgungsjagd«, sagte ein Mann hinter Hartmann. Sofort drehten sich die Menschen zu ihm um. »Der Mann ist aus der Geno-Bank gerannt. Ich hab das genau gesehen, ich war nämlich gegenüber im Café.«

Plötzlich redeten alle durcheinander. Ob er eine Maske aufhatte, wollte der eine wissen. Ob das ein Banküberfall war. Ob es eine Schießerei gegeben hatte.

»Das mit der Bank stimmt«, rief ein anderer. »Ich habe ihn flüchten sehen, der hatte so eine dicke Mappe in der Hand.«

»Da war bestimmt die Pistole drin.«

Hartmann überlegte. Da könnte etwas Wahres dran sein. Vor ein paar Jahren gab es eine Reihe von Banküberfällen, fast immer in Sparkassen, bei denen der Bankräuber ausgesucht höflich auftrat, am Zahlschalter lediglich eine Schreibmappe aufschlug, in der deutlich sichtbar eine Pistole lag. In ganz Deutschland verstreut waren die Tatorte. Am Ende hatte das BKA nach dem Täter gefahndet. Ob der hier sein unrühmliches Ende gefunden hatte?

»Die Mappe haben die gleich weggeräumt«, wollte einer gesehen haben.

Und wieder schnatterten alle durcheinander.

Hartmann schob sich langsam vor zur Absperrung. Dort passierte ohnehin nichts Spannendes mehr. Er hielt einem der Polizisten seinen Presseausweis vor die Nase.

»Hartmann, Rundschau«, sagte er. »Ich würde gerne mit Frau Schmaerse sprechen.«

Der Polizist nickte unsicher, Hartmann überstieg ungefragt das Absperrband und steuerte auf die Kommissarin zu.

Die sah es, beschied ihm mit einer Geste, zu warten, und redete weiter mit dem Sternenträger, offenbar dem Einsatzleiter vor Ort.

»… muss ja gleich kommen«, sagte dieser und blickte auf die Uhr. »Ist eigentlich schon überfällig.«

Hartmann spitzte die Ohren.

Kurz darauf wandte sich die Kommissarin ihm zu. Die Sticheleien waren vergessen, sie wirkte hoch konzentriert.

»Also viel kann ich Ihnen wirklich noch nicht sagen«, fing sie an. »Sie werden dann von Herrn Rattmann per Mail alles bekommen.«

»Ich bitte Sie, Frau Schmaerse«, sagte Hartmann, sich mühsam zurückhaltend, »wenn ich schon vor Ort bin …«

Sie machte eine ausladende Geste mit der Hand. »Na bitte«, sagte sie. »Hier haben Sie den Platz des Geschehens, hier können Sie alles sehen, das ist sicher mehr, als Ihre Kollegen in der Presseerklärung haben werden.«

»Ach kommen Sie schon«, drängte er. »Ich will ja nicht den Namen haben. Aber ein bisschen Butter bei die Fische wäre schon nicht schlecht.«

Sie seufzte hörbar.

»Also schön, eine Kurzfassung.«

Hartmann lächelte. Schmaerse sammelte sich einen Augenblick und ließ dabei noch einmal den Blick über den Schauplatz schweifen.

»Bei dem Toten handelt es sich um einen mit drei Haftbefehlen Gesuchten. Wir wussten, dass er sich in Riedburg aufhält. Seine Festnahme war geplant.«

Hartmann wartete ein paar Sekunden, ob noch etwas käme, doch die Kommissarin schaute ihn nur an.

»Ähm, das kann aber noch nicht alles gewesen sein.«

Schmaerse grinste. »Es ist nie alles, was ich Ihnen sage, das wissen Sie doch.«

Hartmann grinste zurück. »Ein hübscher Satz. Darf ich den so zitieren?« Dann wurde er wieder ernst und startete einen weiteren Versuch.

»Was ist mit dem Banküberfall? Was ist mit der Verfolgungsjagd? Wenn ich das ohnehin später von Rattmann bekomme, können Sie es mir auch gleich hier sagen.«

»Banküberfall?«, fragte die Kommissarin. »Da wissen Sie aber mehr als die Polizei. Und was die Verfolgungsjagd anbetrifft … Nun ja. Die Festnahme des Gesuchten verlief im Gewühl der Menschen nicht ganz so, wie wir das geplant hatten. Das umschreiben Sie aber bitte so, dass wir nicht als Deppen dastehen.«

»Wenn Sie mir noch sagen, wie es wirklich geplant war.«

»Das können Sie aber auch nicht schreiben. Ich sage es Ihnen nur, damit Sie es verstehen, okay?«

»Hm«, brummte Hartmann.

»Der Zugriff sollte an einem ruhigen Ort stattfinden. Aber dann hat eine Zivilbeamtin ihn gesehen und Alarm geschlagen. Wir hatten Angst, dass er die Polizistin erkennt und abtaucht. Also hat der Einsatzleiter den sofortigen Zugriff angeordnet. Daher die Verfolgungsjagd.«

Hartmann blinzelte in die Sonne. Überzeugend klang es nicht, was ihm die Chefermittlerin hier auftischen wollte.

»Und Sie sind sicher, dass Sie mir hier keinen Bären aufbinden?«

»Wie könnte ich?« Sie legte mit treuherzigem Augenaufschlag die Hand aufs Herz.

Hartmann glaubte ihr kein Wort.

»Na schön«, brummte er. »Aber wehe, ich erfahre nachher von Rattmann, dass es doch ein Bankraub war. Oder ein verhinderter Bankraub.«

»Steffi!« Der Einsatzleiter rief sie.

»Moment«, sagte Schmaerse zu Hartmann und ging zu dem Uniformierten. Die Zahl der Schaulustigen hatte sich erheblich verringert, als die Leute merkten, dass hier nichts Spektakuläres mehr geschehen würde.

Der Einsatzleiter und Schmaerse waren nicht weit genug weg, als dass Hartmann nicht Teile des Dialoges hören konnte.

»Rückert hat sich per Handy gemeldet«, sagte der Einsatzleiter.

»Ich hoffe, er hatte einen guten Grund, sich vom Einsatzort zu verpissen«, fauchte Schmaerse ungewohnt giftig.

»Ihm war übel geworden, und er suchte dringend eine Toilette.«

»Unglaublich«, sagte Schmaerse. »Und wann taucht er wieder hier auf?«

»Gar nicht. Er hat sich krankgemeldet.«

»Also wirklich!« Die Ermittlerin wurde lauter. »Ihm ist aber schon klar, dass er einer der wichtigsten Zeugen hier ist?«

»Ich hab es ihm noch mal gesagt.«

Schmaerse wandte sich ab und stapfte wieder zu Hartmann.

»Wer ist Rückert?«, wollte dieser wissen.

»Ach, unwichtig«, sagte sie, offenbar noch immer leicht verärgert. »Einer der Polizisten hier, der hat sich einfach verkrümelt, weil ihm schlecht war.«

Hartmann verlor sofort das Interesse an diesem Detail. Er schlug sein Arbeitsbuch wieder auf.

»Wie geht es nun weiter?«

Steffi Schmaerse zuckte mit den Schultern. Sie wirkte unkonzentriert und abwesend. Langsam rollte ein Leichenwagen mit eingeschalteter Warnblinkanlage auf die Menschengruppe zu. Die Polizisten schufen eine Gasse.

»Wie soll es schon weitergehen? Wir ermitteln. Die Staatsanwaltschaft leitet ein Todesursachen-Ermittlungsverfahren ein. Der Bestatter hier fährt das Opfer jetzt in die Rechtsmedizin. Das ist alles Routine, Sie kennen die Verfahren.«

Hartmann kritzelte etwas in sein Buch.

»Und fragen Sie mich ja nicht nach der möglichen Todesursache«, setzte Schmaerse scharf nach. »Sie wissen, dass ich dazu weder etwas sagen will noch kann.«

»Wovon gehen Sie aus?«

»Netter Versuch. Wovon gehen Sie denn aus?«

»Nach dem, was die Leute hier reden, von einem plötzlichen Herztod infolge der Aufregung, des Stresses, was weiß ich.«

»Sie entschuldigen.« Schmaerse ging zu dem silbernen Leichenwagen und redete mit einem der beiden Angestellten, die gerade einen schmucklosen Unfallsarg von der Schiene im Inneren zogen.

Die Gaffer reckten die Hälse.

Der Einsatzleiter gab ein paar Anweisungen. Wenn der Leichnam, der wie ein bedrohlicher Fremdkörper auf dem Trottoir lag, erst im Wagen sein würde, dachte Hartmann, dann würde sich die grausige Szenerie entspannen. Auch die Kriminalistin hatte nichts mehr für ihn.

»Wie gesagt, Sie kennen die Prozedur.« Und über die Schulter schon, während sie ihrem Wagen zustrebte: »Schönen Tag noch, Herr Hartmann.«

»Ja, ja«, murmelte der.

# 3

War Steffi Schmaerses Schreibtisch erst einmal aufgeräumt, begann die Anspannung des Tages allmählich zu weichen.

Morgens, beim Betreten der Dienststelle, da stapelten sich Mappen mit Fällen und Berichten auf dem Tisch, die Post wollte bearbeitet und beantwortet sein und der Lagefilm des Kriminaldauerdienstes auf relevante Ereignisse überprüft werden. Am Abend aber, wenn die Aufgaben abgearbeitet oder verteilt waren, wenn das Papier in den Ordnern abgeheftet und der Schreibtisch abgeschlossen war, dann roch es förmlich nach Feierabend. Auf der Schreibtischunterlage befanden sich dann nur noch ihre große Umhängetasche und die Autoschlüssel.

Sie gab ihrem Kaktus im Fenster noch einen Schluck Wasser. In diesem Jahr schien er tatsächlich ein Stück gewachsen zu sein. Überhaupt: Der hielt es jetzt schon sieben Jahre bei ihr aus, so lange wie noch kein Kaktus zuvor. Nur geblüht hatte er bislang noch nicht. Vielleicht bekam er ja zu viel Wasser, wer wusste das schon.

»Na, mein Freundchen, wollen wir zwei Feierabend machen?«, fragte sie leise und bedachte die stachelige Säule mit einem letzten Blick. Sie griff gerade nach ihrer Umhängetasche, da klopfte es kurz an der Tür. Noch bevor sie etwas sagen konnte, schob Frank Hölbing, ihr Stellvertreter, den Kopf durch die Tür.

»Chefin«, sagte er. »Ich will nur Bescheid geben, dass ich heute länger mache. Ich will morgen diese Rentnerin zu dem Raubüberfall befragen und gehe dazu noch mal die Akten durch.«

»Ja, plane aber die Befragung erst für den Nachmittag. Nach der Dienstbesprechung will ich mir zunächst mit dir die Kollegen von der Dienstschicht vornehmen, die heute in der Fußgängerzone dabei waren. Staatsanwalt Walser will mit Sicherheit wissen, ob einer zu hart zugepackt hat.«

»Ach, bei deinem abgeklappten Ganoven?«

Schmaerse schenkte ihm einen tadelnden Blick.

»Na, ist doch wahr«, sagte Hölbing. »Würde dem Steuerzahler

einen Haufen Kohle sparen, wenn die alle rechtzeitig über die Wupper gehen würden.«

»Noch wissen wir nicht, woran er gestorben ist«, erinnerte ihn seine Chefin.

»Meinst du etwa, da könnte einer der Kollegen nachgeholfen haben?«

»Wir werden es herausfinden.«

»Ach komm, wer wird sich schon an so einem Vogel die Finger schmutzig machen wollen?«

»Ich denke auch nicht an Vorsatz, aber wir müssen ausschließen, dass einer überreagiert hat.«

»Wir sind doch nicht in Bayern«, sagte Hölbing und grinste breit. »Aber ist gut, ich leg mir die Oma auf den Nachmittag. Vielleicht kann das auch Doro übernehmen, wenn du mich dringender brauchst.«

»Nee, lass mal, der Raubüberfall liegt auf deinem Tisch. Ich will nur, dass wir die Befragung der Kollegen nicht so lange aufschieben.«

»Ist gut. So oder so – die Kollegen vom Wirtschaftsdezernat werden sich über den Tod deines Ganoven ziemlich freuen. Die können auf jeden Fall einige Meter Akten schließen.«

Hölbing wollte noch etwas sagen, doch das Telefon klingelte. Eine Nummer mit Jenaer Vorwahl. Schmaerse nahm ab und nickte ihrem Stellvertreter zu.

»Schmaerse.«

»Schaffner hier, guten Tag, Frau Schmaerse.«

»Oh, Frau Schaffner, so schnell hätte ich gar nicht mit einem Anruf gerechnet«, sagte Schmaerse erfreut. Sie schob ihre Tasche beiseite und griff nach einem Kuli. Normalerweise brauchte die Rechtsmedizin mindestens vierundzwanzig Stunden für ein erstes Ergebnis. Aber bei Professor Schaffner, der Leiterin des Instituts, hatte sie offenbar einen Stein im Brett. Doch die Ärztin räusperte sich erst einmal umständlich.

»Ähm, und ich hätte nicht damit gerechnet, dass Ihre Lieferung so lange dauert. Wollten Sie mir nicht eine Leiche vorbeischicken?«

Schmaerse runzelte die Stirn.

»Wie jetzt? Ist die noch nicht bei Ihnen?«

»Wie ich sagte: Ich warte noch immer.«

»Aber«, Schmaerse blickte auf die Uhr, »die sind schon vor vier Stunden losgefahren. Das war heute Mittag.«

»Nun, das ist ja alles möglich. Nur ist hier im Institut noch niemand aufgetaucht.«

Schmaerse überlegte, malte sich blitzartig die verschiedensten Szenarien aus.

»Sind Sie sicher? Vielleicht, dass ein Kollege den Fall übernommen hat oder so …«

»Frau Schmaerse.« Im Ton der Professorin lag ein leichter mütterlicher Tadel. »Sie kennen mich doch …« Sie ließ den Satz in der Luft hängen.

»Ich habe keine Ahnung, was da passiert sein könnte. Sind Sie noch einen Moment da? Dann halte ich Rücksprache mit dem Bestatter und melde mich noch mal, okay?«

Die Medizinerin war von der Idee offenbar nicht begeistert.

»Also wenn ich heute noch einen Blick darauf werfen soll, dann müsste der Tote innerhalb der nächsten Stunde hier eintreffen. Sonst ist nur noch der Spätdienst hier. Ich würde mich dann morgen melden.«

Sie hängte wortlos auf.

»Toll«, sagte Schmaerse in das Tuten hinein und legte den Hörer auf. Jetzt war auch sie verärgert.

Sie schloss ihren Schreibtisch wieder auf und griff zum Telefonbuch. Hastig blätterte sie um, ihr Finger jagte die Spalten hoch und runter. Beim Riedburger Bestattungsunternehmen Haidkopf blieb er stehen.

Bernd Haidkopf schien fast erleichtert, als sie anrief.

»Gott sei Dank, Frau Kommissarin. Sie können mir bestimmt sagen, wo meine Männer aufgehalten werden. Ich erreiche sie nämlich nicht auf dem Handy«, sagte er, noch bevor sie irgendetwas fragen konnte.

Sie überlegte.

»Hallo, Frau Kommissarin, noch dran?«, fragte Haidkopf schließlich.

»Nicht nur Sie vermissen Ihre Leute«, sagte Schmaerse.

»Deswegen wollte ich Sie auch gerade anrufen. Haben Sie eine Ahnung, was passiert sein könnte?«

»Überhaupt nicht«, sagte Haidkopf. »Das ist absolut nicht ihre Art, das ist sogar verboten. Übrigens nicht nur bei Fahrten zur Rechtsmedizin. Solange ein Toter an Bord ist, dürfen die nicht mal an einer Tankstelle zum Pinkeln anhalten. Das ist bei uns so Vorschrift.«

»Und das Handy haben die sonst an?«

»›Immer erreichbar, immer in Ihrer Nähe‹, so sagen wir es auch in unserer Werbung.« Haidkopf war aufgeregt. Seine immer etwas salbungsvolle Stimme klang rau, die Worte wie abgehackt.

»Passen Sie auf: Sie bleiben in der Nähe des Telefons. Ich checke das mal bei unseren Kollegen von der Verkehrsüberwachung. Vielleicht hat das was mit einem Unfall zu tun, mit einer Umleitung oder Ähnlichem.«

Umleitung, wie blöd ist das denn, dachte Schmaerse, nachdem sie aufgelegt hatte. Vier Stunden von Riedburg nach Jena. In der Zeit hätten sie eine Leiche bald bis Würzburg fahren können. Eine Viertelstunde lang telefonierte sie in der Gegend herum. Dann rief sie nach Hölbing.

Achtzehn Uhr siebzehn zeigte die Funkuhr über der Tür des Lagezentrums, als Kriminalhauptkommissarin Steffi Schmaerse eine Bereichsfahndung nach dem verschwundenen Leichenwagen auslöste.

Um zwanzig Uhr fünfzehn forderte sie in Erfurt-Bindersleben den Polizeihubschrauber an.

# 4

Peter Hartmann kam zeitiger nach Hause als sonst. Mit einem ausgelassenen »Bin da!« kündigte er sich an, bevor er zunächst seine Aktentasche ins Arbeitszimmer brachte und mit der leeren Plastebox zurückkam, in der er morgens sein Stullenpaket mit in die Redaktion nahm.

»Bin auch gerade erst rein«, rief Anette aus der Küche, wo sie Tomaten schnippelte. »Hast du schon gegessen?«

»Ja doch«, sagte er, als er nach einer kleinen Weile in die Küche kam, seine Frau von hinten zärtlich umfing und ihren Nacken küsste. »Weißt du doch. Wo ich so leckere Stullen hatte. Soll ich dir helfen?«

»Nee, lass mal. Ich mach uns nur noch rasch einen Salat.«

Er grunzte etwas, was nach behaglicher Zustimmung klang, und ging ins Schlafzimmer, um sich umzuziehen. Wie morgens, so hatte er auch abends seine kleinen Rituale. Eines davon war, die Kleidung so schnell wie möglich loszuwerden, mit der er den ganzen Tag herumgelaufen war. Er zog sich ein Shirt über und eine Trainingshose an, dann fühlte er sich leidlich wohl. Anschließend wusch er sich gründlich die Hände. Auch das schon eine eher rituelle Waschung, um den Dreck des Tages loszuwerden. War es sehr warm, sprang er auch mal schnell unter die Dusche.

Zehn Minuten später, Hartmann hatte es sich bereits in der Sitzgruppe bequem gemacht, kam Anette ins Wohnzimmer und stellte zwei Glasschüsselchen voll Tomatensalat auf den Tisch. Sie bereitete ihn immer mit kleinen Würfeln von Feta-Käse zu, dadurch konnte sie aufs Salz verzichten. Das gab dem Salat einen ganz eigenen Geschmack. Sozusagen als geheime Zutat fügte sie ein wenig getrockneten Thymian hinzu. Hartmann liebte ihren Tomatensalat und machte sich mit großem Appetit darüber her. Anette sah ihren Mann erwartungsvoll an.

»Erzähl schon«, sagte sie plötzlich.

»Was soll ich erzählen?«, fragte er mit einem lauernden Unterton.

Anette lachte. »Komm, tu nicht so. Die leiern das schon den ganzen Nachmittag das Radio rauf und runter. Was ist nun mit der Leiche, die mitten auf der Lessingstraße lag?«

»Nun«, schmatzte Hartmann mit vollem Mund, »mittendrauf ist nicht gerade exakt. Genau genommen lag die schon am Rand. Aber sag mir erst mal, was die im Radio erzählen.«

»Das ist nicht viel: Ein Krimineller flüchtet und bricht dabei tot zusammen. Warum, wird untersucht.«

»Die sagen nichts von einem Bankraub?«

»Kein Wort.«

»Gut so.«

»War es denn einer? Nun spann mich nicht so auf die Folter.«

Hartmann schluckte runter.

»Also«, fing er an. »Ich bin mir sicher, dass der vorher versucht hat, die Geno-Bank auszurauben. Ich habe zwei Zeugen, die ihn dort gesehen haben. Und«, er hob den Finger, machte eine dramaturgische Pause, »die Bank mauert. Vor allen Dingen haben die nicht dementiert. Na ja, aber auch nicht bestätigt. Die sagen einfach gar nichts. Das macht sie schon verdächtig. Warte mal.«

Er sprang auf und eilte in sein Arbeitszimmer. Dann kam er mit einer auf A4-Format verkleinerten Zeitungsseite zurück.

»Hier, ich habe extra einen Proof mitgebracht.«

Er machte es sich auf dem Sofa bequem, leckte sich die Lippen und legte los.

*»Riedburg. Zu einem versuchten Bankraub mit tragischem Ausgang kam es gestern Nachmittag in der Fußgängerzone von Riedburg. Ein offensichtlich bereits gesuchter Krimineller wurde dabei von Polizeibeamten in der Geno-Bank Riedburg am Platz der Demokratie gestellt, verschaffte sich mit brutaler Gewalt freie Bahn und wurde erst nach einer abenteuerlichen Flucht in der Lessingstraße gestoppt, weil ihm eine Straßenbahn den weiteren Fluchtweg versperrte. Polizisten überwältigten den Mann. Im Verlauf der Festnahme brach der mutmaßliche Bankräuber schließlich tot zusammen. Auch die herbeigerufenen Rettungskräfte konnten ihn nicht mehr reanimieren. Die Polizei mauert: Florian Rattmann, der Sprecher der Landespolizeiinspektion*

*Riedburg, sprach lediglich vom ›bedauernswerten Tod eines flüchtigen Kriminellen‹, eine Ermittlerin vor Ort verwies auf die drei vorliegenden Haftbefehle gegen den Mann und wollte von einem Bankraub nichts wissen. Dass die Mordkommission, das sogenannte ›Dezernat für höchstpersönliche Rechtsgüter‹, die Ermittlungen übernahm, hat einen einfachen Grund: Es ist per se ein unnatürlicher Todesfall, wenn ein Mann auf offener Straße zusammenbricht. Die Staatsanwaltschaft Riedburg verwies auf die noch ausstehenden Ergebnisse der sofort angeordneten Obduktion, bestätigte aber immerhin die Einleitung eines routinemäßigen Ermittlungsverfahrens zur Todesursache. Auch die Geno-Bank wollte den versuchten Bankraub nicht bestätigen – da offenbar kein materieller Schaden eingetreten ist, fürchtet man in der Bank wohl um die Beschädigung des Rufes vor allem der Filiale am Platz der Demokratie: Hier hat es bereits vor drei Jahren einen Überfall gegeben (Beute: mehr als 20.000 Euro), bei dem der Täter nie gefasst wurde (RR berichtete). Zur Stunde wird der Leichnam in der Gerichtsmedizin untersucht.«*

Hartmann sah seine Frau beifallheischend an. »Na?«

»Zeig her.« Sie riss ihm fast das Blatt aus den Händen, hob es dicht vor das Gesicht, um die kleine Schrift entziffern zu können, und las noch einmal. Dann tippte sie mit dem Finger auf die Überschrift.

»Dass dein Chef so was durchgehen lässt, tztztz.«

»Was?« Hartmanns Stimme klang verärgert. »Was hast du denn? ›Mutmaßlicher Bankräuber tot zusammengebrochen‹. Ist doch okay.«

»Hast du selbst mir nicht mal was von Unschuldsvermutung erzählt? Niemand hat dir den Bankraub bestätigt. Müsste es da nicht heißen ›möglicher Bankräuber‹?«

Hartmann runzelte kurz die Stirn, brach dann in Lachen aus.

»Möglicher Bankräuber«, wiederholte er. »Du bist gut. *Das* hätten sie mir dann um die Ohren gehauen. Das ist ja völlig verwaschen. Außerdem: Ein möglicher Bankräuber kann jeder sein. Nein, nein, in der Überschrift muss man das schon ein bisschen konkreter fassen. Und du wirst sehen, dass ich recht behalte.«

Mit spitzen Fingern ließ sie das Blatt Papier auf den Tisch fallen.

»Na ja, *ich* bin ja nicht der Redakteur«, stichelte sie.

Er überhörte den gutmütigen Spott.

»Richtig. Ich versuche ja auch nicht, Haare zu schneiden.«

»Da käme ja auch was Schönes raus.«

»Ich kann ja mal ein Praktikum bei dir machen.«

Anette lachte. »Gerne. Vor allem meine Kolleginnen wird das freuen.«

Er schnappte sich ein Kissen und schlug nach ihr.

»Hehehe!«

Nun nahm sie sich ihrerseits ein Kissen und schlug zurück. Innerhalb von Sekunden befanden sich die beiden in einer albernen Balgerei und rangelten auf ihrem breiten Sofa herum. Dann war sie plötzlich über ihm und hielt sein Gesicht in den Händen. Sie funkelte ihn an.

»Küss mich«, sagte sie, und ihre Stimme klang auf einmal ganz weich. »Küss mich jetzt sofort.«

Hartmann legte ihr die Hand in den Nacken und zog ihren Kopf auf sein Gesicht. Er schloss die Augen, als ihre Lippen sich berührten, als ihre Münder sich trafen. Es wurde ein langer Kuss, ein inniger. Ihre Hände wanderten dabei über seinen Körper.

»Gehen wir ins Bett, oder treiben wir es gleich hier auf dem Sofa?«, flüsterte sie ihm ins Ohr. So nah war sie bei ihm, dass er ihren heißen Atem im Haar spüren konnte. Er lehnte sich entspannt zurück.

»Siehst du«, sagte er wie abwesend. »So etwas kann der Sternberger nie erleben.«

Sie stützte sich ein wenig ab und richtete sich auf.

»Wie kommst du jetzt auf den Sternberger?«

»Ach komm, vergiss es, war nur so ein Gedanke.« Er wollte sie wieder an sich ziehen, doch sie machte sich steif.

»Nein, nein.« Sie schüttelte den Kopf. »Das will ich jetzt wissen. Ich leck an deinem Ohrläppchen, und du denkst an deinen Kollegen.« Ihr Tonfall änderte sich. Er merkte, wie die Stimmung kippte.

Ein wenig enttäuscht rappelte er sich hoch.

»Also gut«, sagte er schließlich. »Das kam mir jetzt einfach so in den Sinn. Wir haben uns heute in der Redaktion darüber unterhalten. Der Sternberger geht nämlich regelmäßig zu Nutten.«

Anette überlegte einen Augenblick.

»Und wieso musst du gerade jetzt daran denken?« In ihrer Stimme klirrte Eis.

»Ach Süße, nicht missverstehen.« Er merkte, was er da angerichtet hatte. »Ich meine nur, diese Situation grad eben. Wir raufen wie die Kinder rum, und plötzlich entwickelt sich Sex daraus. Das wird der Sternberger so bestimmt nicht erleben.«

»So wie es aussieht, du heute auch nicht.« Der Unterton klang drohend, aber Hartmann kannte seine Anette. Sie spielte gerade mit ihm. Dann dachte sie nach. »Und wieso eigentlich nicht? Gibt es nicht auch solche speziellen Zimmer im Puff? Meinst du, so etwas kann man da nicht … buchen? Heißt das buchen im Puff?«

Hartmann hob abwehrend die Hände. »Da fragst du gerade den Falschen.«

»Wehe, wenn nicht!« Sie drohte mit dem Finger und setzte sich in den Schneidersitz. »Holst du uns ein Glas Wein?«

Als er zurückkam, saß sie noch immer so da und wickelte beständig eine Haarsträhne um ihren Finger.

»Warum macht er das, der Sternberger?«, fragte sie.

»Genau darüber haben wir uns auch die Köpfe heißdiskutiert.«

»Ich dachte, ihr macht Zeitung, dort in euren Redaktionsstuben«, spöttelte sie.

»Haha. Wir sind heute in der Kaffeepause draufgekommen. Weiß gar nicht mehr, wer das gesagt hat. Aber plötzlich hatten wir alle nur ein Thema.«

»Und, worauf habt ihr euch nun geeinigt? Warum macht er das?«

»Da gab es jede Menge verschiedene Meinungen.«

Eine kleine Pause entstand, in der jeder seinen Gedanken nachhing.

»Und du? Was glaubst du, warum er das macht?«, insistierte Anette.

»Hm. Ich denke ja, der ist einfach frauenfeindlich.«

Anette verdrehte die Augen. »Du immer mit dem Thema Frauenfeindlichkeit. Vielleicht ist seine Frau ja behindert und kann nicht mehr richtig.«

Hartmann lachte auf. »Ja, und du immer mit deiner Besorgnis. Der arme Sternberger! Der ist außerdem geschieden, seit vielen Jahren schon.«

»Na ja, also wird er einfach mal eine Frau brauchen.«

»Ich weiß nicht – im Puff?« Hartmann verzog das Gesicht. »Der findet doch auch so eine, der ist doch nun nicht gerade ein Ausbund an Hässlichkeit. Denk nur mal an die vielen Country-Feste, zu denen der immer tingelt. Meinst du, da findet er kein Cowgirl, das nach einem Whisky willig mit ins Stroh zieht.«

Anette hob das Kissen und schlug wieder nach ihm. »Ich merke schon, dein Kopfkino zeigt gerade einen Western.«

Er wehrte sich nur halbherzig.

»Außerdem«, setzte Anette fort, »sind auch im Bordell nicht nur ungewaschene hässliche Matronen. Der wird dort eine haben, die er mag. Vielleicht geht er ja immer zur selben.«

»Direkt ins Bordell geht er ja nicht.«

Sie richtete sich auf.

»Ja was nun?«, fragte sie.

»Der geht immer in Wohnungen. Zu den Frauen, die diese Annoncen in den Anzeigenblättern schalten.«

»Hehehe, du scheinst dich doch ganz schön auszukennen.« Sie drohte wieder mit dem Finger.

»Ach Quatsch, wir haben einfach nur drüber geredet.«

»Außerdem würde das mit den Wohnungen nur meine Theorie stützen: Der hat da ein Häschen, das er mag, deswegen geht er immer wieder hin.«

»Ist ja auch egal.« Hartmann wollte weg von dem Thema, das er mehr oder weniger versehentlich angezettelt hatte. Er versuchte es mit einem Plädoyer. »Trotzdem, eine, über die auch alle anderen drüberrutschen – ich glaube, da muss man sogar eine gehörige Portion Frauenfeindlichkeit mitbringen. So nach dem Motto: Ich hab dich bezahlt, nun lass mich mal – und fertig.«

Anette hielt ihr Weinglas am Stiel, drehte es und beobachtete, wie der Wein beim Schwenken einen dünnen Film an der Glaswand zurückließ. Auch für sie war der Punkt abgehakt. Aber das letzte Wort ließ sie sich dennoch nicht nehmen.

»Zahlt man nicht für alles im Leben?«, fragte sie leise und nachdenklich.

## 5

Das Lagezentrum der Landespolizeiinspektion Riedburg sollte schon vor zwei Jahren umgebaut werden. Die Pläne sahen vor, den jetzigen Versammlungsraum umzugestalten. Der fensterlose Raum sollte vollständig entkernt werden und eine Klimaanlage erhalten. Ein neues Lichtsystem, modernste Medientechnik, eine Monitorwand, Projektionsflächen und eine neue Telekommunikationsanlage sollten ihn zu einer echten Schaltzentrale exekutiver Gewalt werden lassen. Doch im Innenministerium war man ja pausenlos damit beschäftigt, die Löcher zu stopfen, die das Irrsinnsprojekt Optopol überall aufriss. So blieb für das eher beschauliche Riedburg nichts mehr übrig, und es wurde die große Landeseinsatzzentrale in Erfurt geschaffen.

Deswegen beließ man es bei der schlauchartigen Zimmerflucht, die vor Jahren einfach dadurch entstanden war, dass man in nebeneinanderliegenden Büros die Zwischenwände entfernte, das von der Verkehrspolizei nicht mehr benötigte Schienensystem für die Unfallkarten einbaute, drei Telefone, einen Kühlschrank und eine bescheidene Anrichte für ein paar Snacks und für eine Kaffeemaschine danebenstellte.

Steffi Schmaerse war das ganz recht. Zwar hatte sie durchaus ein Faible für moderne Technik, aber in fensterlosen Räumen hatte sie sich noch nie wohlgefühlt, Klimaanlage hin oder her. Da konnte sie nicht, wie gerade eben, an den weit geöffneten Flügeln eines Fensters stehen und sich die klare Nachtluft in die Lungen pumpen.

Frank Hölbing hatte sich in seinem Drehsessel weit zurückgelehnt. Er verschränkte die Arme hinter dem Kopf, gähnte ungeniert mit weit offenem Mund und beobachtete interessiert die vielen winzigen Insekten, die mit leisem Sirren immer wieder gegen die Neonröhren flogen.

»Was meinst du, Steffi«, fragte Hölbing über die Schulter, »soll ich uns noch eine Kanne Kaffee machen?«

»Nee, lass mal gut sein«, sagte Schmaerse. »Ich hab schon so ein blödes Gefühl im Magen.« Sie drehte sich um und schielte zur Uhr. »Wann ist Michael nach Hause?«, fragte sie dann.

»Willst du ihn etwa reinholen?«

»Ich weiß nicht, lange halte ich jedenfalls nicht mehr durch.«

»Wir könnten an den Dauerdienst übergeben.«

»Mir ist es lieber, es ist einer von uns in Bereitschaft.« Sie trat an die Karte und überlegte.

»Pass auf«, sagte Hölbing. »Wenn du nicht mehr kannst, ziehe ich durch, und du gehst nach Hause. Um vier Uhr wechseln wir ab, was meinst du?«

Schmaerse schien unschlüssig. Sie starrte auf die rot unterlegte Strecke, die den kürzesten Weg zwischen Riedburg und Jena markierte.

»Wer zum Geier klaut einen Leichenwagen? Und warum melden sich die beiden Mitarbeiter nicht? Das gefällt mir nicht. Das gefällt mir ganz und gar nicht.«

»Ich hab Haidkopf gesagt, er soll seine Männer nicht mehr anrufen«, sagte Hölbing.

Schmaerse schaute ihn irritiert an.

»Warum das?«

»Ich will nicht, dass die Akkus runter sind, bevor wir die Freigabe zur Funkzellenortung haben.«

»Was sagt der Staatsanwalt?«

Hölbing zuckte mit den Schultern.

»Es gibt keinen Hinweis auf eine Straftat. Offiziell sind die beiden ja noch nicht einmal vermisst.«

»Und unser Toter? Zählt der gar nicht? Der Staatsanwalt selbst hat doch ein Todesursachen-Ermittlungsverfahren eingeleitet.« Schmaerses Stimme gewann an Lautstärke.

Hölbings Handy und der Apparat auf dem Tisch klingelten annähernd gleichzeitig. »Staatsanwalt«, formte Hölbing mit dem Mund und zeigte auf sein Handy.

Schmaerse nahm den Hörer ihres Apparates ab.

»Ja«, sagte sie kurz. Sie war gereizt, und man hörte es ihr auch an. Plötzlich richtete sie sich kerzengerade auf.

»Wo? – Wo genau, will ich wissen! – Ja. – Wann? – Verstehe. – Rühren Sie nichts an, wir sind schon unterwegs.«

Sie ließ den Hörer fallen und schloss für einen Moment die Augen.

Hölbing hielt sein Handy ein wenig vom Ohr weg, legte die Hand über das Mikro und flüsterte: »Wir dürfen orten.«

»Scheiß drauf«, sagte Schmaerse und griff nach ihrer Kostümjacke. »Wir haben den Leichenwagen. Leg auf, wir müssen los.«

Minuten später jagten Blaulichter in Richtung Süden.

Der Wagen schaukelte auf dem Feldweg wie ein Boot auf offener See. Sein Lichtkegel bohrte sich durch die nur langsam sinkende Staubfahne der vorausfahrenden Fahrzeuge. Eine bizarre Prozession, deren Ziel weiter unten am Waldrand schon aufblitzte: ein großer, im Licht schwarz glänzender Leichenwagen, dessen gespenstisches Aussehen durch seine weit aufklaffende Heckklappe noch verstärkt wurde. Daneben stand der alte taubenblaue VW Syncro des Kriminaldauerdienstes. Techniker waren dabei, hohe Stative mit Scheinwerfern aufzubauen. Ein Dieselaggregat, das die halbe Nacht Strom liefern würde, tuckerte bereits vor sich hin. Einer der Beamten hatte schon im weiten Rund ein Absperrband gezogen und an den Zweigen von Büschen sowie an dünnen Stahlstäben befestigt, die einfach in die Erde eines angrenzenden Feldes gesteckt worden waren.

Frank Hölbing hatte kaum gestoppt, da sprang Steffi Schmaerse schon ungeduldig aus dem Wagen, schlüpfte unter dem Absperrband durch und marschierte schnurstracks auf den Einsatzleiter des Dauerdienstes zu.

»Hallo, Dieter«, nickte sie ihm zu.

»Viel Arbeit für dich«, sagte dieser und wies mit dem Kopf in Richtung des Leichenwagens.

»Komm«, sagte sie.

Hölbing folgte den beiden. Das große schwarze Auto stand rund zwanzig Meter weiter weg. Die Gruppe hielt sich am Wegesrand, und sie gingen hintereinander, um möglichst wenig Spuren zu hinterlassen beziehungsweise zu verwischen. Der Einsatzleiter stoppte kurz. Er dämpfte die Stimme, als er sprach, gerade so, als wolle er niemanden stören.

»Hier.« Er wies auf den Feldweg. »Der Weg ist vom letzten Regen relativ weich. Hier haben wir jede Menge Spuren. Schaut auf die hinteren Räder des Leichenwagens.« Er schaltete einen kleinen Handscheinwerfer an und hielt ihn dicht über den Boden.

»Verfolgt die Spuren von den Hinterrädern aus hierher. Das ist die Reifenspur des Leichenwagens. Er wurde einfach an den Rand gesteuert.«

Hölbing schickte seiner Chefin einen Blick zu, in dem ein Lächeln lauerte. Das wissen wir auch selbst, sollte es sagen. Schmaerse nickte ungehalten. Keine Spielchen jetzt. Konzentrier dich auf deine Arbeit.

»Hier aber hat eine andere Reifenspur die des Leichenwagens überlagert.« Der Einsatzleiter war ein paar Meter weitergegangen und zog mit dem Scheinwerfer die andere Spur nach. »Die Spuren enden da vorne und werden wiederum von sich selbst überlagert. Dieses Auto ist offenbar wieder zurückgefahren.« Er blickte Schmaerse prüfend an. Die nickte, sie hatte verstanden. »Der Streifenwagen indes kann es nicht gewesen sein. Die Kollegen sind da oben stehen geblieben und zu Fuß hierher. Mitten auf dem Weg übrigens, aber das können wir relativ leicht aus der Spurenlage eliminieren.«

»Lass uns einen Blick reinwerfen«, sagte Schmaerse ungeduldig.

Der Einsatzleiter ging schweigend voraus.

Hinter dem Leichenwagen lag wie eine schmale Badewanne der Deckel des Sarges. Hölbing und Schmaerse wechselten vielsagende Blicke.

»Habt ihr die Gegend abgesucht?«, wollte Schmaerse wissen.

Der Einsatzleiter wies auf den tanzenden Lichtkegel eines Handscheinwerfers.

»Ein Kollege ist noch dabei«, sagte er. »Sieht aber so aus, als ob deine Leiche weg wäre.«

Schmaerse biss sich auf die Unterlippe und überlegte.

»Und die Fahrer?«

»Auf der anderen Seite.«

Schmaerse umrundete den Sargdeckel und ging auf die andere Seite des Leichenwagens.

Ein Mann in schwarzem Anzug und weißem Hemd saß breitbeinig neben der hinteren linken Tür. Er schien sich bequem angelehnt zu haben. Das Hemd war im Brustbereich zerrissen und klaffte ein wenig auf, der Knoten der schwarzen Krawatte war verrutscht. Ein dunkler Fleck im Schritt zeigte, dass er sich eingemacht hatte. Ein Säufer, der sich im Rausch ausruhte, konnte man meinen, wären da nicht die schreckensstarr aufgerissenen Augen, die die Kommissarin vorwurfsvoll anblickten. Das Loch in der Stirn war schwarz, ein dünner Blutfaden hatte es durch das dichte Gestrüpp einer schon grauen Augenbraue und durch die innere Wölbung der Augenhöhle bis auf die Nase geschafft, bevor er geronnen war.

Das andere Opfer war ebenfalls durch einen Kopfschuss getötet worden. Die Waffe war offenbar direkt auf die Schläfe gepresst worden, man sah deutlich das Mal der Mündung, die versengten Haare. Der Mann lehnte aber nicht mehr an der Tür, sondern war durch die Wucht des Geschosses auf die Seite geschleudert worden.

Beiden Männern waren die Handgelenke auf dem Rücken gefesselt worden – durch Kabelbinder, deren scharfe Plastekanten tief in die Haut einschnitten. Die Täter hatten nicht vorgehabt, ihren Opfern jemals wieder die Handfesseln abzunehmen, dachte Schmaerse. Tausend Fragen schossen ihr durch den Kopf.

Doch zunächst galt es, die naheliegendsten Entscheidungen zu treffen. Sie legte ihren Handrücken behutsam auf die Wange eines der Toten.

Hölbing schaute sie fragend an.

»Und?«, wollte er wissen.

Sie schüttelte den Kopf.

»Der ist kalt genug, dass wir auf die Fahndung verzichten können«, sagte sie.

»Auch nicht Ring 50? Rein prophylaktisch?«

»Der ist bestimmt schon eine Stunde hin. Und bis uns das jemand genauer sagen kann, ist eine weitere Stunde vergangen.« Sie machte eine Pause. »Außerdem glaube ich nicht, dass die Leiche sehr weit weg ist.«

Sie stand auf und wandte sich Hölbing zu.

»Überleg doch mal, Frank: Der ist uns in Riedburg überraschend zusammengeklappt, das konnte niemand wissen. Wir sind jetzt ungefähr zwanzig Kilometer entfernt und kurz vor Jena. Offensichtlich war der Täter auf die Leiche scharf – warum auch immer …«

»… und es muss so wichtig gewesen sein, dass die Täter dafür einen Doppelmord begangen haben. Da geht es nicht nur um die Taschenuhr vom Opa.«

»Die Täter? Waren es mehrere?«

»Schau hin – es waren mindestens zwei. Keiner geht alleine das Risiko ein, zwei erwachsene Männer gleichzeitig in Schach zu halten und zu fesseln. Die Gefahr einer plötzlichen Gegenwehr wäre viel zu groß.«

»Vergiss nicht, dass der Entschluss zur Tat unter Zeitdruck gefasst wurde«, erinnerte sie ihn. »Aber du magst recht haben.« Dann spann sie den Faden weiter. »Nach wem suchen wir also? Die Täter sind außerordentlich gewaltbereit, ziemlich kaltblütig, bewaffnet und daher gemeingefährlich. Andererseits gehen sie auch sehr gezielt vor.«

»Zweitrangig«, warf Hölbing ein.

»Richtig in Sachen Gemeingefahr«, stimmte sie zu. Dann rief sie den Einsatzleiter. Der stand wie aus dem Boden gewachsen plötzlich neben ihr.

»Steffi?«

»Pass auf, Dieter. Ich will hier alle Spuren. Und wenn ich sage, alle, dann meine ich auch alle. Ich fordere die Tatortgruppe vom LKA an. Betrachtet euch von jetzt an als Unterstützungskräfte.« Sie machte eine kurze Kunstpause, und richtig, der Einsatzleiter verzog säuerlich das Gesicht.

»Keine Widerrede«, sagte sie. »Das ist nicht nur ein Doppelmord. Ich habe noch keine Ahnung, worum es hier geht, aber es sind mit Sicherheit größere Beträge. Ich fahre zurück ins Lagezentrum, rede mit dem Direktor, organisiere das Zusammenwirken der Dienststellen und eine rasche Öffentlichkeitsfahndung. Ihr macht hier Schluss, wenn die Jungs vom Land alleine laufen können. Alles klar?«

Er tippte sich mit zwei Fingern an die Stirn und sagte: »Aye, aye, Käpt'n.«

»Das sind die Freuden der christlichen Seefahrt, ich weiß«, sagte sie, aber sie sagte es schon über die Schulter hinweg, während sie mit Hölbing im Schlepptau längst wieder zielstrebig auf das Auto zusteuerte.

»Warum, zum Teufel, klaut jemand eine Leiche?«

Schon auf der Fahrt zurück nach Riedburg hatte Hölbing zweimal diese Frage gestellt. Jetzt im Lagezentrum nervte er immer noch damit.

»Lass mich doch mal in Ruhe telefonieren«, zischte sie ihn an.

Hölbing trat an die große dreiteilige Plastetafel und nahm einen schwarzen Edding. Rot für sie, Schwarz für ihn, Grün für den Leiter K und den Direktor, Blau für die Kollegen. So waren die Regeln.

*Leichendiebstahl – warum?*, schrieb er an die Tafel.

Auf der rechten Schmalseite stand schon in roter Schrift und unterstrichen: *Ö-Fahndung*. Die Stabstriche darunter führten auf: *akustische Wahrnehmungen in Nachbardörfern, verdächtige Fahrzeugbewegungen auf der Landesstraße zwischen Riedburg und Jena. Auf- oder abfahrende Fahrzeuge auf fraglichem Feldweg. Besonders ruppige Fahrweise in Jena oder Riedburg (fraglicher Zeitraum).*

Bevor Schmaerse auflegte, fand er die Anstriche für seine Frage. Er notierte: *Drogenschmuggel (Magen/Darm), Diamanten, Kennwörter/Passwörter, Brief/Schriftstück, Todesursache??, Erbschaft (keine Leiche, kein Tod).*

Schmaerse lachte.

»Das mit der Erbschaft gefällt mir«, sagte sie.

Hölbing verzog keine Miene.

»Vorhin am Tatort, da hast du gesagt, der ist uns zufällig umgekippt, das kann keiner gewusst haben.«

»Hm«, machte sie.

»Was, wenn einer ganz genau gewusst hat, wann der warum zusammenbricht?«

»Wie meinst du das?« Schmaerse massierte sich mit Daumen und Zeigefinger die Stirn.

»Wenn den nun einer aus irgendeinem Grund vergiftet hat?«
Schmaerse überlegte.

»Gut«, ging sie schließlich darauf ein. »Dann streich mal die Fragezeichen hinter ›Todesursache‹. Die kriegen wir nämlich nun nicht mehr so schnell raus.«

Hölbing nahm einen Lappen und tat wie geheißen. Als er sich umdrehte, sah er, dass seine Chefin die Augen geschlossen hatte.

»Steffi?«, fragte er leise. Sie machte sofort die Augen wieder auf. »Bist du müde, oder denkst du nach?«

»Geht auch beides?«, fragte sie und lächelte dabei. »Ich bin in Gedanken beim Tatort. Da gibt es für mich vor allem zwei Ungereimtheiten.«

»Sag!«

»Nur, wenn du aufschreibst«, sagte sie und deutete mit dem Finger auf die Tafel.

Hölbing stand da wie ein eifriger Schüler.

»In den Mittelteil und mit Rot«, dirigierte sie. »Also Frage eins: Wie haben die Täter die Fahrer dazu gebracht, die Strecke zu verlassen und auf den Feldweg zu fahren? Und Frage zwei: Wenn die Täter die Fahrer wirklich töten wollten, warum haben sie die beiden erst gefesselt?«

»Sie wollten eine Information aus ihnen pressen«, antwortete Hölbing wie aus der Pistole geschossen, noch bevor er die Fragen in Stichpunkten an die Tafel werfen konnte.

»Soso«, sagte Schmaerse mit leicht spöttischem Unterton, »was wohl könnten zwei Bestatter über eine Leiche wissen, die sie gar nicht kennen.«

»Hm«, machte Hölbing und verfiel ins Grübeln.

»Komm, schreib an und dann lass uns gehen«, sagte sie.

Hölbing blickte sie fragend an.

»Was?«, antwortete sie gereizt. »Es ist mir egal, was andere dazu sagen. Schau mal auf die Uhr. Wir gehen jetzt beide nach Hause, irgendwann müssen wir schließlich auch mal schlafen. Vier Stunden, okay? Um acht Uhr sind wir beide wieder hier.«

Hölbing nickte. Er war auch müde.

»Tremel wird eine Soko bilden wollen. Wir sollten spätestens um sieben die Kollegen reintrommeln. Was meinst du – du informierst die Jungs und ich die Mädels?«

Hölbing gähnte genussvoll, während er nickte. Er angelte sich seine Jacke von der Lehne und ging zur Tür.

»Soll ich dich heimfahren?«, fragte er.

## 6

Sie hatten alle ihre Tobsuchtsanfälle gehabt. Chefredakteur Grieshaber bei der Leitungssitzung, Hartmanns Ressortleiter Alexander Böhnke in der Planungsbesprechung.

Hartmann selbst, obwohl sonst gerne bereit, zurückzubrüllen, blieb diesmal ganz ruhig. Für die anderen mochte sich das nach einer gefährlichen Ruhe anhören. Doch so war es nicht. Hartmann war fertig mit der Welt. Er war ein geschlagener Mann. Er war fassungslos.

Schon in den Ein-Uhr-Nachrichten hatten sämtliche Thüringer Radiosender den Fahndungsaufruf der Riedburger Kripo gesendet.

Er selbst hatte es am Morgen beim Rasieren gehört.

*Und hier ein Mithilfeersuchen der Polizei. Im Zusammenhang mit einer schweren Straftat werden Zeugen gesucht, die gestern zwischen vierzehn Uhr und Mitternacht auf der Landstraße zwischen Riedburg und Jena verdächtige Fahrzeuge beobachtet haben. Von besonderer Bedeutung sind dabei Fahrzeuge mit verschmutzten Rädern beziehungsweise Kotflügeln.*

Und so weiter und so fort. Beinahe hätte Hartmann sich geschnitten, so aufgeregt war er, als der Sprecher von einer »schweren Straftat« sprach. Wieso, zum Geier, hatte er das nicht mitbekommen? Wieso wurde er, Hartmann, nicht angerufen? Er kannte Mitarbeiter der Rettungsleitstelle, die sonst genüsslich bereit waren, ihn bei jedem brennenden Müllcontainer nachts aus dem Bett zu werfen. Vermutlich, weil sie ihn nicht sonderlich mochten. Denn die Regeln, wann er von der Leitstelle aus alarmiert zu werden hatte, waren klar.

Chefredakteur Grieshaber hatte sie vor Jahren Landrat Rüdiger Langhans abgetrotzt. Bei einer Flasche gutem Bordeaux, wie gemunkelt wurde. Es gab schließlich keinerlei Rechtsanspruch der Presse auf eine Einbindung in das Alarmierungssystem des

Brand- und Katastrophenschutzes. Erst wenn der Landrat als oberster Dienstherr eine Presseerklärung veranlasste, gab es eine E-Mail in einen allgemeinen Presseverteiler. Seit der legendären Flasche Bordeaux – oder waren es zwei? – gab es Privilegien für die Riedburger Rundschau.

Der Leitstand verfügte über die Handynummer von Hartmann und alarmierte ihn bei Unfällen mit einem Toten beziehungsweise mehreren Schwerverletzten, beim Einsatz von Luftrettungsmitteln und bei Bränden, bei denen entweder Menschen oder unwiederbringliche Kulturgüter in Gefahr waren. Bei Hartmann klingelte oft das Handy.

Nur in dieser Nacht nicht. Es würde noch zu klären sein, ob da jemand zu viel Angst hatte, ihn anzurufen, ob der Einsatz gar nicht über die Leitstelle gelaufen war oder ob dort wieder einer von Hartmanns speziellen »Freunden« Dienst hatte, der sich nun eins feixte, wenn die Rundschau einmal ausnahmsweise der Nachzügler war.

Dass der Landesdienst Thüringen der dpa um sechs Uhr achtzehn sogar den Zusammenhang zwischen dem Fahndungsaufruf der Polizei und dem Toten vom Vortag hergestellt hatte, erfuhr Hartmann erst später, als er bereits auf der Arbeit war. Da hatte er sich schon gewundert, warum ihn einige der Kollegen so mitfühlend ansahen. Isabell, das Sonnenscheinchen der Redaktion, hatte ihm wortlos den Ausdruck der entsprechenden Tickermeldung ins Postfach gelegt.

*Wie es aus Polizeikreisen hieß, hat der Täter dabei einen Menschen erschossen. Dem Vernehmen nach steht die Tat in unmittelbarem Zusammenhang mit einem mysteriösen Todesfall, bei dem gestern Nachmittag in der Riedburger Lessingstraße ein lange gesuchter Straftäter tot zusammengebrochen ist. Der Sprecher der Landespolizeiinspektion Riedburg wollte das auf Nachfrage der dpa weder bestätigen noch dementieren.*

Hartmann hatte geschäumt vor Wut. »Wie es aus Polizeikreisen hieß …« Wie kam die dpa an nicht genannt sein wollende Polizeikreise. »hoe« lautete das Namenskürzel des Beitrages.

Dahinter verbarg sich Christian Hövels, was Hartmanns Laune nicht unbedingt besserte.

Er kannte Hövels seit Jahren. Es war Ende der Neunziger gewesen, als Berufsstarter Hövels ein Volontariat bei der Rundschau absolvierte, zunächst in der Wirtschafts-, später in der Landesredaktion. Dabei machte er sich bei den Kollegen zunehmend unbeliebt. Er ließ sich nur Chris nennen, kam täglich mit weißem Hemd und Krawatte zum Dienst und war sich für jede in seinen Augen »niedere« Aufgabe zu schade. Schließlich, so sein Argument, habe er nicht Politikwissenschaften studiert, um sich Straßenumfragen – einem beliebten Bewährungsfeld für die Neulinge – zu widmen. Und er kam durch damit, nachdem er eine Privataudienz bei Grieshaber gehabt hatte. Der Alte musste einen Narren an dem komischen Vogel gefressen haben. Hartmann hatte schlicht die Zusammenarbeit verweigert, Böhnke hatte die Kröte geschluckt, und Hövels war später von ganz alleine gegangen. Dünkte sich was Besseres. Kam dann als Sprecher bei den Stadtwerken unter, wo man ihn aber auch nicht lange mochte, und verschwand ein paar Jahre in der Versenkung, bevor er bei der dpa auftauchte, wo er überwiegend medizinische Themen bearbeitete. Hövels hatte also Nachtdienst im Landesbüro und brüstete sich nun intimer Kenntnisse aus »Polizeikreisen«. Sauerei, so was.

Und wehe, wehe, wenn er damit recht hatte.

Ausgerechnet Ressortleiter Böhnke musste es ihm aufs Brot schmieren, dass er, der gewöhnlich so gut informierte Polizeireporter Hartmann, eine Information nicht hatte, die zu bekommen einer fachlichen Null wie Hövels offenbar selbst nachts leichtgefallen war.

Die Kollegen in der Landesredaktion hatten ihn gespannt beobachtet, ahnten sie doch einen Wutausbruch Hartmanns – für gewöhnlich nahmen sich Böhnke und Hartmann in solchen Situationen nichts. Doch Hartmann war nur noch eine Spur blasser geworden, hatte schweigend und geduldig wie ein Lamm die Schimpfkanonade Böhnkes über sich ergehen lassen und dann leise und sachlich gefragt, auf welchen Platz der morgigen Ausgabe er seine weitere Berichterstattung planen dürfe. Hartmann war fertig. Der Scoop des Tages war der dpa, ach was, war Hövels gelungen, während er mit leeren Händen dastand und Hövels den Triumph wahrscheinlich nicht mal als solchen wahrnehmen konnte.

Nun saß Hartmann an seinem Schreibtisch, hatte die Füße auf den Tisch gelegt, fuhr mit dem Finger über die glatten kühlen Flächen des schweren smaragdgrünen Aschenbechers – einer letzten Erinnerung an die vielen Jahre als leidenschaftlicher Raucher – und wartete darauf, dass der Kaffee in dem großen Pott abkühlte. Zu den anderen mochte er sich nicht setzen, er fürchtete ihr Mitgefühl ebenso wie ihren zwar gutmütigen, doch oft beißenden Spott.

Hartmann war schwer verletzt. Am liebsten hätte er sich jetzt wie ein Bär tief in seine Höhle zurückgezogen. Vorerst jedoch musste ihm die Abgeschiedenheit seines Büros genügen.

Er musste unbedingt mehr über die verschwundene Leiche erfahren. Doch zunächst ging es um einen weiteren unbekannten Toten – den aus der Nacht. Erschossen womöglich. Er nippte vorsichtig am Kaffee, dann las er sich lustlos den Fahndungsaufruf von der Nacht noch einmal durch – die Füße immer noch auf dem Schreibtisch und die Maus träge durchs E-Mail-Programm schubsend.

Um einen Feldweg ging es dabei, der, so zeigte ihm ein Blick auf die passende Karte bei Google Maps, irgendwo ins Nichts führte. Offenbar war die Tat auf diesem Feldweg geschehen und der Täter vom Tatort in einem Fahrzeug geflüchtet.

Ob er sich die Sache vor Ort besehen sollte? Doch wozu? Der Fahndungsaufruf war kurz nach Mitternacht rausgeschickt worden, was bedeutete, dass die Spurensicherung entweder noch immer vor Ort war und er nicht an den Tatort kommen würde oder dass die Spurensicherung längst abgezogen war und alles mitgenommen hatte.

Seine zuverlässigste Quelle bei der Kripo saß im Wirtschaftsdezernat, ein früherer Sprecher der früheren Polizeidirektion. Hartmann war mit ihm sogar per Du, was er bei Kontakten in die Politik und ins »Innere« sonst tunlichst vermied, um seine Quellen nicht durch unbedachte Vertraulichkeiten gegenüber Dritten offenzulegen. Jedenfalls wollte dieser Sprecher irgendwann wieder »richtig ermitteln«, was für Hartmann zum Glücksfall wurde: Einerseits war sein Mann nun ein gewöhnlicher »Kriminaler«, andererseits hatte er nach wie vor ausgezeichnete Kontakte zu den Sachgebietsleitern und Ermittlern in den anderen Abteilungen und wusste, was für Hartmann wichtig sein konnte. Allerdings: Der Mann befand sich im Urlaub. Mehr noch: Er hatte den Urlaub gerade erst angetreten und war also im konkreten Fall zu nichts zu gebrauchen.

Hartmann nahm noch einen Schluck von seinem Kaffee, diesmal einen größeren, das Gebräu war schon etwas abgekühlt, und zog sich das Telefon heran. Er würde Florian Rattmann anrufen. Der Riedburger Polizeisprecher müsste ohnehin im Laufe des Tages eine Presseinformation herausgeben, und da das Radio wieder schneller wäre, könnte er ihm ja auch vorab sagen, was er später ohnehin lesen würde.

Doch seine Hand hatte noch nicht ganz den Telefonapparat erreicht, als dieser zu klingeln begann. Ein Ortsgespräch, sah er mit Blick auf das Display.

Eigentlich hatte er keine Lust darauf, sich von irgendeiner Belanglosigkeit ablenken zu lassen. Nach dem vierten Klingeln nahm er dennoch ab.

»Ja«, sagte er träge in den Hörer.

»Simon hier, Manfred Simon. Habe ich jetzt Herrn Hartmann?«

»Hast du, Manfred. Was gibt es denn?« Manfred Simon war Bestattungsunternehmer und Vorsitzender des Riedburger Feuerwehrvereins. In seiner Jugend war er zudem der wichtigste Werfer in der ersten Handballmannschaft gewesen.

»Hör mal, du hast es aber nicht von mir …«

»Versprochen.« Hartmann nahm die Füße vom Schreibtisch, setzte sich ordentlich hin und angelte sich instinktiv einen Kugelschreiber.

»Den Haidkopf hat es erwischt.« Simon machte eine Pause, und in Hartmanns Kopf ratterte es.

»Haidkopf, du weißt, das Bestattungsunternehmen.«

»Dein ärgster Konkurrent, ja, jetzt hat es klick gemacht. Sorry, mir hat der Name nicht gleich was gesagt. Aber wieso erwischt? Was ist passiert?«

»Das mit der Konkurrenz lass mal. Mitbewerber wäre wohl freundlicher – die einzige Konkurrenz sind die Städtischen. Also – aber lass mich da wirklich raus.« Es klang mehr nach einer Frage als nach einer Bitte.

»Ja doch, nun sag schon.«

»Dem Haidkopf haben sie heute Nacht zwei Mitarbeiter umgelegt. Du hast sicher schon Nachrichten gehört …«

Hartmann schwieg.

»Peter?«

»Ja, ich bin noch hier. Was heißt zwei, und was heißt umgelegt?«

»Also: Der Haidkopf hat gestern die Leiche von der Lessingstraße gekriegt. Und die haben sie ihm geklaut …«

»Geklaut? Mensch, ich denke, es geht um seine Mitarbeiter?« Hartmann wurde ungehalten. »Sortier dich doch mal.«

»Ja. Das heißt, nein. Also noch mal: Der Haidkopf will die Leiche von zwei Mitarbeitern in die Gerichtsmedizin fahren lassen. Die kommen dort aber nicht an. In der Nacht werden sie gefunden. Beide erschossen, und die Leiche ist weg.«

Hartmann klappte der Unterkiefer herunter.

»Das glaub ich jetzt nicht«, sagte er.

»Wenn ich es doch sage.«

»Nein, das war jetzt mehr symbolisch … Und du bist dir ganz sicher?«

»Ich hab es von Haidkopfs Buchhalter. Der hält mich so ein bisschen auf dem Laufenden.«

»Auf dem Laufenden? Du hast einen Informanten bei der Konkurrenz? Du bist ja ein richtiges Schlitzohr.« Hartmann machte eine kurze Pause, aber Simon sagte nichts mehr. »Wir haben gar nicht miteinander gesprochen, du weißt«, sagte Hartmann schließlich und legte auf.

Er atmete tief durch, machte sich ein paar Notizen, bekam plötzlich unbändigen Appetit auf eine Zigarette und wählte dann die Nummer von Florian Rattmann – das hatte er ja ohnehin vorgehabt.

Doch Rattmann eierte herum. Geradezu zähneknirschend bestätigte er die beiden Toten, nicht ohne Hartmann nach dessen Quelle zu fragen. Und eine verschwundene Leiche?

»Ich melde mich bei Ihnen nach Rücksprache mit den zuständigen Kollegen, einverstanden?«

Das klang verbindlich und sagte doch nichts. Elender Schwindler, dachte Hartmann. Du weißt ganz genau, was heute Nacht passiert ist.

Dann tippte er die Durchwahl von Steffi Schmaerse in sein Telefon.

Die Leiterin der Mordkommission war unterkühlt und genervt. Wahrscheinlich hat sie heute Nacht nicht viel geschlafen, dachte sich Hartmann und säuselte ihr die Ohren voll.

»Wenn Sie schon wissen, was passiert ist, warum rufen Sie mich dann noch an?«, fragte Schmaerse ungehalten.

Eine verschwundene Leiche? Die von gestern?

»Ach der.« Sie tat, als handele es sich um zwei völlig verschiedene Dinge. »Ich habe es Ihnen doch schon gestern in der Stadt gesagt: Das ist ein Wirtschaftskrimineller gewesen, der lange gesucht wurde. Ein hiesiger Fuhrunternehmer. Wenn wir Näheres wissen, erfahren Sie es bestimmt als Erster.«

Und nein, es gebe noch keinen Obduktionsbefund. Dafür sei es noch viel zu früh.

Du lügst doch auch, dachte Hartmann, als er auflegte.

Zehn Minuten später saß er gemeinsam mit Böhnke in den bequemen tiefen Ledersesseln im Büro von Chefredakteur Grieshaber. Das Donnerwetter vom Morgen war vergessen, als Hartmann seine neuen Erkenntnisse aufdeckte: Nicht einer, sondern zwei Männer erschossen und die Leiche geraubt.

Laut entwickelten die drei erfahrenen Journalisten ihre Theorien. Und schließlich einigten sie sich darauf, dass zwei Fragen der Schlüssel zu dem Fall sein würden: Wo war die Leiche, und warum war sie geraubt worden? Dass die gleichen Fragen inzwischen auf der Präsentationstafel im Lagezentrum der Landespolizeiinspektion Riedburg mit Rotstift ganz oben standen, wussten sie nicht. Obwohl es Hartmann zumindest ahnte.

Dennoch war ihm klar, dass er keine der beiden Fragen bis

zum Andruck der nächsten Ausgabe würde beantworten können. Immerhin hatte er noch einen Pfeil im Köcher, von dem weder Grieshaber noch Böhnke etwas ahnten. In seinem Arbeitsbuch war das Wort »Fuhrunternehmer« rot eingekringelt. Ob Steffi Schmaerse hier ein Patzer unterlaufen war oder sie ihm tatsächlich einen Brocken hingeworfen hatte, spielte fast keine Rolle mehr. Hövels zumindest würde das nicht herausbekommen, war er sich sicher. Aber wer war schon Hövels.

# 7

Auf deutschen Autobahnen herrschte Krieg. Nicht dass er das nicht wusste, aber immer wenn er nach ein paar Tagen Pause wieder auf Tour war, staunte er aufs Neue, wie hier offenbar um das nackte Überleben gekämpft wurde. Statt Faust oder Messer nahmen sie ihre Fahrzeuge als Waffen. Und als Symbole ihrer Macht. Wehe, ein popliger Golf räumte einem Porsche Cayenne nicht das Feld. Dessen Fahrer entbrannte sofort in heller Wut. Aggressives Auffahren, Lichthupe, Blinkersetzen. Hätten wir so viele Schusswaffen wie in Amerika, das Drive-by-Shooting wäre längst deutscher Volkssport.

Heute wurde das besonders deutlich. Der erste Stau hatte sich schon auf der Hinfahrt gebildet, am Hermsdorfer Kreuz, wie so oft. Zehn Kilometer. Das zerrte an den Nerven. Vor allem bei denen, die Staus nicht gewohnt waren. Von seinem Platz hoch über den Dächern der Pkws konnte er den Kriegsschauplatz schön überblicken, sofern kein Kollege direkt vor ihm stand und ihm die Sicht nahm. Immer wenn die Kolonne ein Stückchen weiterrückte, kam der Auftritt der Lückenspringer. Nach links in die Lücke. Nach rechts gleich vor den Lkw, weil der nicht so rasch beschleunigen konnte.

Siegfried Eisel wusste, wohin derlei Rangeleien führten. Er hatte links neben sich immer dieselben Autos. Anders ging es gar nicht. Niemand war im Stau schneller, schöner, reicher – alle standen rum, und es schonte die Nerven ungemein, wenn man sich defensiv aus dem Schlachtgetümmel raushielt.

An der Baustelle beim Einfädeln der gleiche Unsinn. Im rechten Fahrstreifen ging es nur deshalb langsamer voran, weil viele Fahrer das Prinzip des Reißverschlusses nicht verstanden. Anstatt links wie rechts bis nach vorn zu fahren und sich dort einer nach dem anderen einzuordnen, setzten einige schon an der Zweihundert- oder gar Vierhundert-Meter-Marke den Blinker und drängelten sich in die Spur.

Über einen Choleriker freute er sich heute ganz besonders. Er drückte sich vor der Zeit in die rechte Spur und regte sich dann furchtbar darüber auf, dass andere ihn noch überholten und vor ihm blinkten. Beinahe hätte es gekracht, weil der Lückenspringer einen der mutmaßlichen Drängler nicht reinlassen wollte. Sogar mit der Faust hatte er ihm gedroht.

»Reißverschlussprinzip«, murmelte Eisel. »Möchte wissen, wie du Vollpfosten dir den Hosenstall zumachst. Sind wahrscheinlich Knöpfe dran.«

Auf der freien Strecke dann wurde wieder mit anderen Mitteln gekämpft – mit dem Gaspedal, der Lichthupe und den Bremsleuchten. Oft schon konnte er beobachten, dass ein Mercedes mit geschätztem Tempo hundertsechzig oder hundertsiebzig überholte und dann ein anderer Wagen mit viel höherer Geschwindigkeit bis auf zehn oder fünf Meter auffuhr und sich so weit links hielt, dass er fast die Leitplanke streifte. Würde der Vorausfahrende jetzt bremsen … Auch bei etlichen Beinahe-Unfällen, bei denen aggressive Rechts-Überholer von ihrem Vordermann durch raschen Fahrspurwechsel zum abrupten Bremsen gezwungen wurden, war er Zeuge.

Siegfried Eisel war ein defensiver Fahrer. Er hatte den Tempomat so eingestellt, dass die Nadel des Tachometers auf hundertzehn stand. Dann zeigte das GPS seines Navigationsgerätes hundertvier oder hundertfünf Stundenkilometer an. Eine Geschwindigkeit, mit der ihn die Polizei noch nie aus dem Verkehr gezogen hatte. Messtoleranz nannten die das. Er kannte Kollegen, die stolz darauf waren, auch noch die Toleranzgrenzen in ihre Tempokalkulation einzubauen. Sie prahlten damit. Er verzichtete. Vor allem, weil sich die anderen auf diese Art eben doch das eine oder andere Ticket einfingen – wobei gar nicht das Verwarngeld daran das Schlimme war, sondern die halbe Stunde Zeitverlust. Oder eine volle, je nachdem, wie die Kontrolleure drauf waren. Und man selbst. Ein Wort zu viel, eine Spur zu patzig geantwortet, und die nahmen dir die ganze Bude auseinander.

Eisel war lange genug im Geschäft, um zu wissen, dass sich Aufwand und Nutzen hier nicht lohnten. Nicht auf Dauer.

Und vor allem nicht heute. Heute hatte er besondere Fracht geladen. Eine Fuhre, die er regelmäßig machte und von der er lange Zeit gar nicht gewusst hatte, was er da geladen hatte. Detlef Hahn, sein Chef, hatte ihm für diese Touren immer wieder eingeschärft, ja keinen Unfall zu bauen oder irgendwie mit den Polypen anzuecken. Als ob er das bei anderen Fahrten täte.

Dennoch war heute alles anders.

Siegfried Eisel strahlte über das ganze Gesicht. Er drückte sich gegen das Steuer und in den bequemen Sitz seines Lasters. Der gestrige Tag war sehr anstrengend für ihn gewesen, ja, er hatte ihn bis an den Rand seiner Leistungsfähigkeit gebracht – vor allen Dingen psychisch. Doch jetzt, da er wieder auf dem Bock saß, in seiner vertrauten, ihn beschützenden Umgebung, da fühlte er sich sicher.

Souverän schätzte er beim Auffahren auf die Autobahn die Abstände in der Kolonne auf dem rechten Fahrstreifen ab, und der Hintermann hätte gar keine Lichtzeichen mehr zu geben brauchen, um ihm zu signalisieren, dass er gefahrlos auffahren könne – längst hatte er den Fuß fest auf dem Gas und veranstaltete beim Beschleunigen eine kleine Drehzahlorgie, um Gang für Gang den Turbodiesel auf den Touren zu halten, die ihm ein maximales Drehmoment sicherten.

Sein Laster war ein moderner Volvo-Truck. Eine Zugmaschine, mit der er schon Wechselbrücken durch ganz Europa gefahren hatte. Na ja, zumindest durch ganz Deutschland und die Nachbarländer. Der Truck war einer der jüngsten in der Flotte seines Chefs, und er sorgte stets dafür, dass sein weinroter Lack glänzte wie ein Bullenei im Sonnenschein. Er durfte als einziger der vier Fahrer seinen Truck personalisieren, wie es sein Chef ausgedrückt hatte. Tausende hatte er inzwischen in den Laster gesteckt.

Ein verchromter Bullenfänger gehörte ebenso dazu wie die gewaltige Druckluftfanfare auf dem Dach. Die war zwar nicht ganz konform mit der Straßenverkehrsordnung, aber danach hatte noch keiner bei einer Kontrolle gefragt, schließlich verfügte der Truck auch über eine gewöhnliche Starktonhupe.

Überhaupt hielt es Siegfried Eisel mit den Gesetzen nicht so genau wie beispielsweise mit der Straßenverkehrsordnung. Er war gerne mal bereit zu einer Extratour. Er schätzte Bargeld, und bei Geschäften per Handschlag fragte er auch nicht groß nach Dokumenten. Vielleicht war es das, was ihn bei seinem Chef zum Lieblingsfahrer machte. Denn auch Hahn stand auf gelegentliche krumme Touren.

Was genau da alles ablief, darüber hüllte sich Hahn selbst gegenüber Eisel in Schweigen. Und Eisel fragte nicht nach. Warum auch? Was ich nicht weiß, macht mich nicht heiß, lautete seine Devise. Am Ende bildeten sie ein ganz gutes Gespann: Eisel fragte nicht nach der Korrektheit von Dokumenten und Ladung, Hahn nahm es im Gegenzug mit dem Fahrtenbuch nicht so genau. Alles zum beiderseitigen Nutzen, schließlich durfte Eisel nach Feierabend oder wenn die Auftragslage für den Truck dünn war, auch den großen Sprinter benutzen.

Doch nun würde alles anders werden. Seit dem gestrigen Tag ergaben sich für Siegfried Eisel – »Siggi« laut Namensschild in der Frontscheibe seines Trucks – ganz andere Möglichkeiten. Zum ersten Mal im Leben hatte er die Chance, sein eigener Herr zu werden, nicht nur mit einem eigenen Laster, sondern mit einem ganzen Fuhrpark womöglich. Denn dass Hahn nicht sein alleiniger Chef war, sondern dass es über ihm noch einen anderen, einen geheimnisvollen und offenbar mächtigen Auftraggeber gab, hatte er erst gestern erfahren.

Noch waren ihm die Unterstellungsverhältnisse nicht ganz klar, aber das würde schon noch werden. »Thüringer Laster« prangte weiß auf weinrot über dem Führerhaus und auf den Seitenwänden der Lkws. Und seine Lohnabrechnungen trugen den Aufdruck »Thüringer Laster GmbH«.

Bislang hatte Eisel gedacht, Geschäftsführer Detlef Hahn sei auch der alleinige Gesellschafter. Möglich auch, dass dessen Frau noch mit in der Firma steckte. Aber nun konnte es auch seine neue Bekanntschaft sein, die eigentlich die Fäden in der Hand hielt. Bei der gegenwärtigen Fracht jedenfalls schien sie die große Unbekannte im Hintergrund zu sein, die das alleinige Sagen hatte. Und Eisel hatte die Frau mit speziellen Informationen in der Hand. Mit ganz speziellen Informationen sie ihn allerdings auch.

Eisel hatte jetzt genau drei Optionen: Er konnte weiter wie

bisher seine Arbeit machen. Dann jedoch wäre er strohdumm. Er konnte aber auch, je nachdem, wem der Laden gehörte, unter Umständen Geschäftsführer der Thüringer Laster werden. Und er konnte zum Dritten die Fracht übernehmen und beim Empfänger als eigene ausgeben – rasch kassieren und von der Bildfläche verschwinden. Das würde zwar ein erhebliches Risiko darstellen, dafür dürfte aber auch ein Sümmchen in dem Geschäft drin sein, das für einen eigenen Truck reichen könnte.

Vor allen Dingen aber: Eisel würde schnell und entschlossen handeln müssen. Das würde ihm wohl am schwersten fallen, zumal er sich mit niemandem beraten konnte.

## 8

Die Tür öffnete sich langsam und mit einem schrecklichen Kreischen. Viele der Mädchen hielten sich die Hand oder den Unterarm vor die Augen. Einige wimmerten leise, manche falteten die Hände vor der Brust, senkten den Kopf und beteten. Als sie über die schmale Laderampe in die Halle gingen, begleitete sie ein Schwall warmer und pestilenzartig stinkender Luft. Tatjana kannte das gut. Sie hielt sich weiter hinten auf, während ihr Gehilfe Patrick die jungen Dinger antrieb.

»Hier rüber, dort aufstellen.«

Obwohl alle in der Heimat bereits einen Crashkurs in deutscher Sprache absolviert hatten, konnten die wenigsten die Worte, die er sagte, erfassen, doch seine Stimme und seine Gesten ließen keinen Zweifel daran, was sie tun sollten. Den Rest erledigte der Herdentrieb. Einige Zaudernde packte er am Oberarm und zog sie weiter. Er fasste sie nicht zimperlich an. Leise Schreie waren zu hören, vereinzelt Wutlaute. Doch die Mädchen fügten sich.

Drei Tage in dem stinkenden Container hatten ausgereicht, um den Hochmut und den Stolz der jungen Schönen zu brechen. Später würde Patrick den Container ausräumen, und Tatjana wusste genau, was er dort finden würde. Von den alten Matratzen, die den größten Teil des Bodens bedeckten, würden drei oder vier urinfeucht sein – genauso wie jetzt die Jeans von ein paar Mädchen, die da verschüchtert und beschämt bei den Wäschekörben standen. Das kleine transportable Campingklo, das in der Ecke stand, würde hoffnungslos überfüllt sein. Meist merkten die Frauen erst am Ende des ersten Tages, dass der winzige Fäkalientank niemals die Ausscheidungen aller Frauen fassen könnte.

Einmal hatte Patrick eine schwarze Reisetasche voller Exkremente aus dem Container geschleppt. Menschen werden erfinderisch, wenn sie wirklich in großer Not sind. Und das waren die Frauen in ihrem Blechgefängnis. Zwei bis drei Tage waren sie unterwegs, je nachdem, wie schnell es mit dem Containerumschlag klappte. Bei manch einer kollabierte der Kreislauf, und Tatjana würde nie vergessen, wie sie eines Tages, es war noch ganz zu Beginn ihrer Karriere, eine Leiche rausschleppen mussten. Ein dünnes Ding, ganz leicht war der schlaffe Körper, den man nirgends richtig anfassen konnte. Die Pulsadern hatte sie sich geöffnet, und die anderen hatten es nicht verhindern können. Tatjana hatte so eine Wut gehabt, sie hätte um sich schlagen können. Heute waren solche Überraschungen ausgeblieben, obwohl einige der Frauen durchaus aussahen, als würden sie gleich abklappen.

Tatjana zupfte sich den Bund ihrer Lederjeans auf der rechten Hüfte etwas zurecht und setzte ihr bezauberndstes Lächeln auf. Zeit für ihren großen Auftritt. Sie trat aus dem Halbschatten, ging auf die Frauen zu und klatschte in die Hände.

»So, meine Täubchen«, rief sie in akzentfreiem Russisch.

Sofort hatte sie die Aufmerksamkeit der Mädchen. Einige strahlten sie an, eine schlug hastig ein Kreuz. Die meisten blickten scheu und verängstigt.

»Willkommen in Deutschland«, begann Tatjana ihre kleine Ansprache. »Ich weiß nicht, wofür ihr bezahlt habt und was man euch versprochen hat, aber der Transport ist ja wohl vollkommen schiefgegangen.« Sie wies mit der linken Hand auf das Hallentor zur Laderampe hin. Einige Frauen nickten zustimmend.

»So sollte man nicht mit Menschen umgehen. Ich werde ein ernstes Wort mit dem Spediteur reden müssen.« Jetzt erntete sie schon dankbare Blicke.

»Wie man sieht«, sie wies auf ein paar der Frauen, die sich eingemacht hatten, »fiel es einigen von euch erheblich schwer, die Strapazen der Reise in einem sauberen Zustand zu überstehen. Das ist nicht schön.«

Sie trat an ein junges Mädchen mit verheulten Augen und nassen, hautengen Jeans heran, legte die Hand unter deren Kinn und hob es an.

»Wie heißt du, mein Kind?«, säuselte sie.

»Svetlana«, sagte das Mädchen fast tonlos.

»Sveta, wie schön«, sagte Tatjana. Und dann, lauter: »Tritt weiter vor! Dreh dich um!«

Die Angesprochene folgte schüchtern den Anweisungen.

»Schaut sie euch an! Eingepinkelt hat sie sich. Ist das etwa ein angenehmer Anblick? Will man so an sein Ziel kommen?«

Svetlana und einige der Frauen fingen an zu schluchzen. Andere funkelten Tatjana böse mit den Augen an. Sie legte dem Mädchen die Hand sanft auf die Schulter und schubste sie in die Reihe zurück.

»Ich habe«, sie machte dabei eine weit ausholende Geste mit dem Arm, »dafür gesorgt, dass ihr erst einmal wieder in einen menschenwürdigen Zustand kommt. Ihr könnt euch hier ausziehen und eure Schmutzwäsche in die Wäschekörbe werfen. Sie wird dann gereinigt. Hinter dieser Tür findet ihr die Duschen und die Toiletten. Nehmt euch Zeit, auch für die Haare. Danach könnt ihr euch neu einkleiden. Dann erledigen wir zunächst einmal die Formalitäten.«

Während einige der Frauen sofort anfingen, ihre Blusen aufzuknöpfen, oder sich die Shirts über den Kopf zogen, zeigte eine mit dem Finger auf Patrick und sagte in erstaunlich gutem Deutsch: »Der will uns aber nicht dabei zugucken?«

Tatjana kniff für einen Moment die Augen zusammen.

»Ah, mein Täubchen kann Deutsch, das ist sehr hilfreich«, sagte sie.

Dann wendete sie sich zu Patrick.

»Wirst du dich wohl umdrehen! Das sind Damen.«

Patrick grinste schief und drehte sich betont langsam um.

Eine andere Frau trat einen Schritt vor und sprach Tatjana an. »Wir hatten uns nicht für das Militär gemeldet, sondern sollten hier in Berufe vermittelt werden. Was soll das Getue hier? Gemeinschaftliches Duschen und so. Wir sind doch nicht auf dem Kasernenhof.«

Tatjana hatte Mühe, ihr Lächeln zu bewahren.

»Gemach, gemach. Das sind keine Gemeinschaftsduschen, was denkst du denn? Wie gesagt, ihr sollt erst einmal wieder in Ordnung kommen, dann erledigen wir die Formalitäten, und morgen sehen wir weiter, wie es mit einem Job wird. Wie heißt du?«

»Ich bin Irina, und ich möchte, dass Sie Sie zu mir sagen.«

Patrick drehte sich sofort wieder um. Einige der Mädchen versuchten erschrocken, ihre Blöße zu bedecken. Tatjana machte eine beschwichtigende Geste zu ihrem Gehilfen.

»Wie Sie wünschen, Irina«, sagte sie langsam und schneidend. Sie würde die Frau, die ein wenig älter schien als die anderen, im Auge behalten müssen.

Patrick hatte Mühe, den Blick abgewendet zu halten. Nicht nur die Geilheit des Spanners machte ihn nervös. Es waren auch die Widerworte gegen ihre Chefin, die seinen Adrenalinspiegel ansteigen ließen.

Patrick war das, was man in Deutschland einen Stiernacken nannte. Als Jugendlicher war ihm die Mucki-Bude wichtiger als der Lehrabschluss, ein paar Jahre arbeitete der junge Mann mit der rechten Gesinnung bei einem privaten Sicherheitsdienst und sorgte bei Bierfesten und Tanzveranstaltungen für den Saalschutz. Dann kam er in ihre Branche. Sie hatte ihn vor drei Jahren einem Kasseler Geschäftsfreund abgeworben. Sie zahlte gut, und Patrick fraß ihr aus der Hand. Er fühlte sich mehr als Personenschützer denn als Rausschmeißer. Und ab und zu bekam er auch ein Mädchen für den Spaß.

Sechs Duschkabinen und drei Toiletten waren in die Halle eingebaut. Zudem gab es einen größeren Umkleideraum, einen Frisierraum und eine Art kleines Fotostudio mit diversen Hintergründen und Mobiliar.

Es dauerte eine ganze Weile, bis die ersten Frauen aus der Dusche kamen. Einige hielten sich verschämt die Badetücher vor den Körper. Es würde noch länger dauern, bis auch die Letzten die Duschkabinen verlassen hatten. Tatjana ließ ihnen Zeit. Unter dem heißen Strahl der Dusche, der ebenso säubernd wie reinigend war, sollten sie sich allmählich der Illusion hingeben, dass nun doch alles in Ordnung käme. Sie würden rasch eines Besseren belehrt.

Es gab nur wenige Situationen, in denen der Mensch so verletzlich war wie in seiner ganzen Nacktheit gegenüber Angezogenen. Das galt es auszunützen, hier galt es anzusetzen. In diesen ersten Stunden, in denen die Mädchen durch die Reise vollkommen gedemütigt, durch die Ungewissheit vollkommen demoralisiert waren, wurden entscheidende Prägungen des künftigen Unterstellungsverhältnisses vorgenommen. Man konnte dabei getrost mehr Peitsche als Zuckerbrot einsetzen.

Und auch heute war das vonnöten. Tatjana hatte es vorhin schon bemerkt, bei dieser Irina. Nicht dass sie sonderlich beunruhigt wäre. Solche Leithammel waren schnell zur Stelle. Das Beherrschen der deutschen Sprache machte diese rasch zu gefragten Ratgeberinnen, und drei Tage intimste Nähe mit den anderen Frauen taten ihr Übriges.

Jetzt stand diese Irina in ein Badetuch gewickelt vor der Tür, auf der »Eingangsuntersuchung« stand, und blickte Tatjana frech an.

»Ich hätte jetzt gerne frische Wäsche«, sagte sie.

»Bitte erst zur Untersuchung«, antwortete Tatjana ruhig und wies mit dem Daumen auf die Tür.

»Ich laufe hier nicht den halben Tag nackt rum!« Irina wurde lauter.

»Okay«, sagte Tatjana ganz ruhig. »Dann kommen Sie bitte mit.« Sie ging an der Tür vorbei und an einer Nische, in der mehrere fahrbare Behälter mit frischer Wäsche standen. »Kommen Sie!«

Sie winkte Irina in eine der Nachbartüren. Kaum waren sie in dem Raum, schlug sie blitzschnell die Tür zu und griff Irina brutal an den Hals. Sie grub Daumen und Zeigefinger unter Irinas Kiefergelenk und hob sie ein wenig an. Irina riss die Augen auf und wollte den Zugriff abwehren. Dabei verlor sie ihr Handtuch. Tatjana presste fester zu.

»Hör zu, mein Täubchen«, zischte sie. »Du wirst hier machen, was ich und meine Leute sagen. Deine Papiere hat die Organisation. Und du wirst sie erst wiederbekommen, wenn du nach unseren Regeln spielst. Verstehen wir uns?«

Irina nickte und gab einen gurgelnden Laut von sich.

Tatjana lockerte den Griff ein wenig.

»Ach ja, und noch eins«, sagte sie und drückte wieder fester zu. »Wenn du glaubst, du könntest verschwinden und dein Glück auf eigene Faust suchen, dann versuch es einfach. Wir kooperieren mit den Behörden. Und wenn die dich erwischen, bist du schneller in Minsk, als du das Wort Asylantrag buchstabieren kannst. Auch die dortigen Behörden werden Bescheid wissen – sie suchen dich wegen Flucht. Und in Lukaschenkos Gefängnissen gibt es wenig heiße Duschen und selten frische Wäsche. Aber es wird immer noch angenehmer sein, als von uns erwischt zu werden.« Sie drückte noch ein wenig fester zu. »Wenn du das verstanden hast, dann nicke mit dem Kopf.«

Irina nickte hastig.

Tatjana öffnete langsam ihren Griff.

»Als Illegale seid ihr in Deutschland die unterste Form menschlichen Lebens. Und jetzt gehst du raus und machst das den anderen klar.« Sie verpasste ihr einen kleinen, aber kräftigen Hieb in die Nieren und öffnete die Tür. Irina wankte wieder auf den Gang.

Es funktionierte immer. Das wichtigste Druckmittel in dieser Phase waren die Papiere. Die meisten Mädchen glaubten ungeachtet des Containertransportes tatsächlich bis zu diesem Zeitpunkt, dass sie ihre Papiere nach dem weiten Weg von Weißrussland nach Deutschland rasch zurückbekämen. In Wahrheit jedoch sahen die meisten ihre Ausweise und Pässe nie wieder.

Am Anfang hatte Tatjana das demütigende Wiegen und Messen noch selbst vorgenommen. Doch damit schien sie eine Grenze zu überschreiten. Einige Mädchen lehnten sich auf und mussten noch an Ort und Stelle gezüchtigt werden. Gefährliche Situationen entstanden. Sie wollte aber an diesem Übergabepunkt nicht so viele Mitwisser haben. Sie selbst, Sabine als Visagistin und Patrick als Aufpasser waren schon genug.

Doch dann zog sie Dörte ins Vertrauen. Sie bekam einen weißen Kittel und ein Stethoskop, einen Schreibtisch, eine Waage und eine Messlatte. Das genügte vollauf, um sie als Mitarbeiterin des Gesundheitsamtes auszugeben. Die Mädchen gewannen ein Stück Sicherheit zurück. Nur blieben sie selbstverständlich nackt, während sie gewogen, vermessen und befragt wurden, ein Umstand, den sie durchaus als so entwürdigend empfinden sollten, wie er war.

Nun, Dörte war ebenso wenig Mitarbeiterin des Gesundheitsamtes wie Sabine Visagistin. Obwohl – wenn Tatjana sich recht erinnerte, war Sabine zumindest gelernte Kosmetikerin, auch wenn sie nie wirklich in diesem Beruf gearbeitet hatte.

Bei Dörte wurden die Mädchen gewogen, ihre Körperlänge und die drei entscheidenden »fraulichen« Maße ermittelt. Zudem mussten sie ihren Namen, ihr Alter, ihren erlernten Beruf und ihre gewünschte Tätigkeit nennen – angeblich für einen Erfassungsbogen für die Bewerbungen. Manchmal ließ Tatjana Patrick über den Flur patrouillieren. Er hatte stets ein grenzdebiles geiles Grinsen im Gesicht, was den Mädchen eine gehörige Portion Angst einflößte.

Nach der Station »Gesundheitsamt« durften sich die Neuankömmlinge Kleidung aussuchen. In den großen verzinkten Rollcontainern befand sich neue Unterwäsche – halbwegs modisch und reizvoll, aber Billigware aus dem Discounter. Die Oberbekleidung besorgte sich Sabine bei einem sozialen Verein. Gegen ein gutes Schmiergeld konnte sie sich in der Kleiderkammer frei bedienen. Sie brauchte nicht viel für die paar Lieferungen Frischfleisch, die im Jahr kamen.

Schließlich wurden die Mädchen zu Patrick geschickt, der sie fotografierte. Dabei wurden sie entsprechend dem angegebenen Beschäftigungswunsch abgelichtet – wer ins Büro wollte, von dem wurden »seriöse« Porträts gemacht, wer seinen künftigen Platz in der Hotellerie oder gar in der Modelbranche oder an der Tabledance-Stange sah, musste im Bett oder auf Polstergarnituren posieren. Wenngleich einige der Mädchen schon durchblicken ließen, dass sie auch an der Vermittlung an solvente einsame Herren durchaus nicht uninteressiert seien, hatten sie doch keine Ahnung, dass schon die Art ihres Posings darüber entschied, ob sie in Häusern gehobenen oder niedrigeren Anspruchs arbeiten würden.

Schließlich wurden die Frauen in ihre »Übergangsunterkunft« gebracht, einen Schlafsaal, der wie die anderen Räume per Trockenbau in der Fabrikhalle abgetrennt und ebenso fensterlos war. Einfache Feldbetten dienten ihnen als Bettstatt, Patrick verteilte großzügig Verpflegungsbeutel und Wasserflaschen.

Morgen schon, so sicherte Tatjana ihnen zu, erhielten sie Gelegenheit zu den ersten Bewerbungsgesprächen.

Die Halle wurde gut verschlossen, Patrick blieb als Aufpasser auf dem Gelände. Wie ein braver Schäferhund würde er alle Neugierigen verjagen. Tatjana wusste, dass er die kostbare Ware nicht beschädigen würde.

# 9

Polizeihauptmeister Volker Rückert merkte, dass mit seinem Gesicht etwas nicht stimmte. Ständig strich er gedankenverloren mit den Fingern über den Unterkiefer und das Kinn. Er war nervös. Er war glatt rasiert. Normalerweise trug er einen Drei-Tage-Bart, passend zu den raspelkurzen schwarzen Haaren. Beides trimmte er regelmäßig. Doch heute schien ihm ein glattes Kinn passender.

Heute war nichts normal. Heute trug er statt seiner Uniformbluse auch ein Hemd, eine Krawatte und eine ordentliche Jacke. In deren Innentasche hatte er seinen »Marschbefehl«, die Vorladung zu einer offiziellen Befragung in der Abteilung Interne Ermittlungen des Landeskriminalamtes – einer Truppe von recht zweifelhaftem Ruf. Zum einen galten die Ermittler bei vielen Kollegen als Nestbeschmutzer, die ihre Daseinsberechtigung mit einem ungerechtfertigten Übereifer zu begründen suchten, zum anderen, das war auch Rückert klar, hatten sich auch Polizisten rechtskonform zu verhalten, und irgendwer musste schließlich darüber wachen.

Rückert reiste nicht allein. Er war in Begleitung von Hauptmeister Hartung, einem Personalratsmitglied seiner Dienststelle. Das war zwar nicht Vorschrift, wurde aber von der Gewerkschaft der Polizei in solchen Fällen empfohlen. Denn die Befragung im Innenministerium konnte im Gegensatz zu den Zeugenaussagen vor Gericht durchaus Einfluss auf den persönlichen Werdegang haben. Für Rückert besonders heikel: Es war schon das zweite Mal, dass er in Erfurt antanzen musste, weil die Staatsanwaltschaft die Eröffnung eines Ermittlungsverfahrens wegen Körperverletzung im Amt prüfte.

Dem Ermittler, der sich mit einem dünnen und, wie Rückert fand, leicht überheblichen Lächeln mit »Unger« vorgestellt hatte, klopfte mit dem Kopf seines Kugelschreibers sanft auf einen flachen Stapel Papier und sah ihn dabei prüfend an.

»Nun, Herr Rückert, die Situation ist weder für Sie noch für uns angenehm«, begann Unger sanft wie ein Lamm.

Rückert zog es vor, zu schweigen. Er rückte seine hundert Kilo – davon ein erheblicher Teil Muskeln, auf die er stolz war – auf dem kleinen Stuhl zurecht. Er kam sich dabei vor wie ein Schüler vor einem besonders strengen Lehrer.

»Ging es Ihnen wieder einmal nicht schnell genug mit der Festnahme?« Unger lächelte fein.

Der will mich provozieren, dachte Rückert. Da war Unger aber an den Falschen geraten. Mit eins neunzig Körpergröße sollte es ihm leichtfallen, in Auseinandersetzungen gelassen zu bleiben. Doch das war er nicht, und das wusste er auch. Er zählte sorgfältig rückwärts von zehn herunter, bevor er antwortete.

»Es ging niemandem von uns schnell genug. Schließlich war der Tatverdächtige auf der Flucht.«

Unger beugte sich vor, verschränkte die Arme auf der Tischkante und lehnte sich mit dem Oberkörper darüber. Schmale Schultern hast du, dachte Rückert.

»Nein, nein, nein, nicht falsch verstehen, Herr Rückert. Es geht hier nicht um Ihre Kollegen, es geht um Sie. Wollen Sie uns bitte zunächst aus Ihrer Sicht die letzte Phase des Zugriffs schildern.«

Rückert bemühte sich um ein Lächeln. Er wusste um seinen Charme. Die Fältchen um die funkelnden dunklen Augen zeigten, dass er gerne lachte. Sein charmantes und trotzdem verbindliches Auftreten machte ihn nicht nur unter den Kollegen beliebt. Wer von ihm nach einer Fahrzeugkontrolle ein Verwarngeld aufgebrummt bekam, fühlte sich wie nach einem lockeren Plausch mit einem alten Freund. Dass er zudem noch eine Figur hatte wie ein Zehnkämpfer, der dennoch gerne mal ein Bierchen zum Rostbrätel genießt, ließ ihn wie den Nachbarn aussehen, dem man ohne weitere Fragen den Rasenmäher leiht.

Doch hier war nicht die Straße – hier war das Innenministerium. Und sein Gegenüber sah nicht aus wie einer, der gerne mit ihm plauschen würde. Rückert sammelte sich, wollte vorsichtig bleiben.

»Ich war mit drei Kollegen von der Bereitschaft als Erster an dem Tatverdächtigen dran, nachdem er plötzlich seine Richtung geändert hatte – wegen der Straßenbahn, aber das wissen Sie sicher.« Er machte eine kurze Pause.

Unger ließ die Spitze seines Kugelschreibers in der Luft kreiseln, und Rückert sah das als Zeichen, dass er weiterreden sollte.

»Ein Kollege von der Bereitschaft stieß ihn von hinten zu Boden, bekam aber noch einen Faustschlag ab und stürzte selber.« Wieder machte er eine vorsichtige Pause.

»Wie viele Beamte befanden sich an der Stelle, wo der Tatverdächtige zu Boden kam?«

Rückert überlegte, versuchte, die Szene zu visualisieren. Bleib ruhig, sagte er sich. Denk dir einfach, das ist ein Amtsrichter.

»Wir waren zu viert. Nein, wir waren doch nur drei. Und einer davon fiel auch gleich aus, weil der Mann wie ein Wilder um sich schlug und den einen Kollegen dabei so heftig traf, dass dieser verletzt wurde.«

»Sie wissen nicht, wie viele Polizisten an Ort und Stelle waren?« Ungers Stimme hob sich ein klein wenig. Er lehnte sich zurück und hob eine Augenbraue an.

»Doch«, entgegnete Rückert, vielleicht eine Spur zu schnell. »Ich sagte doch, wir waren drei.«

»Eben sagten Sie, vier.«

»Und korrigierte mich sofort auf drei. Ich hatte noch den mitgerechnet, der ihn zu Boden gestoßen hatte. Aber der kam ja selbst zu Fall.«

Unger spielte mit seinem Kugelschreiber und schien wie abwesend. Rückert ließ sich nicht täuschen. Dazu war er lange genug im Polizeidienst.

Dann schnellte Unger wieder hoch. Wie ein Raubvogel stieß er zu.

»Passiert Ihnen das öfter?«, wollte er wissen.

»Was?«

Unger blickte ihn ernst an.

»Dass Sie den Überblick verlieren.«

»Ich habe nicht den Überblick verloren«, protestierte Rückert.

Es klang fest und selbstsicher. Er musterte seinerseits den Ermittler und konnte nur wenig Sympathisches an ihm finden. Der Mann trug einen dreiteiligen Anzug von hellem Grau, ein blütenweißes Hemd und eine korrekt gebundene blassblaue Krawatte. Sesselfurzer, dachte Rückert. Genau so sieht ein Sesselfurzer aus. Er durfte sich auf keinen Fall provozieren lassen. Denn der Sesselfurzer war Polizist wie er selbst. Und er war mit Sicherheit gewieft, er machte so was öfter. Er blickte rüber zu Staatsanwalt Heiko Walser, dem vierten Mann im Raum. Ihn kannte er ein wenig. Ihm vertraute er. Zwar war auch Walser überaus korrekt, aber er konnte sich immer gut in die Lage der Polizisten vor Ort versetzen. Das hatte Rückert schon einige Male beim Amtsgericht feststellen können.

»Nun gut«, lenkte Unger plötzlich ein. »Nehmen wir mal an, Sie waren zu dritt. Auf welche Seite ist der Mann gestürzt?«

Da musste Rückert nicht lange überlegen. »Er stolperte nach vorn, drehte sich aber, um den Zugriff abzuwehren, und fiel auf den Rücken.«

Unger kritzelte etwas auf das Papier.

»Er lag auch auf dem Rücken, als Sie ihn zu fassen bekamen – also Sie drei?«

»Jaa.« In Rückerts Stimme lag ein Zögern. Die Falle ahnte er mehr, als dass er sie sah.

»Drei Polizisten!« Unger hob die Stimme sowie den Kugelschreiber und blickte den Staatsanwalt eindringlich an. »Drei gut ausgebildete Polizisten stürzen auf einen am Boden liegenden Mann und sind nicht in der Lage, ihn mit einfachen Mitteln der körperlichen Gewalt zu überwältigen.«

Walser blickte den Ermittler aufmerksam an. Seinem Gesicht war keine Regung zu entnehmen. Unger wendete sich wieder Rückert zu.

»Na!«, sagte er.

»Ich verstehe nicht. War das eine Frage?«

Unger konnte noch ein paar Dezibel mehr. »Meine Frage ist, warum Sie Ihr …«, er maß Rückert mit einem abschätzenden Blick, »… Ihr respektables Körpergewicht auf Ihren Unterarm verlagerten und dem Mann damit die Luft abdrückten.«

Rückerts Puls schoss in die Höhe. Ruhig, ruhig. Es fiel ihm schwer, den Mann nicht anzuspringen. So ein blöder Kerl. Er hatte es ihm doch schon geschildert. Wieder zählte er rückwärts.

»Also, Herr Unger! Ich habe *nicht* mit meinem Körpergewicht auf seinen Hals gedrückt. Außerdem waren wir nur noch zu zweit, wie ich es schon erklärt habe. Und mit Verlaub: Ein großer, schwerer Mann, der sich so heftig wehrt, bei dem muss man die Arme erst mal zu fassen bekommen.«

»Indem man sich mit dem Unterarm auf den Hals stützt?«

»Zum Beispiel! Damit konnten wir wertvolle Zeit gewinnen, bis die anderen Kollegen zur Stelle waren.«

Unger, der eben noch beinahe geschrien hatte, lehnte sich wieder zurück und lächelte. Betont lässig.

Dann sagte er leise: »Wertvolle Zeit, in denen der Mann möglicherweise nicht mehr atmete.«

»Das ist eine Unterstellung«, brauste Rückert auf.

Unger schüttelte den Kopf.

»Sie scheinen Ihr Aggressionsproblem noch immer nicht in den Griff bekommen zu haben, so wie Sie mich hier angehen. Korrigieren Sie mich, wenn ich etwas Falsches sage«, er blätterte in seinen Unterlagen, »aber hat man Sie deswegen nach dem letzten Zwischenfall schon einmal zum Polizeipsychologen geschickt?«

»Das ist korrekt«, sagte Rückert gepresst.

Der Staatsanwalt sprang ihm unerwartet zu Hilfe.

»Ich bitte Sie, meine Herren!« Er machte eine beschwichtigende Handbewegung. »Hier geht es um einen konkreten Anfangsverdacht. Wie der Mann zu Tode kam, das wird die Autopsie klären.«

»Falls Sie das Opfer jemals auf den Tisch bekommen«, giftete Unger.

»Für mich ist das bislang ein Tatverdächtiger, kein Opfer«, sagte Walser unterkühlt. Rückert schöpfte für einen Moment Hoffnung.

»Wie lange, Herr Rückert, glauben Sie, haben Sie mit dem Arm auf dem Hals des Mannes gelegen?«

»Ich habe nicht auf dem Hals *gelegen*.«

»Gut, gut, gut. Wie lange haben Sie den Druck auf seinen Hals aufrechterhalten?«

Rückert versuchte, sich die Situation zu vergegenwärtigen.

»Das waren nur Sekunden.«

»Nun, ein bisschen konkreter wäre mir das schon recht«, forschte Unger nach. »Neunundfünfzig Sekunden sind schließlich auch noch keine Minute.«

»Gott bewahre. Das waren vielleicht zwölf oder fünfzehn Sekunden. In solchen Situationen hat man ein verändertes Zeitgefühl.«

Unger lächelte. »Sehen Sie, deswegen fragte ich nach.«

Er kritzelte etwas auf seinen Block, und Walser runzelte die Stirn.

»Wie ich hörte, werden Sie auch ›der Festnehmer‹ genannt …«, sagte Unger gut gelaunt.

»Ja.« Rückert war verunsichert.

»Wie sind Sie zu dem Namen gekommen?«

»Der war irgendwann da. Mein PI-Leiter teilt mich gerne ein, wenn Haftbefehle zu vollstrecken sind. Oder bei Veranstaltungen.«

»Weil Sie so ein … durchtrainierter Mann sind?«

»Wahrscheinlich.«

»Oder weil Sie die Zielpersonen immer ein wenig fester festnehmen als andere.«

Rückert hob langsam den Kopf. Er wurde wütend. Doch der Staatsanwalt und Rückerts Kollege vom Betriebsrat, der bislang nur blöde geglotzt hatte, sprangen ihm beide bei.

»Also bitte, Herr Unger«, sagte Walser.

»Ich denke, solche Unterstellungen muss sich mein Kollege nicht bieten lassen«, sagte Hartung annähernd zeitgleich.

Unger ließ den Kuli fallen und hob beschwichtigend beide Hände.

»Nicht so viel Aufregung, meine Herren«, empfahl er. »Ich unterstelle nichts, ich versuche nur, herauszufinden, ob Herr Rückert im Dienst zu besonders rascher Gewaltausübung neigt.«

Rückert schnaubte verächtlich.

»Bestimmt nicht«, sagte er.

Unger war noch nicht am Ende. »Sie haben sich noch während des Einsatzes krankgemeldet«, stellte er mit Blick auf Rückerts Papiere fest. »Warum?«

»Mir wurde plötzlich übel«, antwortete Rückert.

»Aber Sie sind, nachdem Sie das Ihrem Einsatzleiter gemeldet hatten, nicht in den Gestellungsraum am Fahrzeug zurückgekehrt, sondern in die Dienststelle. Warum?«

»Ich musste mich übergeben. Ich wollte das nicht in der Öffentlichkeit tun.«

Dass Rückert in seiner Not zwischenzeitlich in einem Café gewesen war, auf dessen Toilette er sich ausgekotzt hatte, musste der Mann aus Erfurt schließlich nicht wissen.

»Warum war Ihnen plötzlich so übel? Wissen Sie das?«

»Ich hab keine Ahnung. Vielleicht, dass ich was Falsches gegessen hatte.«

»Nicht, dass Sie so erschrocken darüber waren, was Sie nun angerichtet hatten …«

»Bitte!« Wieder fuhr Walser dazwischen.

»Also schön.« Unger schob demonstrativ seine Aufzeichnungen von sich weg. »Vielleicht noch ein paar allgemeine Fragen, Herr Rückert: Was wussten Sie von dem Mann, den Sie … den Sie überwältigt haben?«

Rückert überhörte die Provokation.

»Ich wusste, dass der Mann Detlef Hahn hieß und wegen mehrerer Straftaten mit mehreren Haftbefehlen gesucht wurde.«

»Wussten Sie mehr von den Delikten?«

Rückert zählte auf: »Unterschlagung, Steuerhinterziehung, Nötigung, Bedrohung, Körperverletzung – die ganze Palette.«

»Kannten Sie Details zu den Wirtschaftsstraftaten?«

Rückert zuckte die Schultern. »Keine Ahnung.«

Unger überlegte und blickte zur Decke.

»Wenn Sie davon keine Ahnung haben, haben Sie möglicherweise auch keine Ahnung davon, warum die Leiche von Hahn verschwunden ist.«

»Sagen Sie es mir!« Rückerts Augen blitzten plötzlich vor lauter Schalk.

»Verkennen Sie bitte nicht den Ernst der Lage«, sagte Walser gelassen, »und beantworten Sie die Frage von Herrn Unger: Können Sie sich denken, warum jemand die Leiche dieses Mannes stehlen wollte?«

»Nein.«

Unger und Walser blickten sich an und nickten.

Unger zog das Deckblatt über seinen Schreibblock und wandte sich wieder Rückert zu.

»Halten Sie sich bitte weiter zu unserer Verfügung. Die Ermittlungen sind noch nicht abgeschlossen. Ich möchte Sie beide«, er nickte auch Hartung zu, »auffordern, über das hier Gesagte Stillschweigen zu bewahren. Meine Herren.« Er stand demonstrativ auf.

***

Peter Hartmann hatte man es am frühen Nachmittag gesteckt. Die Rüffel von Böhnke und Grieshaber waren vergessen, spätestens seit er ihnen die Nachricht von den beiden toten Mitarbeitern des Bestattungsinstitutes aufgetischt hatte. Doch mit Ideen, wer warum die Leiche geklaut hatte, damit tat man sich in der Redaktion noch sehr schwer.

Wieder hätte er beinahe nicht abgenommen, als das Telefon klingelte. Und wieder wäre es ein schwerer Fehler gewesen. Die Rufnummer war unterdrückt, der Anrufer meldete sich auch nicht mit Namen.

»Nehmen wir mal an, hier würde Herr Jemand sprechen«, sagte er fröhlich ins Telefon, um Hartmann gleich darauf mitzuteilen, dass gegen einen Beamten der Polizeiinspektion Riedburg wegen des Verdachtes der Körperverletzung mit Todesfolge im Amt ermittelt werde. Hartmann konnte keine Zusatzfragen stellen, der Anrufer legte sogleich wieder auf, gerade so, als fürchtete er eine Fangschaltung.

Hartmann starrte eine Weile auf den Telefonapparat, während er im Kopf die neue Nachricht in den großen Packen schon bekannter Tatsachen einsortierte. Doch nein, er würde nicht den Fehler von gestern wiederholen. Hartmann verstieß selten gegen das Prinzip der zweiten Quelle, und wenn, dann deklarierte er seine Information auch als entsprechend dünn.

Er griff zu seinem schweren grünen Aschenbecher und spielte eine Weile damit herum. Er dachte angestrengt nach. Ihm stand die Szenerie wieder vor Augen, als er gestern am Tatort auf Steffi Schmaerse traf. Dieses Gespräch. Da war dieses Gespräch zwischen der Kommissarin und dem Einsatzleiter. Irgendeiner der Beamten war vom Tatort verschwunden, hatte sich dann aber wieder eingefunden. Er hatte nicht nur seinen Namen gehört, er hatte seinen Namen sogar wiederholt, hatte Schmaerse nach ihm gefragt. Und nun fiel er ihm nicht mehr ein. So etwas Dummes aber auch. Offensichtlich hatte er es mit einem Fall zu tun, der ihm von der ersten Zeile an misslang, dachte er sarkastisch. Ritter? Nein. Reiter? So ähnlich. Irgendwo war hinten noch ein t. Reibert? Ja, Reibert konnte der Mann geheißen haben.

Die Geschichte war möglicherweise ganz einfach, dachte Hartmann und skizzierte eine erste Theorie: Reibert hatte mit dem Toten eine Rechnung offen und nutzte die Situation der Festnahme, um dem Täter gleich bei der Verhaftung den Rest zu geben. Hartmann wusste von dem Frust, den manche Polizisten schoben.

Es gab Autoknacker und Wohnungseinbrecher, die hielt man die ganze Nacht fest, musste sie am nächsten Morgen laufen lassen und wusste ganz genau, dass man sie am Abend wieder einbuchten würde. Was aber musste einer für Dreck am Stecken haben, dass man ein Gelüstchen bekam, ihm das Genick zu brechen oder was auch immer mit dem Mann passiert war. Die Theorie erschien zwar äußerst unwahrscheinlich, aber nicht ausgeschlossen. Reibert brachte den Mann um – ob nun absichtlich oder versehentlich, war mal dahingestellt –, verschwand vom Tatort und raubte später die Leiche, um zu verhindern, dass die Gerichtsmediziner feststellten, woran er wirklich gestorben war. Bis zu diesem Punkt schien alles klar. Aber dann zwei Bestatter umlegen?

Das war ganz starker Tobak. Aber erst mal egal. Nicht das Prinzip der zweiten Quelle vergessen. Nicht wieder in die Falle tappen. Erst einmal die Fakten sichern.

Und so griff Hartmann seinerseits zum Hörer und rief Polizeisprecher Rattmann an – zum vierten Mal an diesem Tag. Und bekam eine Bestätigung. Aber nur für den Fakt. Keine Namen, keine Details. Und einen Reibert gab es gar nicht in der Polizeiinspektion Riedburg. Sagte Rattmann.

# 10

Das Waldhotel war ein finsteres Loch. Es hatte seine besten Tage längst hinter sich. Das war, als es noch ein FDGB-Heim war und die Menschen froh waren, eine Zuweisung für einen Urlaubsplatz zu bekommen. Nach der Wende machte der Pächter so ziemlich alles falsch, was man falsch machen konnte. Er setzte darauf, dass die Gäste aus dem Westen ebenso Schlange standen wie zuvor die Urlauber aus den Betrieben. Investitionen blieben aus, und so hatte das Hotel bald den Charakter eines Geisterschlosses. Die Lage sprach ja bereits dafür: Das Haus mit dem flachen Schindeldach erreichte man nur, indem man von der Landstraße abbog und fast drei Kilometer einen schmalen Asphaltweg mit Ausweichbuchten nahm, in den die Wurzeln der dicht stehenden Bäume schon richtige Buckel gehoben hatten.

Aktueller Eigentümer war ein umtriebiger Tunesier namens Khaled Bourghiba, ein hochgewachsener Mann undefinierbaren Alters, der ein dünnes Bärtchen und vanillefarbene Anzüge trug. Das Hotel wurde nur noch für Familienfeiern genutzt, für die sich Bourghiba die Mannschaft aus jungen Ausländerinnen als Bedienung und einem syrischen Koch zusammenstellte. An diesem Wochenende hatte Tatjana das Hotel gemietet – für eine Konferenz, wie es in Bourghibas Terminplan stand.

Als Tatjana kam, waren alle schon da. Die Männer saßen im Jagdsaal des Hotels – am Ende spielte es keine Rolle, sie hätten sich überall in dem Haus treffen können. Der Jagdsaal war ein ebenso finsteres Loch wie das ganze Hotel. Er lag im Erdgeschoss, was bedeutete, dass er bis in den Hang hineingebaut war und keine Fenster hatte. An den Wänden hingen diverse Jagdtrophäen, vom gewaltigen Hirschgeweih bis hin zu einem prächtigen ausgestopften Auerhahn, dessen Schwanzgefieder breit gefächert und hoch aufgerichtet war.

Die Einrichtung bestand aus einem großen Esstisch aus massivem Holz und Polsterstühlen mit hohen Lehnen und reichlich Ziernägeln. Kleinere Stühle, die ebenfalls mit einem dunkelgrünen samtigen Polsterstoff bezogen waren, gruppierten sich um ein paar Kaffeetischchen, die irgendwie nicht so recht zu der eher rustikalen Einrichtung passen wollten.

Der Esstisch war an eine Seite geschoben worden, auf den Lehnstühlen, die an der Wand aufgereiht waren, lagen die Klamotten der Frauen, die sich, nur im Slip bekleidet, in der Mitte des Raumes dicht aneinanderdrängten, gerade so, als suchten sie Körperkontakt. Eine Herde, registrierte Tatjana befriedigt, die die Szenerie aus der Deckung einer verborgenen Seitentür im dämmerigen hinteren Teil des Saales verfolgte.

An der Körperhaltung der Frauen war deutlich abzulesen, welche ihre künftige Aufgabe schon verinnerlicht hatten und welche sich noch dagegen sträubten. Da war die rassige Brünette, die den Busen herausreckte, damit er größer erschien, und die unter gesenkten Wimpern hervor provozierende Blicke zu den Männern an den Kaffeetischchen sendete. Da war die zierliche junge Kindfrau, die mit devot geneigtem Haupt der Dinge harrte, die da kommen würden. Und schließlich die Ängstlichen, die mit gekrümmtem Rücken beieinanderstanden, mit den Händen krampfhaft die Brust verdeckend.

Es hätte nicht des Namens auf dem Pflasterstreifen bedurft, den Patrick allen unterhalb des linken Schlüsselbeins aufgeklebt hatte, um Irina zu erkennen. Irina, die Aufmüpfige, die sie schon gestern bei der Ankunft etwas härter behandeln mussten, damit sie begriff, dass sie hier nicht auf einer Gewerkschaftsschulung war.

Auch Irina erkannte man an der Körperhaltung. Die Füße nicht geschlossen, sondern leicht gespreizt, die Beine in den Knien etwas gebeugt, die Arme locker an der Seite baumelnd, die Hände schon ein wenig zur Faust geballt, der Blick nach vorn. Offen und klar. Und feindselig. So stand man da, wenn man angreifen wollte – oder flüchten. Diese Irina könnte noch Schwierigkeiten machen, dachte Tatjana.

Ihre Geschäftspartner hatten es sich an den Kaffeetischen gemütlich gemacht. Es waren Betreiber von Bordellen und Laufhäusern aus ganz Mittel- und Süddeutschland. Alle, die sich angekündigt hatten, waren auch da. Dazu saß ein den anderen bislang unbekannter Mann in der Runde: Siegfried Eisel. Nervös hockte er ganz vorne auf seiner Stuhlfläche, bemühte sich aber, einen ganz lockeren und abgebrühten Gesichtsausdruck zu machen.

Was für ein Dummkopf, dachte Tatjana. Glaubte er wirklich, Hahn hätte nicht nur den Bus kutschiert, sondern hier den Verkauf abgewickelt? Sie hatte ihm eindeutige Anweisungen gegeben, was den Transport anbetraf. Oder wollte er sie gar betrügen? Hier abkassieren und dann verschwinden? Was für ein Trottel. Tatjana erkannte, dass es ein Fehler gewesen war, Eisel auch nur einen Hauch von Einblick in ihre Geschäfte zu geben. Ohnehin hatte sie das nur getan, weil sie hoffte, weiter auf ihn setzen zu können.

Patrick hatte den Hoteleingang verschlossen und kam in den Saal, wo er sich mit dem Rücken gegen die Eingangstür lehnte. Die Show konnte beginnen.

Lauer war der Erste, der aufstand und ganz langsam eine Runde um die Mädchengruppe drehte. Ein Wolf, der die Herde umkreist. Bei Irina blieb er kurz stehen, wich dann aber leicht verunsichert ihrem Blick aus und ging weiter. Er langte zwischen zwei Frauen durch und legte seine Hand auf die Schulter einer kleinen Blondine mit seidenweichen Haaren.

»Du, komm mal vor«, sagte er und zog sie sanft aus der Meute.

Er schob sie mehr ins Licht und ging einen Meter zurück. Das Mädchen senkte den Blick. Ihre Schultern verspannten sich in Erwartung dessen, was kommen würde.

»Dreh dich mal«, forderte er sie auf.

»Ja, tanz für uns«, rief einer der anderen.

Sie drehte sich langsam um die eigene Achse. Lauer nahm eines ihrer Handgelenke und hob es hoch, wie bei einer Pirouette.

Scholl war der Nächste. Auch er ließ eine Blondine vortreten, eine, die wesentlich üppigere Maße aufwies. Als sie im Mittelpunkt stand, forderte er sie auf, sich zu bücken. Er klopfte ihr lüstern auf den Hintern, dass es hörbar klatschte. Die anderen johlten. Das Mädchen richtete sich ruckartig wieder auf und drehte sich um.

»Schschsch«, machte Scholl, griff ihr in den Nacken und zog

ihr Gesicht ein wenig näher an seines. »Wenn ich sage, bücken, dann bückst du dich, das wirst du noch lernen.« Er trat hinter sie, umfing sie dann plötzlich mit den Armen, legte seine Hände auf ihre Brüste und presste sie an sich.

»Schöne Titten«, rief er, »die liegen gut in der Hand.«

Das Mädchen wand sich.

»Dein Name ist schon notiert«, sagte Scholl, »du kommst nachher mit mir.«

Patrick machte sich eine Notiz und zog eine der »Bewerbungsmappen« aus dem Stapel auf dem Tisch vor ihm.

Nun kam Beck an die Reihe. Beck war ein großer, schwerer Kerl, der immer im akkuraten Anzug auftrat. Dennoch empfand ihn Tatjana als extrem unangenehm. Nicht nur seine Hände schwitzten stark. Von Beck wusste sie, dass er vor allem auf ganz junge und ganz zierliche Mädchen stand. In der Branche hieß es, dass er sie gerne selbst zuritt und dabei nicht zimperlich vorging. Auch heute zog er sich zielgerichtet die Kleinste aus der Gruppe. Ein Ding von maximal einem Meter fünfundfünfzig und vielleicht zwanzig Jahren, obwohl das bei Frauen mit so knabenhaften Figuren schwer zu schätzen war. Ihre Körbchengröße war höchstens A. Sie hatte Angst, sie trippelte, als er sie am Handgelenk zog.

»Wie heißt du, kleines Püppchen?«, fragte Beck, senkte seinen massigen Schädel und roch dabei an ihren kurz geschnittenen Haaren.

»Sveta«, las er laut vor. »Weißt du was, Sveta? Ich werde dich Chris nennen. So heißen bei uns in Deutschland sowohl Mädchen als auch Jungs.« Er blickte triumphierend in die Runde, und einige wieherten auch ausgelassen los.

»Bist du überhaupt ein Mädchen?«, fragte er.

Sie nickte verschüchtert. Er bückte sich und griff ihr zwischen die Beine. Fest nahm er in die Hand, was er unter dem dünnen Stoff des Slips zu fassen bekam. Das Mädchen quiekte erschrocken auf und zog den Po zurück.

»Hehehe, kleine Fotze!«

Er griff nach ihrem Handgelenk und schleuderte sie mit einer halben Kreisbewegung fast vor den großen Tisch. Dann packte er sie bei den Armen, hob sie blitzschnell auf den Tisch und drückte sie in Rückenlage. Die andere Hand stieß wieder zwischen ihre Beine.

»Du hast doch gehört, was mein Kollege gesagt hat«, knurrte er sie an. »Oder willst du, dass ich jetzt eine Vorführung gebe und dich gleich hier auf dem Tisch ficke?«

Das Mädchen mit dem Aufkleber »Sveta« auf der Brust kniff die Augen zusammen und schüttelte heftig den Kopf. Sie wimmerte leise.

»Aufschreiben«, sagte Beck in Richtung Patrick. Der nickte und zog die »Akte Sveta«.

Nur aus dem Augenwinkel bemerkte Tatjana, wie sich Irina aus der Mitte löste. Nur ein wenig. Sie ging einen Schritt vor und funkelte in die Herrenrunde.

»Genug jetzt!«, rief sie mit fester Stimme.

»Oho« – »Hört, hört« – »Was willst *du* denn?«, kam es ihr entgegen.

Beck drehte sich langsam um. Empörung trat in seinen Blick.

»Du bist wohl die Betriebsrätin«, versuchte Lauer aus seiner Ecke die Situation zu entkrampfen und ließ ein meckerndes Lachen folgen.

Irina blitzte ihn an. »Wir sind Frauen, wir sind Menschen. Ihr solltet uns nicht so behandeln!«

Lauer meckerte wieder, andere grölten und äfften sie nach.

In Becks Gesicht wich die anfängliche Empörung einer angespannten Heiterkeit.

»Oh, eine Menschenrechtlerin«, höhnte er. Dann wandte er sich an die Runde. »Habt ihr das gehört?«

Er ließ von seinem Opfer ab und ging langsam auf die Frau in der Mitte zu.

»Wen haben wir denn hier? Aha, eine Irina. Nun, Irina, ich würde dir dringend empfehlen, nicht so vorlaut zu sein, sonst geht es postwendend wieder ab in die Heimat. Dann gibt es eine schmucke Wattejacke, und du darfst in Magadan die Taiga roden.« Mit grölendem Lachen quittierten die anderen den Witz. Beck fühlte sich gestärkt.

Irina kniff die Augen etwas zusammen und wiederholte laut: »Wir – sind – Men – schen!«

Beck hatte ihr seinen breiten Rücken zugekehrt. Er spielte den Klassenkasper und schnitt eine Grimasse.

»Ihr – seid – Hu – ren!«, skandierte er.

Dann drehte er sich um und schlug ihr mit dem Handrücken ins Gesicht, dass ihr Kopf zur Seite flog und sie strauchelte. Er schlug nicht fest zu, er hätte ihr mühelos den Kiefer brechen können. Aber es war sehr wirkungsvoll. Einige der Frauen schrien entsetzt auf. Irina kam langsam wieder in die Aufrechte. Tränen standen ihr in den Augen. Aus ihrem rechten Mundwinkel rann ein dünner Faden Blut. Sie holte Luft und spuckte Beck mitten ins Gesicht.

Verdammt, dachte Tatjana. Dass mir das jetzt nicht eskaliert. Sie wollte gerade in den Saal treten, um allein durch ihre Präsenz für Ruhe zu sorgen, da mischte sich Eisel ein.

»Schluss jetzt«, sagte er.

Beck drehte sich langsam um. Er hatte ein Taschentuch aus der Hosentasche gezogen, wischte sich den Speichel aus dem Gesicht und schaute Eisel ungläubig an.

»Ah, ein Menschenfreund«, sagte er. »Vielleicht ist dieses Miststück hier ja was für unseren neuen Kollegen?« Er sah Eisel an, der während der ersten Verteilungen etwas blasser geworden war, nun aber tief Luft holte und auf Normalität machte.

»Ich bin kein neuer Kollege«, sagte er und hatte sofort die Aufmerksamkeit. »Ich habe diese jungen Frauen hierhergebracht.«

»Das ist unser Chauffeur«, gab wieder Lauer den Witzbold. »Schönen Dank auch! Und jetzt willst du hier ein bisschen mitmischen?«

Beck griff in seine Jacketttasche und förderte einen Revolver zutage. Ein kleiner kurzläufiger Smith & Wesson. Er warf ihn Eisel förmlich in den Schoß, und der griff instinktiv zu.

»Hier, wenn du mit uns ins Geschäft kommen willst.«

Eisels Gesicht spiegelte sein vollkommenes Unverständnis der Situation wider. Die anderen schwiegen, alle Augen waren auf Eisel gerichtet: die der Bordellbetreiber verschlagen lächelnd, die der Mädchen in der Saalmitte verängstigt aufgerissen, die von Irina zornig und provozierend. Eisel wollte die Pistole in seinen Hosenbund stecken. Einige der Zuhälter lachten.

»Die ist nicht für dich«, machte Beck deutlich. Dann wies er mit dem Daumen hinter sich. »Du sollst den kleinen Schreihals allemachen.«

»Ihr elenden Schweine«, kreischte Irina los.

Eisel begann zu begreifen. Er wurde leichenblass, und ihm traten Schweißtropfen auf die Stirn.

Tatjana in der leicht geöffneten Seitentür hielt die Luft an. Sie wusste, dass Beck bluffte. Auch die anderen wussten das. Aber Eisel nicht. Sie hatte ihn anfangs für einen Waschlappen gehalten. Aber beim Überfall auf den Leichenwagen war er eiskalt geblieben, was ihr dann doch ein wenig Respekt abgenötigt hatte.

Doch nun war Eisel die pure Angst anzusehen, als er unsicher aufstand. Dennoch ging er ein paar Schritte auf Irina zu. Die Hand mit dem Revolver baumelte lose neben seinem Körper.

»Ich … ich kann das nicht«, begann er zu stottern.

»Du willst doch mit uns Geschäfte machen«, bohrte Beck weiter. »Dann lern deine erste Lektion: Zeig kein Mitleid mit diesem Flittchen und zeig den anderen ihre Grenzen.«

Eisel drehte sich langsam um.

»Ihr seid alle in einem Irrtum«, sagte er erstaunlich bestimmt. »Ihr wollt mit mir Geschäfte machen. Ich bin jetzt der neue Verkäufer.«

Die Gesichter der Zuhälter erstarrten, das Lächeln fror ein. Patrick am Eingang klappte der Unterkiefer herunter. Tatjana glaubte, ihren Ohren nicht zu trauen. Was erlaubte sich der kleine Wichser? Der verdarb ihr noch den ganzen Deal. So ein Mist aber auch. Erst die Panne mit Hahn, dann die beiden Bestatter, und jetzt drehte auch noch dieser Eisel am Rad. Du arme Wurst, dachte Tatjana, hättest dich mal besser rausgehalten. Jetzt hatte sie den Worst Case.

Sie stieß die Tür auf und trat rasch in den Raum. Die Bordellbetreiber reagierten wie Schüler, die bei einem Streich ertappt wurden. Auch in Eisels Augen spiegelte sich Erkennen wider. Sie trat schnell an Eisel heran und zog ihre schlanke 92er Beretta, die mit dem aufgeschraubten Schalldämpfer eine beeindruckende Länge erreichte, aus dem rückwärtigen Bund ihrer Lederhose.

Sie zielte auf Eisels Schläfe. Dessen unsicheres Lächeln wich einer Schreckensmaske.

»Sag auf Wiedersehen, du Dummkopf«, murmelte Tatjana und schüttelte verärgert den Kopf.

Es gab ein lautes »Plopp«, und explosionsartig verteilten sich Blut und Reste des Gehirns von Eisel auf der Brust der Aufrührerin. Eisel fiel wie ein Sack vornüber. Tatjana bückte sich, löste den Revolver aus seiner Hand und warf ihn ungerührt Beck zu. Auch der war blass geworden. Sie nickte zu Patrick hinüber.

»In einer halben Stunde will ich den Kadaver hier nicht mehr sehen«, sagte sie wie nebenher. »Auch den Teppich nicht. Und macht die Sauerei hier weg.«

Sie wendete sich Irina zu, über deren Bauch in dünnen Rinnsalen das Blut des Exekutierten rann.

»Und dir empfehle ich zum letzten Mal, ganz einfach das zu tun, was man von dir verlangt.« Die junge Frau blickte sie starr an. »Haben wir uns verstanden?«, fragte Tatjana nach. Irina schlug die Augen nieder und nickte.

Ein paar Mädchen schluchzten, andere weinten leise vor sich hin.

# 11

Peter Hartmann machte sich nichts aus Bier. Ab und an holte er sich ein paar Glockenpils von der Apoldaer Brauerei, im Sommer auch mal eine kleine Kiste »Schwarzer Esel«, aber sonst stand er mehr auf Wein als auf Bier. Das wusste auch Frank Sternberger, sein Freund und Kollege aus der Wirtschaftsredaktion. Die beiden Männer verband eine Menge. Seit Sternberger Hartmann vor ein paar Jahren beinahe das Leben gerettet hatte, gingen sie einmal im Monat gemeinsam aus. Was schwierig war, denn Sternberger stand auf Bier. Irgendwann einigte man sich auf Whisky, das kam dem Genießer Hartmann wie dem Country-Fan Sternberger gleichermaßen entgegen, bildete sozusagen den kleinsten gemeinsamen Nenner.

Heute oblag Sternberger die Wahl des Lokals, und er hatte sich für das Shamrock entschieden, den Irish Pub nahe der Bartholomäus-Kirche. Das Shamrock begeisterte Hartmann von dem Augenblick an, wo er über die Schwelle trat. Mehrere nur schwach beleuchtete holzgetäfelte Räume, eine bestimmt zwölf Meter lange Theke mit Barhockern, Ledergestühl, eine Barwand mit unzähligen Whisky-Sorten und jede Menge Werbeschilder an der Wand boten ein Fest für das Auge.

Sternberger stand dort, wo der Tresen zu Ende war und ein schmaler Zugang zu den Toiletten führte. Nicht der ideale Platz, fand Hartmann, aber besser als weiter vorn, wo sich die Gäste förmlich drängten. Ohnehin lag die Aufmerksamkeit heute mehr auf dem Großbildschirm in der gegenüberliegenden Ecke – dort wurde ein Fußballspiel der Champions League auf Sky übertragen. Ein Sport, dem weder Sternberger noch er sonderlich viel abgewinnen konnten.

Sternberger war ganz im Westernstil gekleidet. Seine feinen schwarzen Jeans steckten in spitz zulaufenden Stiefeletten und wurden von einem nietenbesetzten Gürtel gehalten, der mit einer großen Schnalle – Hartmann wusste inzwischen, dass man die Dinger in der Szene »Buckles« nannte – geschlossen wurde. Das

Hemd war ebenfalls schwarz und mit Ziernähten und -knöpfen versehen, der Hals geschmückt mit einem Silberadler an einer Lederschnur. Ein steifer schwarzer Hut hing hinter ihm am Haken, ein langer Mantel aus stumpfem Leder darunter. Sternberger würde den Mantel nicht aus den Augen lassen, das wusste Hartmann.

Während sich Hartmann bei der Begrüßung seiner privaten Freunde schon länger dem Zeitgeist gebeugt hatte, sie drückte und Wangenküsschen verteilte, war ihm klar, dass er damit nur Sternbergers Unmut erregen würde. »Schwul« nannte Sternberger solches Getue, aber er tat es erst nach dem zweiten Whisky. Die beiden begrüßten sich wie Männer: mit einem herzhaften Handschlag, während die Linke den Oberarm drückte.

»Netter Schuppen«, sagte Hartmann. »Gibt es hier auch was zu essen?«

»Wird Zeit, dass du kommst«, entgegnete Sternberger. »Ich habe Durst wie ein Pferd.« Und dann, als hätte er die Frage erst jetzt verarbeitet: »Die haben hier einen wunderbaren Eintopf und ein paar Spezialitäten vom Lamm und vom Rind. Aber am Tresen gibt es nur Getränke. Hast du Hunger? Wollen wir uns setzen?«

Hartmann schüttelte den Kopf.

»Ich frag nur so, falls ich mal Anette hierher ausführen will.«

»Trinkst du ein Bier mit?«

»Na ja, Bier … Aber so ein irisches … Haben die hier auch Guinness?«

»Guinness, Murphy's, Kilkenny – was dein Herz begehrt.«

»Dann empfiehl mir eins.«

Sternberger winkte dem Mann hinter dem Tresen und bestellte zwei Kilkenny. Wenig später stand ein rötliches Bier vor den beiden Männern, das Hartmann beim zweiten Schluck erstaunlich gut schmeckte.

»Und?«, fragte Sternberger. »Du bist die letzten Tage so schweigsam. Sind es die Toten, oder ist es die Landtagswahl?«

Hartmann verschluckte sich beinahe an seinem Bier.

»Die Landtagswahl? Hast du 'nen Stich? Die ist im September. Wir haben gerade erst die Kommunalwahlen verdaut.«

Er blickte nachdenklich in sein Glas.

»Also doch die Toten«, folgerte Sternberger.

»Klar, die Toten. Kannst du dich erinnern, wann wir das letzte Mal drei Tote in zwei Tagen hatten? Und die Leiche ist immer noch verschwunden.«

»Du klingst missmutig. Kommst nicht voran, was?«

»Hm.« Und nach einer Pause: »Lass uns über was anderes reden.«

»Kopf hoch, Peter«, sagte Sternberger. Und etwas in seiner Stimme ließ Hartmann tatsächlich aufsehen. Sternbergers Augen funkelten lustig.

»Was ist los?«, fragte Hartmann verunsichert.

»Ich hab da ein kleines Geschenk für dich«, sagte Sternberger. »Du findest es zu Hause in deinem Mail-Eingang.«

Hartmann kniff die Augen zusammen und musterte Sternberger prüfend.

»Was führst du im Schilde, altes Schlitzohr?«

Sternberger begann zu strahlen.

»Ich hab dir ein bisschen zusammengestellt, was Detlef Hahn für einer war. Auszüge aus dem Handelsregister, eine Liste der auf ihn zugelassenen Fahrzeuge, eine Liste seiner Auftraggeber und so weiter und so fort. Ist nicht viel, der Kram, aber vielleicht kannst du was damit anfangen.«

»Du hast was?« Hartmanns Augen wurden groß.

»Ich werte deine Frage mal als eine rhetorische«, sagte Sternberger und nippte an seinem Ale. »Du bist ein alter Fuchs, ich denke mal, je mehr du über den ersten Toten weißt, desto mehr kannst du dir zusammenreimen, was es mit dem Verschwinden seiner Leiche auf sich hat.«

Hartmann nickte langsam und anerkennend. Dann schlug er seinem Kumpel auf die Schulter.

»Du bist großartig«, sagte er. »Erzähl, was war das für ein Ganove?«

Sternberger zuckte mit den Schultern.

»Was weißt du denn schon über ihn?«

»Phhh«, machte Hartmann. »Damit bin ich schnell fertig: Fuhrunternehmer, saß im Gewerbepark West, Umzugsservice,

Fernfahrten, eigentlich ein kleiner Krauter. Und wohl ein paar Vorstrafen – immerhin haben sie ihn mit Haftbefehl gesucht.«

»Gut«, sagte Sternberger und blickte wieder in sein Bier. Hartmann musste unwillkürlich lächeln. Sein Kumpel war wieder ganz der toughe Cowboy. Hätte er einen Hut auf, er hätte ihn sich jetzt wahrscheinlich in den Nacken geschoben.

»Also im Prinzip hast du recht. Spannend ist die Vorgeschichte. Erinnerst du dich noch an die Spedition Timmans?«

»Der große Holländer?«

»Genau, der mit den orangefarbenen Lastern.«

»Klar kenn ich Timmans. Der ist untergetaucht, als sie mitgekriegt haben, dass er sich als Marihuana-Dealer betätigt hat. Seine Firma gehörte seiner Frau, der konnten sie aber nix.«

»Richtig. Timmans ist verschwunden, seine Frau hat den Großteil der Fahrzeuge abgezogen und das Grundstück verkauft.«

Hartmann ging ein Licht auf. »An Hahn?«

»Bingo!«, sagte Sternberger. »Nur dass bis heute keiner so recht weiß, woher Hahn das Geld dafür nahm. Im Gewerbeamt gibt es einen, der vermutet noch immer, dass Frau Enie Timmans stille Gesellschafterin im Hintergrund ist. Der Handelsregistereintrag sagt nichts darüber. Die neue Lackierung der beiden Zugmaschinen hat er zumindest bar bezahlt. Das weiß ich vom Inhaber der Lackiererei.«

Hartmann lachte kurz auf. »Du hättest Polizeireporter werden sollen.«

»Lass mal gut sein, mir ist das Analysieren einer dicken Unternehmensbilanz allemal lieber als das Wühlen im Dreck.«

»Ich nehme an, du hast keinen Garten?«

Sternberger brauchte eine Weile, bis er den Scherz begriff, dann schlug er seinerseits Hartmann auf die Schulter.

»Was meinst du, gehen wir zum Whisky über?«

»Mhhh, was Helles, Zartes, Irisches … du bestellst aber, du scheinst davon mehr Ahnung zu haben.«

Wieder winkte Sternberger dem Mann hinter dem Tresen.

Zwei Wild Geese später wagte Hartmann eine Frage, die ihm schon seit dem Gespräch mit Anette auf den Nägeln brannte.

»Sag mal, Frank«, begann er gedehnt, »wie hältst du es denn inzwischen mit den Frauen?«

Sternberger tat, als ob er rülpste.

»Erledigt«, sagte er dann knapp. »Das Thema hat sich erledigt. Mir kommt kein Weib mehr ins Haus, von meiner Haushälterin mal abgesehen.«

»Du hast eine … Haushälterin?«

»Was soll's, du kennst unsere Arbeitszeiten. Außerdem kann ich es mir leisten.«

Hartmann wusste, dass das nicht stimmte. Sternbergers Ex-Frau setzte alles daran, ihn auszubluten. Aber das war nicht sein Thema.

»Ich denke ja auch mehr … in Sachen Sex. Oder hast du etwa mit deiner Haushälterin …?« Er ließ eine Pause.

»Quatsch«, sagte Sternberger. »Die bezahl ich fürs Putzen und Waschen.«

»Und sonst? Ich meine, was macht man da als Mann, wenn keine Frau mehr zur Hand ist?«

»Du meinst … Hallo! Ich bin ein Mann. Natürlich weiß ich, wie das geht. Aber das ist kein Ersatz auf Dauer.«

»Eben.«

»Weißt du, Alter«, gab sich Sternberger philosophisch, »es gibt in unserer Gesellschaft für jedes Problem eine Lösung. Wir zum Beispiel werden fürs Schreiben bezahlt, meine Haushaltshilfe fürs Putzen …«

»Ah ja«, stieg Hartmann sofort darauf ein. »Und andere Frauen …«

Sternberger grinste dreckig.

»Genau, mein Freund. Andere Frauen werden fürs Ficken bezahlt.«

Hartmann verzog das Gesicht.

»Das klingt jetzt nicht gerade … sehr erotisch.«

»Ja, sorry, ich wollte das Kind nur beim Namen nennen«, sagte Sternberger träge, schwenkte seinen Whisky und beobachtete den öligen Film, den die bernsteinfarbene Flüssigkeit an der Wand des Glases hinterließ.

»Dabei«, setzte er fort, wie um sich zu rechtfertigen, »täuschst du dich gewaltig. Das hat durchaus was mit Erotik zu tun. Das begreifen nur die meisten nicht. Für die ist eine Nutte einfach nur eine Nutte.«

»Und für dich?«

Sternberger dachte eine Weile nach.

»Nennen wir sie eine Begleiterin auf Zeit«, schlug er vor.

Hartmann wiegte den Kopf.

»Ich weiß nicht«, sagte er. »So in einem Puff, ist das nicht … das muss doch riechen. Und dann die Frauen. Wenn man weiß, dass da gerade ein anderer …«

Er verstummte. Besser nicht zu viel sagen. Reden lassen.

Sternberger lachte auf.

»Ach du. Also erstens: Ich gehe nicht in den Puff. Und die Frauen, zu denen ich gehe, die sind garantiert frisch geduscht, sauber und gesund.« Er nahm einen Schluck von seinem Whisky. »Hoffe ich wenigstens«, setzte er hinzu. »Außerdem wechsle ich nicht zu oft.«

»Du hast eine feste …?« Hartmann musste sein Erstaunen nicht spielen.

»Zumindest, wenn sie hier ist. Manchmal muss ich auch bis Erlangen fahren.«

Hartmann blickte Sternberger an und runzelte die Stirn.

»Das musst du mir erklären«, sagte er.

»Muss ich?«, fragte Sternberger und lächelte der Bar mit den vielen Flaschen zu, als stünde dort jemand.

»Ach komm schon«, blieb Hartmann dran. »Du kannst mir keinen Ballon aufblasen und dann die Luft rauslassen.«

Sternberger lachte erneut. Und er winkte dem Mann hinter dem Tresen. Als die Gläser wieder gefüllt waren, dauerte es eine ganze Weile, bis er sich schließlich räusperte.

»Du weißt, was Wohnungsprostitution ist?«

»So ungefähr«, sagte Hartmann. »Wie ein Bordell im Kleinen?«

Sternberger kniff die Augen zusammen.

»Eben nicht«, widersprach er, und es klang beinahe trotzig. »Du musst dir das so vorstellen, als wenn du ein Date bei deiner neuen Flamme zu Hause hast. Also, das sind richtige Wohnungen. Na ja, fast.«

»Warum fast?«

»Weil die dort natürlich nicht wirklich wohnen. Die haben die Wohnungen angemietet. Meist ein Bad, ein Aufenthaltsraum und ein Schlafzimmer.«

»Und abends gehen die nach Hause?«, fragte Hartmann ungläubig.

»Du würdest staunen. Ich kenne welche, die haben Kinder und Familie.«

»Ja, dass die dann ihre … ihre Freier nicht zu Hause empfangen, ist mir schon klar.«

Sternberger schüttelte stur den Kopf.

»Nein, du hast es noch nicht ganz gerafft. Die haben diese Wohnungen nicht gemietet, wie du und ich eine Wohnung mieten können. Genau genommen sind sie wohl auch eher Untermieterinnen als Mieterinnen, da stehen andere Leute dahinter. Die sorgen auch für eine gewisse … Rotation.«

»Rotation?«

»Die Damen wechseln nach einiger Zeit. Also, nur mal angenommen, du stehst auf, sagen wir mal, großbusige Blondinen …«

Hartmann lachte. »Du willst auch gleich wieder alle Klischees bedienen.«

»Meinetwegen auch kleinbusige Brünette.«

Hartmann stupste ihn an. »Erzähl weiter.«

Der Alkohol zeigte Wirkung. Die Männer wurden ausgelassener, verloren Hemmungen.

»Bleiben wir lieber bei den großbusigen Blondinen. Das wäre doch dumm, wenn es zum Beispiel in Riedburg nur eine gäbe. Wenn du jetzt Abwechslung willst, musst du erst woanders hinfahren.«

»Verstehe«, sagte Hartmann. »Du fährst wegen der Abwechslung nach Erlangen.«

»Im Gegenteil, aber das ist eine andere Geschichte. Zurück zu deiner Blondine.«

»He, was geht dich meine Frau an?«

»Zu der aus der Wohnung. Also: Die bleibt für einen Monat oder so hier, dann arbeitet sie in Zwickau, dann in Chemnitz und dann wieder hier.«

»Arbeiten …«, Hartmann prustete los, »sozusagen auf Montage.«

Sternberger kniff die Augen zusammen.

»Ja, der Vergleich stimmt so ungefähr.«

»Und warum fährst du nun nach Erlangen?«

»Ich hab mich mit einer angefreundet. Oder, besser gesagt, ich geh immer nur zu einer.«

Hartmann hörte auf zu albern.

»Aber sag mal«, wollte er dann wissen, »warum suchst du dir da nicht einfach wieder eine Frau? Oder wenigstens eine Freundin? Das ist doch dann das Gleiche, kostet nur nicht so viel.«

Sternberger drehte sein Whiskyglas. »Ist es nicht.«

»Sag mir den Unterschied.«

Sternberger blickte Hartmann lange prüfend an.

»Du hast wirklich keine Ahnung, warum Männer zu Huren gehen, stimmt's?« Er sah das Unverständnis in Hartmanns Blick. »Dabei ist es so einfach«, sagte Sternberger und nahm einen kleinen Schluck und machte wieder eine lange Pause. »Männer schlafen mit Nutten, weil sie nach dem Sex wieder gehen können«, sagte er schließlich.

Er wartete eine Weile, damit Hartmann den Satz sacken lassen konnte, und redete dann wie zu sich selbst weiter: »Keine Verpflichtungen, keine Geschenke, kein Frühstück. Von gemeinsamen Plänen schon gar keine Rede. Du gibst dem Mädchen dein Geld, ihr redet belangloses Zeug, ihr schlaft miteinander, und dann kannst du dich anziehen und gehen. Wenn du Riesenglück hast und dabei mal die Richtige findest, weißt du, so ein unbekümmertes Sonnenscheinchen, mit der du scherzen kannst und die sich besorgt ganz besondere Mühe gibt, wenn du beim zweiten Mal nicht kommst, dann willst du da auch immer wieder hin. Ohne Drängelei, ohne Kalenderplanung. Wenn du Lust hast, rufst du sie an, wenn nicht, lässt du es bleiben. Verstehst du?«

Hartmann runzelte die Stirn.

»Verstehst du?«, wiederholte Sternberger und nickte ihm ermutigend zu, als erwarte er Hartmanns Zustimmung.

»Also den ersten Teil kapier ich schon: damit du nach dem Sex wieder gehen kannst. So hab ich das noch gar nicht gesehen. Aber der zweite Teil – ich weiß nicht recht. Wenn ich mir vorstelle, wie oft am Tag die mit anderen Männern …« Hartmann schüttelte sich und nahm einen großen Schluck aus seinem Glas.

Sternberger lachte laut und dröhnend los.

»Du bist mir ein weltfremdes Herzchen«, sagte er und schlug dem Freund kräftig auf die Schulter. »Also erstens stellst du dir da was Falsches vor. Da gibt es welche, die sind froh, wenn sie am Tag auf drei Freier kommen. Und außerdem: Ich für meinen Teil, ich denke darüber gar nicht nach. Dann klappt das auch ganz prima. Und Judit zumindest achtet sehr auf Sauberkeit und Gesundheit. Da bin ich noch nie auf die Idee gekommen, mir andere Männer vorzustellen.«

Wer von uns beiden hier der Weltfremde ist, ach was, der Naive, ist noch sehr die Frage, dachte Hartmann. Sagte aber nichts. Auch andere naheliegende Fragen verkniff er sich. Die nach Sternbergers Finanzen zum Beispiel. Die gingen ihn zwar nichts an, aber als Freund durfte, nein sollte er sich schon Gedanken machen: eine teure Scheidung, der Unterhalt für die Kinder, die große Eigentumswohnung, eine Putzfrau, eine Stamm-Nutte … da reichte ein Redakteursgehalt nicht aus. Er würde später nachbohren, das war er der Freundschaft zu Sternberger schuldig.

An diesem Abend beließ er es bei einem weiteren Wild Geese und beim Übernehmen der Rechnung. Er war es schließlich nicht, der Geldsorgen hatte.

# 12

»Nimm dir ruhig einen«, sagte Isabell, die Sekretärin der Landesredaktion. »Der Appetit steht dir doch ins Gesicht geschrieben.« Hartmann grinste und griff sich einen der rotbackigen Äpfel, die in einer Schale neben dem Drucker lagen. Er hauchte ihn an und rubbelte ihn über sein Hemd, bis er schön glänzte. Dann biss er herzhaft hinein.

»Was gibt es denn Dringendes, Sonnenscheinchen?«, fragte er, mit vollem Mund genießerisch schmatzend.

Drei Minuten vorher hatte Isabell während der Redaktionskonferenz ihren Kopf durch die Tür gesteckt, Daumen und kleinen Finger an Ohr und Mund gehalten und Hartmann zugenickt: Ein wichtiger Anruf für dich, sollte das signalisieren.

»Thalmann hat angerufen, er hat was für dich auf dem Scanner gehört.«

»Danke dir.« Hartmann zwinkerte ihr zu, biss erneut krachend in den Apfel und ging in sein Büro. Er hatte gute Laune. Bislang konnte er täglich etwas über die drei ominösen Toten veröffentlichen, und Chefredakteur Grieshaber hatte Alexander Böhnke, Hartmanns Ressortleiter, dafür in der Leitungsbesprechung gelobt. Dabei – richtig weitergekommen war Hartmann bisher nicht. Nicht wirklich. Aber immerhin konnte er den Lesern täglich neue Informationen anbieten.

Neue Informationen hatte auch Roberto Thalmann, der Fotograf. Brandheiße Informationen sogar. Auf der Frequenz des Polizeifunks hatte er mitbekommen, dass in den frühen Morgenstunden in einem Forst südöstlich von Saalfeld eine Leiche gefunden worden war. Die lokalen Ermittler warteten derzeit auf das Eintreffen der Kriminalisten von der Landespolizeiinspektion. Schmaerse, schoss es Hartmann durch den Kopf. Die hatte auch ganz schön was auf dem Tisch.

Doch sie konnte sich ein Blaulicht auf das Dach setzen – sie würde binnen einer Stunde am Fundort sein. Einen Moment lang überlegte Hartmann, ob sich der weite Weg für ihn überhaupt lohnen würde. Aber bei einem Leichenfund dauerte die Tatortarbeit für gewöhnlich mehrere Stunden, sodass er durchaus Chancen hatte, unmittelbar vor Ort zu arbeiten. Beobachtungsrecherche, das wusste er seit seinem ersten Nachrichtenbericht, versprach in der Berichterstattung stets mehr Authentizität. So griff er sich doch die Autoschlüssel und löste sein Netbook aus der Dockingstation.

Eine Woche, vier Leichen, dachte Hartmann auf dem Weg zu Böhnke, bei dem er sich abmelden wollte. So viele Tötungsdelikte hatte es bislang nicht mal in einem schlimmen Jahr gegeben, soweit sich Hartmann erinnerte.

Er ließ sich Zeit für die Fahrt in den Süden, so konnte er seine Gedanken sortieren. Mal sehen, was wir haben: Ein Mann bricht tot zusammen, möglicherweise hat ein Polizist nachgeholfen. Wenig später wird seine Leiche geklaut, möglicherweise vom selben Polizisten. Dabei werden zwei Bestatter erschossen, möglicherweise vom selben Polizisten.

Wenn seine Theorie bis zu diesem Punkt stimmte, dann gab es in Riedburg erstmals einen Massenmörder. Das würde zwar Stoff für die nächsten Jahre bringen, dachte Hartmann, wäre aber dennoch nichts für ihn – es wäre einfach *zu* heftig. Und nun eine vierte Leiche, diesmal mitten im Wald. Wieder ein Opfer des irren Polizisten?

Der irre Polizist. Das gefiel Hartmann. Wäre ein schöner Titel für einen Krimi. Bislang kannte er nur den lachenden Polizisten. So hieß ein Krimi des schwedischen Autorenpärchens Sjöwall und Wahlöö. Hartmann hatte alle Romane der beiden verschlungen. Die »K-Reihe« nannte sich früher eine Edition des Verlages Volk und Welt – und die Schweden galten damals noch als Geheimtipp.

Bei den ersten drei Toten, so viel könnte ein Laie erkennen, gab es mehr als nur einen zeitlichen Zusammenhang. Die beiden Bestatter wurden erschossen, um an die Leiche des ersten Opfers – wenn es denn ein Opfer war – heranzukommen. Vielleicht gab es einen solchen Zusammenhang ja auch in diesem Fall? Welcher könnte das sein?

Mal spinnen: Der irre Polizist hatte den ersten Mann umgebracht, weil er in Wahrheit sein Komplize war und er Angst hatte, er könnte ihn bei der Vernehmung verraten. Eine Theorie, zu der die beiden toten Bestatter nicht mehr passen wollten. Es sei denn, der Tote hatte etwas bei sich, das der irre Polizist unter den Augen seiner Kollegen nicht an sich nehmen wollte. Dann gäbe es sogar eine Erklärung für die zunächst unbemerkte Entführung des Leichenwagens: Der irre Polizist hatte sich mit einem Streifenwagen davorgesetzt, so eine »Bitte folgen«-Leuchtschrift eingeschaltet und ihn auf einen Feldweg gelotst.

Und der vierte Tote? Der zweite Komplize des irren Polizisten hatte Fracksausen bekommen, nachdem er gesehen hatte, was mit dem anderen passiert war. Er wollte aus der Sache aussteigen, der Irre bekam das mit und lockte ihn in den Wald.

Hartmann wiegte den Kopf.

»Klingt scheiße«, sagte er dann zu sich selbst. Aber er konnte es drehen und wenden, wie er wollte, er fand vorläufig keine andere Theorie. Er musste unbedingt herausbekommen, wer dieser Reibert war, dessen Existenz Polizeisprecher Rattmann so vehement verschwieg.

Die letzte Navigationshilfe vor dem Fundort der Leiche gab ihm Roberto Thalmann per Handy. Er hatte in der Zwischenzeit aufmerksam den Polizeifunk abgehört und konnte die Stelle ziemlich genau eingrenzen.

Hartmann ärgerte sich zunächst, als er sah, dass sowohl der Mitteldeutsche Rundfunk als auch RTL bereits ein Filmteam vor Ort hatten. Von Erfurt hierher war es auch nicht viel näher als von Riedburg aus. Woher hatten die so schnell Wind bekommen? Oder war er selbst so langsam gewesen?

Andererseits blieb es beinahe egal. Der Tote würde ohnehin in den Hauptfernsehnachrichten laufen, und bis dahin hätte auch Hartmann längst eine Meldung online. Den übertrieben zur Schau gestellten Kampf um die Erstinformation zwischen Medien mit so unterschiedlichen technischen Möglichkeiten hielt Hartmann längst für albern, auch wenn es derzeit bei der Rundschau nicht ratsam wäre, so eine Meinung laut zu äußern.

Hartmann parkte seinen betagten Chrysler halb im weichen Waldboden am Ende der schon beachtlichen Schlange von Fahrzeugen, die sich vor dem Absperrband der Polizei gebildet hatte. Er stieg aus und wunderte sich darüber, wie kühl es in dem dicht bewachsenen Waldstück noch war. In der Nacht hatte es geregnet, und obwohl die Sonne schien, hielt sich hier in der Dämmerung der dicht stehenden Bäume hartnäckig die Feuchtigkeit auf dem Weg, im Gras, im Moos. Es roch angenehm nach Pilzen und – nun ja, nach Wald eben.

Hartmanns Ankunft wurde kaum bemerkt, der nur noch dünne Nebel schluckte die Geräusche. Erst als er sich der Absperrung näherte, drehte sich ein Tontechniker des MDR-Teams nach ihm um und grüßte ihn. Man kannte sich. Hartmann ging zu einem Kollegen der Ostthüringer Zeitung, begrüßte ihn in gedämpftem Ton und fragte nach den Gesichtern, die ihm neu waren. Neben den beiden Filmteams und der OTZ waren die Lokalredaktion der Landeszeitung, ein freier Journalist aus Saalfeld und ein fester Freier der Bild-Zeitung vor Ort, den Hartmann noch nicht kannte. Verdrossen stellte er fest, dass er langsam zu den Älteren gehörte.

Ein fest montierter LED-Scheinwerfer auf einer Filmkamera versuchte sich durch den Nebel zu bohren, als Florian Rattmann, der Sprecher der Landespolizeidirektion, auf die Absperrung zuging. Er fluchte kurz, weil ihm ein störrischer kahler Ast einer Fichte die Dienstmütze vom Kopf stieß. An seinen Halbschuhen klebten Dreck und nasse braune Blätter.

»Machen Sie das Ding doch aus, ich habe noch nichts Neues«, sagte er gereizt zu dem Kameramann, der enttäuscht das schwere Gerät von der Schulter nahm.

»Herr Rattmann«, rief ihm Hartmann halblaut zu. Die nahezu gespenstische Szenerie im dichten Wald und das Wissen um die nahe Leiche ließen die Beteiligten ganz von alleine in gedämpftem Ton reden.

»Herr Hartmann, guten Tag«, sagte Rattmann freundlich und reichte ihm die Hand.

»Ich bin gerade erst gekommen, können Sie mir einen ersten Überblick geben?«

Rattmann schaute sich um.

»Noch jemand hier, der noch nicht mit mir sprechen konnte?«

Der Lokalreporter der Landeszeitung stakste mit großen Schritten auf die beiden zu.

Rattmann sah prüfend von einem zum anderen.

»Also«, fing er an und ließ eine bedeutungsschwangere Pause folgen. »Heute Morgen gegen fünf Uhr dreißig war ein Jogger mit seinem Hund auf ebendiesem Weg in Richtung Norden unterwegs. Rund achtzig Meter hinter uns wurde der Hund plötzlich unruhig, verließ den Weg, schnüffelte, bellte und scharrte.« Er wartete einen Moment, bis die beiden Journalisten aufhörten zu schreiben und ihn wieder ansahen.

»Der Jogger versuchte mehrmals vergeblich, den Hund wieder zu sich zu rufen«, fuhr Rattmann fort.

»Was für ein Hund?«, fragte Hartmann dazwischen.

Rattmann zog einen Notizblock hervor und blätterte.

»Ein Labrador-Retriever«, las er dann ab.

Hartmann nickte dankend.

Rattmann schüttelte leicht den Kopf, als hätte man ihn aus dem Konzept gebracht. Dann fuhr er fort.

»Der Hund entdeckte also in einer Tiefe von etwa fünfzehn bis zwanzig Zentimetern eine männliche Leiche. Über die Identität des Mannes ist ebenso wenig bekannt wie über die vermutliche Todesursache. Die Auffindesituation lässt auf einen unnatürlichen Todesfall schließen. Derzeit sichern Beamte der Kriminalpolizei und der Tatortgruppe des Landeskriminalamtes die Spuren. Der Staatsanwalt ist eingeschaltet, eine Obduktion des Leichnams angeordnet.«

Rattmann klappte demonstrativ seinen Block zu.

»Fragen?«

Hartmann musste lächeln. Zu sehr erinnerte ihn das an seine Armeezeit. Da gab es einen Ausbilder, einen erfahrenen Stabsfeldwebel, der pflegte nach seiner Einweisung die drei Wörter »Fragen? Keine? Gut« buchstäblich in einem Atemzug herunterzurasseln.

»Kann man sagen, wie lange der Mann dort gelegen hat?«, wollte der Kollege von der Landesredaktion wissen.

»Nein«, antwortete Rattmann kurz angebunden. Offenbar wollte er keine Fragen beantworten, ein Umstand, der Hartmann misstrauisch machte. Dann eben direkt, sagte er sich.

»Weist der Mann Verletzungen auf?«

»Kein Kommentar.« Rattmann zögerte einen Moment zu lang.

»Also ja«, folgerte Hartmann. »Waren es Schussverletzungen?«

»Kein Kommentar.« Diesmal ohne Zögern.

Das schätzte Hartmann an dem Sprecher der Landespolizeiinspektion, deswegen sah er ihn insgeheim als Verbündeten an. Florian Rattmann konnte niemanden wirklich belügen. Das wollte er wohl auch nicht. Entweder sagte er die Wahrheit, oder er sagte lieber gar nichts. »Kein Kommentar«, hieß es dann. So blieb er gegenüber seinen Vorgesetzten sauber und gab zugleich dem, der ihn verstand, ein deutliches Zeichen.

Ein Satz von Erich Kästner schoss ihm durch den Kopf: »Die Fragen sind es, aus denen das, was bleibt, entsteht.« Genauso war es in seinem Job. Auf die Fragen kam es an. Und Hartmann ging zum Frontalangriff über.

»Gibt es einen Zusammenhang zwischen den erschossenen Mitarbeitern des Bestattungsunternehmens und diesem Toten?«

»Herr Hartmann!« In Rattmanns Stimme schwang leiser Tadel mit.

»Das bin ich«, sagte dieser fröhlich.

»Wenn ich mich nicht irre, sind Sie länger im Geschäft als ich. Da können Sie sich so eine Frage durchaus alleine beantworten. Aber ich weiß«, er machte eine beschwichtigende Bewegung mit beiden Händen, »Sie müssen fragen dürfen.«

Hartmann grinste.

»Also: Ob es einen Zusammenhang zwischen diesem Fund und den von Ihnen angedeuteten Taten gibt, kann zum gegenwärtigen Zeitpunkt unmöglich gesagt werden.«

Hartmann nickte verständnisvoll.

»Wer leitet die Ermittlungen?«, wollte er schließlich noch wissen.

»Das Dezernat 1.«

»Also Steffi Schmaerse.«

»Herr Hölbing wird die Ermittlungen leiten.«

Hartmann runzelte die Stirn. Doch zum Nachfragen blieb keine Zeit. Der Polizeisprecher tippte grüßend an den Mützenschirm und machte wieder kehrt.

Nach ein paar Minuten verzog sich Hartmann in seinen Chrysler, fuhr den Laptop hoch und begann zu tippen.

Erst nach scheinbar endloser Warterei kam Bewegung auf. Ein Leichenwagen schob sich langsam schaukelnd den Waldweg entlang. Hartmann sah es eher zufällig im Rückspiegel. Wie der Blitz war er aus dem Wagen raus und holte seine betagte Nikon aus dem Kofferraum. Langsam rangierte der Leichenwagen zwischen den parkenden Fahrzeugen in Richtung Absperrung. Hartmann schoss eine ganze Serie Fotos, von denen wohl die am schönsten waren, wo der Kameramann des MDR seinen LED-Strahler auf das schwarz glänzende Fahrzeug richtete.

»Hoffentlich lassen sie sich nicht wieder die Leiche klauen«, murmelte Hartmann. Ein paar der umstehenden Kollegen lachten leise.

Als der Wagen nach einer Viertelstunde wieder auftauchte, tat sich auch etwas aus Richtung Fundort. Die ersten Beamten gingen zu ihren Fahrzeugen und erweckten den Eindruck, der Spuk wäre vorbei. Und da schlenderte doch tatsächlich die Dezernatsleiterin Steffi Schmaerse traulich im Gespräch mit dem kleinen Hölbing auf die Journalistengruppe zu.

Hartmann bekam vor Verblüffung zunächst gar nichts raus – soeben hatte Rattmann noch verkündet, Hölbing sei der Leiter der Ermittlungen. Der freie Journalist war der Erste, der sich auf die Kommissarin stürzte.

»Können Sie uns vielleicht etwas Neues sagen?«

»Wenden Sie sich an Herrn Rattmann, der koordiniert die Pressearbeit«, ließ sie den Neugierigen stehen.

Schmuck sah sie aus, befand Hartmann. Eine enge Jeans betonte ihre perfekte Figur, eine dunkelbraune knappe Lederjacke schützte sie vor der Kühle des Waldes.

»Ähm, Frau Schmaerse, mal ganz außerhalb des Protokolls …«, begann Hartmann. Wider Erwarten funktionierte es.

»Herr Hartmann«, begrüßte sie ihn freundlich. »Wir sehen uns ja oft in diesen Tagen.«

Hartmann lachte und hob abwehrend die Hände.

»Kein Stalking, Frau Kommissar. Wir berichten nur, Sie wissen doch.«

Schmaerse erwiderte sein Lachen.

»Ich müsste mir auch Sorgen machen, wenn Sie an den Dingen beteiligt wären.«

»Aber im Ernst«, sagte er und berührte vertraulich ihren Oberarm.

Sie blickte Hölbing von der Seite an.

»Kleinen Moment, Frank«, sagte sie und wandte sich im Gehen Hartmann zu.

Hölbing blieb stehen.

Der Mann von der Bild-Zeitung maulte vor sich hin.

»Das hier ist privat«, rief ihm Hartmann über die Schulter zu. Und sagte dann leise zu der Kommissarin: »Rattmann hat uns gesagt, Hölbing würde leiten …«

»Da hat er recht«, sagte Schmaerse.

»Aber …«

»Ohne Aber. Ich bin ab morgen für drei Wochen nicht mehr hier.«

Hartmann machte große Augen.

»Urlaub?«, fragte er ungläubig. »Bei Ermittlungen zu vier Toten?«

»Urlaub? Herr Hartmann, Sie haben sich die Antwort doch schon gerade selbst gegeben.«

»Sind Sie etwa …?« Er machte einen Schritt zurück und ließ einen raschen Blick über ihren Körper gleiten. Schmaerse warf den Kopf in den Nacken und lachte aus vollem Halse.

»Kann ja sein, dass ich in den letzten Tagen gut gegessen habe«, sagte sie, »aber nein, schwanger bin ich auch nicht.«

»Aber dann …«, fing Hartmann erneut an.

»Neugierde bringt die Katze um«, flachste Schmaerse.

»Und Zufriedenheit bringt sie zurück ins Leben«, konterte Hartmann. »So sagen Sie schon!«

»Wusste gar nicht, dass Sie sich mit englischen Redewendungen auskennen«, staunte Schmaerse.

»Tja«, machte Hartmann bescheiden, der keine Ahnung hatte,

dass es sich dabei um eine englische Redewendung handelte – er hatte das einfach irgendwo aufgeschnappt.

»Aber geben Sie sich keine Mühe, ich bin nicht da und basta.«

Hartmann wusste, wann es vorbei war.

»Ihre Chefs haben eine schlechte Entscheidung getroffen«, warf er noch eine Nebelbombe. »Ich werde Sie vermissen.«

»Alter Charmeur«, gab Schmaerse zurück, »vielleicht schreibe ich Ihnen eine Karte.«

Konkret wurde sie nicht. Und eine Karte, so gut kannte er die Kommissarin, würde sie ihm auch nicht schreiben. Nicht in diesem Leben.

Auf dem Rückweg in die Redaktion hatte er wieder reichlich Stoff zum Grübeln. Hatte man Schmaerse abgezogen? Strafversetzt? Polizeidirektor Tremel war bekannt dafür, dass er seine Leute unter immensen Druck setzen konnte. Ebenso berühmt war er für rasche, unpopuläre und überdies unsinnige Personalentscheidungen.

Vor ein paar Jahren hatte er in der Inspektion Stadtroda quasi über Nacht drei Leute der Ermittlergruppe abgezogen, darunter den Chef und seine Stellvertreterin. Einer hatte bei einer Ermittlung einen Formfehler begangen, ein anderer wollte das vertuschen, und der Chef, nun ja, der trug halt die Verantwortung. Fortan durften die drei in der Landespolizeiinspektion im Archiv helfen. Das Ergebnis: Die Inspektion war hilflos, da die zwei Ersatzkräfte, die flugs geschickt wurden, keinerlei Ahnung vom Territorium und von seinen Besonderheiten hatten.

Nur: Steffi Schmaerse abzuziehen hieße, ungleich größeren Schaden anzurichten. Hölbing war in Hartmanns Augen ein fähiger Kriminalist, aber ein Dezernat leiten, das gleichzeitig vier Tote »auf dem Tisch« hatte, das traute er dem kleinen wendigen Burschen nun doch nicht zu.

Ein paar Stunden später – Hartmann hatte die Deadline für den Andruck bis auf die letzte Minute ausgereizt – fiel auch in der obersten Etage der Riedburger Rundschau eine Personalentscheidung. Chefredakteur Grieshaber ernannte Peter Hartmann zum Reporter zbV, zur besonderen Verwendung. Er war vom regulären Redaktions- und Seitendienst freigestellt, aus dem Ressort der Landesredaktion herausgelöst und nur noch Grieshaber persönlich zur Rechenschaft verpflichtet.

Sein Ressortleiter Alexander Böhnke hieb ihm danach auf dem Flur freundschaftlich auf die Schulter. »Mensch«, rief er, »du wirst noch Chefreporter.«

Bloß nicht, dachte Hartmann, bloß das nicht.

## 13

Anette Hartmann sah sich noch einmal aufmerksam im Salon um. Eine Kundin wartete noch. Paula, die Azubine, fegte gerade die Haare zusammen, damit der Platz sauber war. Sie machte das sehr ordentlich. Überhaupt hatte Anette Gefallen an dem Mädchen gefunden. Fast bedauerte sie, im Moment niemanden einstellen zu können. Zumindest solange keine ihrer anderen Mitarbeiterinnen freiwillig ging und sich am Zuspruch der Kundschaft nicht generell etwas änderte. Aber bis Paula zu ihrer Prüfung antreten durfte, würden ohnehin noch anderthalb Jahre vergehen.

Daniela stand in dem Durchbruch, der zum Wartebereich für die Kunden führte. Sie lächelte nachsichtig, als sie Anettes besorgten Blick bemerkte.

»Nun schieb schon ab, Chefin«, sagte die älteste und erfahrenste Mitarbeiterin ihres Salons. »Wir kriegen das schon gebacken. Sind doch nur drei Wochen.«

»Oder vier«, gab Anette zu bedenken. »Und dann ist die Monatsabrechnung fällig.«

»Bis gestern hat die immer dein Steuerberater gemacht«, hielt Daniela dagegen und lächelte. »Willst du das jetzt wieder selber übernehmen?«

»Hast ja recht«, räumte Anette ein.

Hinter Danielas Blondschopf tauchte das Gesicht ihres Mannes auf.

»Können wir?«, fragte Hartmann fast fröhlich. »Oder hast du hier noch ein paar Igel zu bürsten?«

Anette funkelte ihn böse an. Dann wandte sie sich wieder Daniela zu.

»Ich danke dir«, sagte sie, und Daniela winkte nur ab.

Natürlich gerieten sie wieder in den Stau. In der Feierabendzeit war die Ausfahrtstraße in Richtung Norden immer dicht. Dort lagen die Plattenbauviertel, dort begann der Zubringer zur Autobahn. Normalerweise machte Anette dienstags noch den Salon gründlich sauber, aber auch das würde heute Daniela übernehmen. Am Montag hatte sie ihre Kur anzutreten, besser gesagt ihre »medizinische Rehabilitation«. Drei Wochen lang sollte sie lernen, ihren Rücken so zu bewegen, dass ihre Bandscheiben nach einem langen Tag im Geschäft nicht mehr »Aua« sagten.

Anfangs war es nur ein wenig Rückenschmerz gewesen, inzwischen drohte ihr ein Bandscheibenvorfall. Zwanzig Jahre in einem Frisiersalon stehen hinterlässt Spuren. Jedermann wusste das. Doch darüber wollte sie jetzt nicht sprechen. Denn Sorgen bereitete ihr weniger der Rücken als die Arbeit, in der ihr Mann gerade steckte. Vier Tote innerhalb kürzester Zeit – das bedeutete mehr Überstunden in einer Woche als sonst im ganzen Monat. Und wenn sie nicht da war, dann würde Peter noch mehr arbeiten, weil ihn nur wenig nach Hause zog.

»Wirst du auch klarkommen?«, fragte sie und strich ihm zärtlich über den Handrücken.

Ihr Mann grinste.

»Bin ich das jemals nicht?«

Sie musste nicht lange überlegen.

»Ich sage nur: Quellenfest«, mahnte sie.

»Au«, sagte er, »immer auf das Schlimme. Aber im Ernst: Ich habe meine Arbeit, ich habe meinen geregelten Tag. Du bist es, die in die Fremde zieht, die Neues kennenlernt und sich womöglich jeden Tag gegen eine Armada von Kurschatten zu erwehren hat.«

Sie boxte ihn auf den Oberarm.

»He, du siehst aber schon, dass ich fahre«, spielte er den Entsetzten.

»Weißt du eigentlich, was meine Ärztin gesagt hat?«, wollte sie wissen.

»Erzähl!«

»Ich soll ohne Kurschatten wiederkommen, hat sie mir empfohlen. Und als ich dumm geguckt habe, hat sie augenzwinkernd hinzugesetzt: ›Was dort ist, soll dort bleiben.‹«

Hartmann runzelte die Stirn.

»Wahrscheinlich würde ich das auch gar nicht wissen wollen«, brummelte er.

»Och menno, ich hab doch bloß Spaß gemacht«, riss ihn Anette aus den Grübeleien. Dann wurde sie wieder ernst. »Du musst mir versprechen, dass du keine Dreizehn-Stunden-Tage schrubbst, wenn ich weg bin. Ich meine, du hast gerade ziemlich viel um die Ohren.«

»Ach was«, gab er gelassen zurück. »Ich suche mir eine junge Volontärin, nehme sie abends mit nach Hause und diskutiere mit ihr über die gesundheitsfördernde Wirkung von Kurschatten.« Er grinste diabolisch, und sie holte wieder aus, um ihm einen Schlag zu versetzen.

»Ich hab doch auch nur Spaß gemacht«, sagte er. »In Wirklichkeit entwickele ich mit der Volontärin Theorien über die vier Toten.«

Sie verdrehte die Augen.

»Hast du denn wenigstens schon Theorien?«

»Jein«, sagte er und machte eine vage Handbewegung. »Es ist nicht ausgeschlossen, dass es da einen durchgeknallten Polizisten gibt, der in ein ganz krasses Ding verwickelt ist.« Er machte eine Pause. »Aber das ist nur ein Verdacht ohne wirklich handfeste Hinweise. Der erste Tote ist ein Wirtschaftskrimineller, der könnte sein Geheimnis mit in den Tod genommen haben. Die beiden anderen mussten sterben, damit der Täter wieder an die Leiche kommt …«

»Um ihr das Geheimnis zu entreißen?« Der beißende Spott in ihrer Stimme war nicht zu überhören.

»Ja, zum Beispiel«, blieb er ernst und drehte sich ein wenig zu ihr herum. »Der könnte doch etwas bei sich getragen haben. Oder bei der Obduktion hätte es einen Hinweis auf seinen Mörder gegeben. Stell dir nur mal vor, wenn der vergiftet worden wäre.«

»Hmm.« Anette schob die Unterlippe vor. »Und der vierte?«

»Da muss ich erst mal rauskriegen, wer das war.«

»Versprichst du mir was?«

»Was immer dich glücklich macht.«

»Begib dich nicht wieder in Gefahr.«

»Ach was«, brummte Hartmann beschwichtigend.

»Nicht ach was!« Anettes Stimme griff eine Oktave höher.

»Bei diesem Fleischskandal vor zwei Jahren, da hat man sogar auf dich geschossen.«

»Das hältst du mir wohl ewig vor.«

»Ich will so etwas nie wieder erleben müssen, hörst du? Und wenn diesmal ein Polizist beteiligt ist, dann heißt das, dass auch wieder Waffen im Spiel sind.«

»Mag sein, aber diesmal habe ich keinen Informationsvorsprung«, versuchte Hartmann sie zu beruhigen. »Gegen den Mann wird längst intern ermittelt. Und in der Landespolizeiinspektion leugnet man, ihn überhaupt zu kennen.«

Anette dachte nach.

»Und wenn da höhere Interessen im Spiel sind? Ein Mensch kann ja nicht einfach so verschwinden.«

»Du meinst, wenn er von ganz, ganz oben gedeckt wird?«

»Dein Job, nicht meiner.«

»Siehst du, und ich werde mich auch darum kümmern. Vorsichtig, ich verspreche es dir.«

Ihrem trotzigen Blick nach vorn mit den feucht schimmernden Augen sah er an, dass sie ihm kein Wort glaubte.

Eine Weile fuhren sie schweigend vor sich hin, dann meldete sie sich wieder zu Wort: »Wusstest du, dass Verkäuferin und Friseurin die beiden häufigsten Frauenberufe sind? Das habe ich von der Handwerkskammer. Eins Komma fünf Millionen Frauen arbeiten im Laden oder im Salon. Und Rückenbeschwerden sind die häufigsten Krankheiten. Bei den Verkäuferinnen sogar noch mehr als bei Friseurinnen – dort sind eher Allergien das Problem, wegen der vielen Chemikalien.«

Hartmann täuschte Interesse vor. Solange sie von ihrem Beruf plapperte, würde sie sich nicht mit ihren Ängsten um ihn beschäftigen müssen.

»Dann solltest du auf deinen Rücken umso mehr aufpassen. Also pack nicht so viele Klamotten in deinen Koffer. Nimm lieber zwei kleine mit geringerem Gewicht«, empfahl er.

Und in Gedanken fragte er sich: Wo zum Teufel steckt der Polizist namens Reibert?

## 14

»Ooch, was für ein schöner Mann«, wiederholte Judit und streichelte Frank Sternberger über den nackten Bauch. Dann küsste und leckte sie ihn wieder. Wenn Judit »schöner Mann« sagte, musste man genau hinhören. Beim ersten Mal hatte Sternberger immer »Schweinemann« verstanden. Judit hatte eine angenehme Stimme, aber eine Aussprache, deren ungarische Herkunft nicht zu verleugnen war. Das hatte bisweilen auch Stil, hatte etwas Aristokratisches, etwas unglaublich Schmeichelhaftes, etwa als sie mit kindlichem Erstaunen in der Stimme flüsterte: »Jo, Mama, kannst du auch ein drittes Mal!«

Judit war Ende zwanzig, und auf der Straße hätte man sie wohl als ziemlich dick bezeichnet – sie wog bei ihren stolzen ein Meter fünfundsiebzig immerhin fünfundachtzig Kilogramm. Doch Sternberger wusste es besser: Das war alles Muskelfleisch. Er hatte nie zuvor eine Frau mit so stämmigen und doch fraulichen Schenkeln gesehen. Hätte man ihn gefragt, wann und warum Judit zu seiner »Lieblingsfrau« wurde, er wäre um eine Antwort verlegen gewesen.

Kennengelernt hatte er dieses Stück geballter Lebens- und Liebesfreude in Jena, bei einer bekannten Adresse unweit des Westbahnhofs. Er war auf der Suche nach käuflicher Liebe und hatte die einschlägigen Anzeigen auf seinem bevorzugten Internetportal studiert, da war sie ihm das erste Mal aufgefallen. Sie bot alles, was er beim Sex mochte, und beim ersten Handykontakt hatte es ihm vor allem ihre volle warme Stimme angetan. Als ihm der Preis zu niedrig vorkam und er nachhakte, was denn da alles inklusive sei, hatte sie das erste Mal dieses – gespielte oder echte – Erstaunen gezeigt: »Natürlisch ist da alles dabei, komplettes Service für disch.«

Erst glaubte er, an eine Französin geraten zu sein, doch in der Anzeige stand unter Herkunft: »osteuropäisch«.

Sternberger konnte mit dünnen Frauen nichts anfangen. Er brauchte es jung, kräftig und gesund. Da kam der Western- und

Country-Fan wieder durch. Für ihn musste eine Frau eine Robustheit ausstrahlen, die es ihr einst ermöglicht hätte, den großen Treck nach Westen zu überleben und ihm währenddessen noch einen gesunden Sohn zu gebären. Zwischen der großen Wäsche am Fluss und dem Abziehen eines Kaninchens gewissermaßen.

Ein Klischee, sicherlich, aber ein Klischee, in das Judit wunderbar hineinpasste. Lustvoll besabberte und bearbeitete sie sein bestes Stück, das sich schon wieder regte. Was gab es Befriedigenderes als einen schlaffen Schwanz, der in der warmen feuchten Höhle eines Frauenmundes von einer erfahrenen Zunge liebevoll zum Leben erweckt wurde? Doch: Sie würde ihm auch heute eine treue Gefährtin auf Zeit sein.

Während er sich wohlig räkelte und die feinen, im Moment verschwitzten Härchen in ihrem Nacken kraulte, dachte er an das jüngste Gespräch mit seinem Freund Peter Hartmann. Fast musste er lachen. Der hatte vielleicht seltsame Vorstellungen von Huren. Als wäre das ein schmutziges Geschäft in verdreckten Wirtshauszimmern. Für ihn, Sternberger, war Judit eher eine Art Hetäre, eine Kurtisane, eine Geliebte gegen Lohn.

Auch wenn sie in mehreren Gesprächen beteuerte, einen Mann und Kinder zu haben, hielt Sternberger das für eine Schutzbehauptung, um einen sozialen Status vorzutäuschen, über den sie in Wahrheit gar nicht verfügte. Möglicherweise machte sie sich auch selbst etwas vor, träumte laut und naiv vor sich hin. So viel Erfahrungen hatte er dann doch nicht, dass er wusste, welche Geschichten verheiratete Huren ihren Freiern erzählten. Misstrauisch machte ihn, dass sie zwar schon mehrfach erzählt hatte, eine Familie zu haben, aber mit keinem Wort die kleinen Dinge des Alltags erwähnte, durch die sie als Mutter erkennbar wäre: Schulprobleme, Ferienpläne und dergleichen mehr. Nein, das klang alles nach Illustriertenklischees.

Sie hatte ihm auch noch nie ihren wahren Wohnort verraten. Er traf sich mit ihr immer in Wohnungen, die speziell für die Wohnungsprostitution vorgesehen waren. Oft war es ein ganzes Haus, das an die Huren vermietet wurde. Dann standen an den Klingelschildern die Vornamen der gerade dort residierenden Frauen. Handelte es sich um einzelne Wohnungen in ansonsten

»normalen« Mietshäusern, dann gab es verschiedene Nachnamen, die die Angelegenheit verbrämten. »Sommer«, »Winter« oder »Engel« stand dann neben den Klingelknöpfen, auf die die Freier zu drücken hatten.

Sternberger hatte die Szene seit Langem im Blick. Und auch wenn es meist die pure Geilheit war, die ihn zu den Frauen trieb, so blieb er doch viel zu oft der nüchterne Berichterstatter mit der analytischen Sicht des Wirtschaftsjournalisten auf die reale Welt. Möglicherweise eine Berufskrankheit. Aber in einer Ausprägung, dass er glücklicherweise nicht an den Begleiterscheinungen einer romantischen Beziehung litt und die Sache ganz pragmatisch betrachten konnte: Er brachte das Geld, die Frauen das Vergnügen. Dafür war die Prostitution schließlich da.

Ein wohliger Schauer durchrieselte ihn, als er erneut kam – und Judit lobte ihn dafür wie eine Lehrerin ihren folgsamen Schüler. Dann kroch sie hoch zu ihm und ließ sich in den Arm nehmen. Sie wusste, dass Sternberger das mochte. Er spürte die Hitze ihres prallen Körpers und genoss ihren Atem auf seinem Gesicht, an seinem Ohr.

»Hattest du eine gute Zeit seit meinem letzten Besuch?«, wollte er wissen, als sein Puls sich wieder beruhigt hatte.

»Jo klar«, sagte sie. »Was denkst du?«

»Na ja, beim letzten Mal warst du noch ziemlich erkältet.«

»Ist lange wieder gut«, gurrte sie an seinem Ohr. Sie leckte sanft an seinem Ohrläppchen.

»Und sind die Wohnungen alle wieder besetzt?«, fragte er weiter. »Ich habe einige Klingelschilder ohne Namen gesehen.«

»Ist Krise jetzt bei uns«, sagte sie. »Hat doch viel Ärger gegeben in letzte Woche.«

»Ärger?«

»Jo. Viele sind gezogen in andere Wohnungen, die grad frei in Süden oder in Bayern, weil ganze Szene nervös.«

Sternberger stützte sich auf und schaute abwesend auf die großen, festen Brüste seiner Gespielin. »Was ist passiert?«

»Jo, weiß ich auch so genau nicht. Hat neue Mädchen gegeben voriges Woche. Nicht für Wohnung, sondern für Bordelle, weißt du?«

Sternberger nickte und kreiste mit dem Zeigefinger über einen der großen Vorhöfe. Ihre Brustwarzen richteten sich sofort auf – gerade und hart wie die Radiergummis hinten auf den Bleistiften.

»Aaah«, machte sie, »willst noch mal, schöner Mann?«

»Nein, nein«, sagte er zerstreut. »Erzähl nur weiter, ich spiel nur.« Er lächelte.

»Darfst auch hier spielen«, sagte sie und spreizte ein Bein ab.

»Erzähl«, wiederholte er, nun schon ungeduldig.

»Hat gegeben richtig Ärger unter Chefs«, sagte sie. »Ist sogar Mann getötet worden dabei.«

Sternbergers Finger verharrten auf der Stelle.

»Getötet? So erzähl doch.«

»Jo, weiß ich auch nichts Richtiges. Soll worden sein tot erschossen bei Übergabe Mädchen tief im Thüringer Wald.«

Mit einem Ruck setzte sich Sternberger auf.

»Im Thüringer Wald? Vielleicht in der Nähe von Saalfeld?«

»Ich nicht weiß genau, guter Frank.« Sie küsste ihm die Hüfte, während eine Hand wieder nach vorn zwischen seine Beine wanderte. »Willst du nicht noch ein bisschen entspannen?«

Er schob ihre Hand brüsk weg. »Nein. Nix Entspannung jetzt. Ist alles gut, Große. Was weißt du noch über diesen … diesen Vorfall? Und woher weißt du das alles?«

»No, isch habe Freundin drüben in Riedburg. Die mir hat erzählt.«

»Wie heißt die Freundin?«, bohrte er nach.

Nun setzte auch Judit sich hin und zog das Laken über ihre Brüste. Sie machte große Augen.

»Ich dir nicht darf sagen, wo denkst du hin, schöner Mann? Dann sage die Mädchen, nicht Verlass auf Judit. Das geht nicht, du verstehst.«

Natürlich verstand Sternberger. Sie schmiegte sich an seinen Rücken.

Doch ihm stand jetzt der Sinn nicht im Mindesten nach Sex. Hinter seiner Stirn arbeitete es fieberhaft. »Tot erschossen bei Übergabe tief im Wald«. Dabei konnte es sich nur um den Toten handeln, von dem Peter ihm erzählt hatte. Alles andere wäre mehr als ein dummer Zufall. So viele Tote auf einmal konnte es in Thüringen gar nicht geben. Er brauchte unbedingt mehr Informationen. Am besten direkt einen Kontakt zu dieser Freundin in Riedburg. Darüber würde sich vor allem Peter freuen. Der wüsste dann auch, welche Fragen man stellen müsste.

Er atmete tief ein und aus und drehte sich dann halb um.

»Kannst du mich mit dieser … dieser Freundin bekannt machen?«, fragte er vorsichtig.

Sie hielt inne und bekam große Augen.

»Oh, ich weiß schon, schöner Mann. Du willst Dreier mit meine Freundin.«

Er ließ sie in dem Glauben.

»Kannst du mich bekannt machen?«

»Oh, oh.« Sie drohte schelmisch mit dem Finger. »Das wir können einfacher haben. Ich hole Anikó dazu. Sie gleich über uns … und du wirst begeistert sein.«

Sie machte Anstalten, aufzustehen.

»Nein, nicht jetzt und nicht Anikó«, sagte er. »Ich meine wirklich die Freundin in Riedburg.«

Sie schob die Unterlippe vor und gab sich enttäuscht.

»Anikó ist viel besser, glaub mir. Aber wenn du nicht willst … komm, legen wir uns noch mal hin.« Da war viel Gurren in der Stimme, als sie sich an seine Schulter hängte.

Er schob sie sanft weg.

»Meine Stunde ist sowieso um«, sagte er und stand auf.

»Ach was, das nicht berechne.« Sie legte sich quer über das Bett.

Aber Sternberger tastete bereits nach seiner Unterhose, die er mitsamt seinen anderen Klamotten auf dem Sessel neben dem Bett abgelegt hatte.

Judit schien aus irgendeinem Grunde plötzlich ein schlechtes Gewissen zu haben, denn sie krabbelte aus dem Bett, hängte sich noch mal an seinen Hals und bedeckte sein Gesicht mit Küssen. »Musst wirklich noch nicht gehen, schöner Mann.«

Sternberger lächelte. Er fühlte sich hin und her gerissen. Er fasste sie mit den Händen an den breiten Hüften und schob sie ein Stück von sich weg. Dann drehte er sie um, umfasste von hinten ihre Brüste und zog sie noch einmal fest an sich, während er sein Gesicht auf ihren heißen Hals legte.

»Ach Judit«, sagte er leise. »Du bist so ein verführerisches Stück. Manchmal möchte ich dich glatt mitnehmen.«

»Jo, du schöner Mann«, sagte sie kehlig. »Das ist schön.«

Dann ließ er sie frei und zog sich an.

Er musste dringend mit Peter Hartmann reden.

# 15

Chefredakteur Grieshaber saß nicht hinter seinem Schreibtisch, er thronte. Während er sich bei öffentlichen Auftritten gern mit der Aura des kühnen Zeitungskapitäns umgab, der, obwohl hoch auf der Brücke, die Sorgen und Nöte seiner Mannschaft gut verstand, war er intern wegen seines Despotismus gefürchtet.

Doch auch zu seinen Allüren gab es durchaus geteilte Meinungen. Fast alles, was er von anderen verlangte, verlangte er zunächst von sich selbst. So war er morgens oft der Erste, der das Redaktionsgebäude betrat, und abends gingen bei ihm die Lichter erst dann aus, wenn außer der Schlussredaktion und dem CvD die meisten der Kollegen ihr häusliches Abendbrot längst verdaut hatten. Die Arbeit war sein Lebensinhalt, ohne Zweifel, allerdings übertrug er diesen Umstand als Maßstab auch auf seine Unterstellten. Und: Er wollte nicht so sein wie sie, er wollte nicht einmal seinen Ressortleitern auf Augenhöhe begegnen. Er war etwas Besseres, und das durften alle anderen ruhig merken.

Das unterstrich er noch mit einer Reihe von Insignien beginnenden Größenwahns. So trug er maßgeschneiderte Schuhe und schrieb mit einem Füllfederhalter, der eine vierstellige Summe kostete. Ein luxuriöses Schreibwerkzeug, das er binnen Minuten zerstört hätte, müsste er so schnell wie »gewöhnliche« Redakteure mitschreiben.

Solche Attitüden, gepaart mit einem manchmal unerträglichen Zynismus, machten es leicht, abfällig über Grieshaber zu urteilen. Doch man musste schon ganz genau hinsehen, um zu unterscheiden, wo sich Grieshaber in leeren Posen übte und wo tatsächlich etwas dahintersteckte. Denn der Mann war klug und fähig, durchsetzungsstark und fleißig.

Für eine dieser Täuschungen beispielsweise sorgte Grieshabers Schreibtisch. Nicht nur, dass er der einzige im Redaktionsgebäude war, der aus Holz und darüber hinaus noch handgearbeitet war. Auf dem Klavierlack sah man niemals auch nur das geringste Stäubchen. Und die Arbeitsfläche war stets akkurat aufgeräumt.

Ein opulenter Tagesplaner, ein kleiner Stapel peinlichst genau übereinanderliegender weißer Blätter im A4-Format, quer darauf der Füllfederhalter, und die einer Schaltzentrale nicht unähnliche Telefonanlage waren das Einzige, was sich darauf befand. Seine Arbeitsunterlagen sortierte er persönlich in einer ganzen Armada von dünnen Aktenmappen, für die es ein nur ihm verständliches Farbsystem gab und die er in einer breiten Front von offenen Schubladenboxen deponierte.

Stieß er sich in seinem feinen Drehstuhl mit dem weichen grünen Leder ein wenig vom Schreibtisch ab, dann konnte er mit sicherer Hand aus einer dieser Boxen genau den Vorgang ziehen, um den es gerade ging.

Mit seinem gravierten Montblanc-Füller spielte Grieshaber, als sich Alexander Böhnke, der Ressortleiter der Landesredaktion, und sein Polizeireporter Peter Hartmann zum Rapport einfanden. Eine einzige der dünnen Aktenmappen lag auf dem Tisch des Chefs, sie war lila. Der Chefredakteur spitzte den Mund wie zum Kuss, nickte gönnerhaft und bedeutete den beiden, Platz zu nehmen.

»Herr Böhnke, schön, schön«, sagte er und täuschte dabei Zerstreutheit vor. Und: »Herr Hartmann, ich freue mich.« Dann sagte er eine Weile gar nichts und rollte versonnen den Füller zwischen seinen Fingerspitzen, als handele es sich um eine kostbare Zigarre.

»Nun, meine Herren«, begann Grieshaber schließlich, »ich denke, Sie wissen, warum ich Sie um diese Konsultation bat.«

»Ich denke, es geht um die Mordserie, Chef«, antwortete Böhnke rasch.

Kriecher, dachte Hartmann. Man antwortet nicht auf solche dummen Fragen.

»Richtig, richtig«, sagte Grieshaber. »Die Mordserie. Nun, wenn ich mir die Berichterstattung der letzten Tage anschaue«, er klopfte mit der oben aufgesetzten Kappe des Füllers sanft auf die lila Aktenmappe, »dann stelle ich fest, dass wir hier ein wenig auf der Stelle treten. Ich erhoffe mir, dass wir klären können, warum dem so ist.«

Hartmann biss die Zähne aufeinander. Damit bin ich gemeint,

dachte er. Ich sollte jetzt sprechen. Aber solange der Alte nicht konkret fragte, hatte er auch nicht vor, zu antworten. Gehe nie zu deinem Fürst, wenn du nicht gerufen wirst. So leicht wollte er es ihm denn doch nicht machen. Und er musste auch nicht lange warten.

»Nun, Herr Hartmann«, wandte sich Grieshaber direkt an ihn, »was wollen Sie uns dazu sagen?«

Hartmann holte tief Luft. Das war zwar eine Frage, aber natürlich keine konkrete. Dennoch sollte er den Bogen nicht überspannen. »Auf der Stelle treten« war auch nicht der richtige Ausdruck. Er hatte schon eine Menge gebracht, er hatte vor allen Dingen mehr gebracht als die Konkurrenz, und darauf kam es doch wohl an. Schließlich sollte es gerade die Stärke einer Regionalzeitung sein, tiefer im Territorium bohren zu können als die überregionale Konkurrenz. Sollten doch FAZ, Süddeutsche und die großen Nachrichtenmagazine ihre Experten aufbieten, was Mehrfachmorde betraf, er würde weiter Hintergründe zu den Akteuren liefern. Aber dem Alten rundheraus zu widersprechen hatte sich bislang immer als Fehler erwiesen. Er rutschte unruhig auf seinem Stuhl hin und her, bevor er antwortete.

»Das ist so einfach nicht«, begann er, durch eine Wortumstellung den Duktus des Alten kopierend. Böhnke lächelte leicht. »Bei diesen drei Morden – und wir müssen von drei ausgehen, weil es beim ersten Toten ja noch gar nicht sicher ist, ob er nicht eines natürlichen Todes starb – ist die Nachrichtenlage vor allem deswegen dünn, weil es weder Hinweise auf die Täter noch auf die Motive gibt. Die beiden Bestatter mussten sterben, weil der oder die Täter an die Leiche wollten, und bei dem Mann aus dem Wald weiß man noch nicht einmal, wer er ist. Im Übrigen tappt die Polizei offenbar genauso im Dunkeln wie wir.«

Böhnke nickte Hartmann unmerklich zu. Gut gemacht, hieß das. Doch Grieshaber runzelte nur die Stirn.

»Papperlapapp«, wischte er Hartmanns Argumente beiseite. »Ob die Polizei im Dunkeln tappt, interessiert mich überhaupt nicht. Von Ihnen will ich Ergebnisse sehen.«

»Aber mit Verlaub, Herr Grieshaber, ich bin Journalist und kein Ermittler. Ich kann doch nicht den Lesern den Täter präsentieren.« Zu schnell geantwortet und zu emotional. Das wusste Hartmann schon, während er sprach. Böhnke verzog das Gesicht. Doch Grieshaber schien von der Antwort eher belustigt zu sein. Das Donnerwetter blieb aus.

»Und warum nicht, Herr Hartmann? Sie sind ein fähiger Reporter, das haben Sie hinlänglich unter Beweis gestellt. Im Übrigen wissen Sie mindestens ebenso gut wie ich, dass ein guter Journalist auch immer ein bisschen ein Ermittler ist.« Der Chefredakteur machte eine kleine Pause, und Böhnkes Gesichtszüge entspannten sich wieder. »Was hat es denn mit den internen Ermittlungen auf sich, von denen Sie nun schon zweimal geschrieben haben?« Wieder klopfte er sanft mit der Kappe seines teuren Füllers auf die dünne Mappe.

Und was, wenn da überhaupt nichts drin war?, schoss es Hartmann plötzlich durch den Kopf. Was, wenn Grieshaber einfach nur bluffte? Doch das würde an der Situation auch nichts ändern.

»Es gibt offensichtlich interne Ermittlungen. In meinem ersten Bericht vom Donnerstag deutete ich das lediglich an, weil ich noch keine Bestätigung einer zweiten Quelle hatte. Die habe ich mir inzwischen geben lassen: Demnach wird in der Tat gegen einen Polizisten ermittelt. Allerdings habe ich noch keinen Namen. Nach ersten Informationen soll der Mann Reibert heißen. Offiziell erfuhr ich auf Anfrage vom Polizeisprecher, dass es angeblich gar keinen Reibert bei der Polizei in Riedburg gebe. Das schien meine Theorie zu bestätigen. Gestern jedoch konnte ich mich meiner zweiten Quelle bedienen.« Wieder drechselte er den Satz, damit er dem Grieshaber-Sprech möglichst nahekam. »Dabei gab es Licht und Schatten: Zum einen wissen wir nun mit Gewissheit, dass es interne Ermittlungen wegen ›Körperverletzung mit Todesfolge im Amt‹ gibt. Zum anderen gibt es tatsächlich keinen Polizisten namens Reibert. Ich vermute, dass ich da einfach akustisch etwas missverstanden habe. Den Namen des Beschuldigten jedoch, den rückt meine Quelle nicht raus. Das stützt meine Theorie. Möglicherweise könnte dieser uns bislang unbekannte Polizist auch in die anderen Verbrechen verstrickt sein.«

Noch während Hartmann sprach, schüttelte Grieshaber unwillig den Kopf. Jetzt unterbrach er ihn.

»Quelle, Quelle, Quelle, langweilen Sie mich doch nicht mit den Details Ihrer Recherchen. Mit wem haben Sie denn da gesprochen?«

Hartmann machte große Augen und sah hilfesuchend zu Böhnke. Der schaute einfach durch ihn hindurch.

»Also, mit einer Quelle bei der Kripo in Riedburg.«

»Ja, Sie sollen den Namen ja nicht veröffentlichen. Mit wem haben Sie denn nun geredet?« Grieshaber wurde lauter.

»Entschuldigung, aber das möchte ich lieber für mich behalten. Ich gebe meine Quellen grundsätzlich nicht preis.«

Nun schaute Grieshaber für ein paar Sekunden so entgeistert, als wäre ein solches Vorgehen ein Misstrauensvotum erster Klasse.

»Was soll denn *der* Quatsch jetzt?«, polterte er dann unvermittelt los. »Ich bin Ihr Chefredakteur, und wir sind hier unter uns.«

Hartmann überlief eine Hitzewelle. Ich kriege gerade eine knallrote Birne, dachte er und wurde zugleich wütend darüber. Er wollte bis zehn zählen, bevor er antwortete, aber Grieshaber hätte ihm die Zeitspanne nicht zugebilligt. So fuhr er so diplomatisch fort, wie es gerade eben ging.

»Ähm, Herr Grieshaber, natürlich sind Sie mein Chef, und natürlich habe ich Vertrauen zu Ihnen. Aber mit Verlaub, das ist etwas absolut Ungewöhnliches, was Sie hier verlangen. Das ist mir auch bislang noch nicht passiert. Bitte haben Sie Verständnis. Ich meine das jetzt ganz ehrlich, aber ich bin inzwischen seit genau zwanzig Jahren bei der Rundschau, und ich habe noch nie, ich betone, noch nie den Namen einer Quelle preisgegeben. Ich glaube sogar, dass ein großer Teil meiner guten Geschichten genau darauf beruht: dass meine Informanten nämlich wissen, dass ich sie nie verraten würde. Das ist doch … das ist doch elementar.« Wieder blickte er flehentlich zu Böhnke, auf dass dieser ihm beisprang. Diesmal wurde der Augenkontakt von Grieshaber registriert.

»Ist das so?«, fragte der Chefredakteur Böhnke.

Der nickte eifrig.

»Ja, das kann ich bestätigen. Herr Hartmann ist seit 1994 bei der Rundschau, er war schon da, als ich dazustieß.«

»Blödsinn«, fauchte Grieshaber, »ich meine das mit den Informanten.«

»Herr Hartmann ist bekannt dafür, dass er viele und sehr zuverlässige Quellen, teils in höchsten Kreisen, hat.«

»Hmm«, machte Grieshaber. Er war klug genug, den Streit nicht auf die Spitze zu treiben.

Hartmann schwitzte inzwischen, er fühlte sich enorm unter Druck.

»Wenn schon der Polizeisprecher mauert, haben Sie es denn dann schon einmal direkt bei der Chefin der Mordkommission versucht, dieser Schmere oder wie sie heißt? Oder ist das etwa eine Ihrer berühmten Quellen?«

»Frau Schmaerse ist ebenfalls verschwunden, die Sonderkommission leitet ihr Stellvertreter Hölbing.« Auf die zweite Frage ging Hartmann gar nicht erst ein, er wollte eine weitere Eskalation vermeiden.

»So«, machte Grieshaber. Er hatte sich offenbar wieder eingekriegt und dachte ein wenig mit. »Das könnte natürlich ebenfalls Ihre Theorie stützen. Am Ende ist es Frau Schmere, gegen die ermittelt wird …«, überlegte er.

»Das kann nicht sein, sie war bei der Festnahme nicht beteiligt. Sie kam erst nach mir an den Tatort.«

»Na ja, immerhin scheinen Sie schnell zu sein«, brummte Grieshaber versöhnlich.

Dass es ein Zufall war, der Hartmann zur rechten Zeit an den rechten Ort gespült hatte, würde er dem Chefredakteur sicher nicht auf die Nase binden.

»Was meinen Sie, Herr Hartmann, soll ich mal mit dem Polizeidirektor reden? Ich meine, Herr Tremel soll ja so ein bisschen ein Despot sein, aber ich kann ja mal inoffiziell vorfühlen – wir treffen uns ab und an auf dem Golfplatz.«

So siehst du aus, dachte Hartmann. Beinahe hätte er gelächelt, als der eine Despot den anderen einen Despoten nannte. Der und Tremel, die beiden passten wirklich wunderbar zueinander. Er konnte sich das gestelzte Gerede auf dem Golfplatz gut vorstellen. Hartmann hatte Tremel nur bei gelegentlichen Pressekonferenzen zu Gesicht bekommen. Er hasste Polizisten, die aussahen, als kämen sie direkt von der Operettenbühne: weißes Hemd, kein Fusselchen auf dem dunklen Blau der Uniformjacke, das

Namensschildchen kratzerlos, wie frisch aus der Presse, und die goldenen Sternchen auf Hochglanz poliert.

»Das halte ich für eine ausgezeichnete Idee«, log er Grieshaber ins Gesicht. Der schlug zum ersten Mal in diesem Gespräch seine Mappe auf, entsicherte den Füller und machte sich bedächtig eine Notiz. Dann blickte er wieder auf seine beiden Schäfchen.

»Wie gedenken Sie jetzt weiter zu verfahren, wenn sich nicht in absehbarer Zeit neue Recherche-Ergebnisse … ergeben?«

Zeit, meine Asse zu ziehen und Spiegel-Niveau vorzugaukeln, dachte Hartmann und nickte verständig.

»Nun, das Wochenende ist ja bereits gegessen«, sagte er. »Mit ein wenig Vorsprung hätte ich eine schöne Hintergrundgeschichte auf einer Panoramaseite anbieten können …«

Grieshaber hob die Augenbraue. Das interessierte ihn.

»Also, ich sehe zwei Möglichkeiten«, setzte Hartmann sofort nach. »Entweder ich mache für den kommenden Samstag eine Doppelseite, oder wir beginnen schon in der Woche mit einer kleinen Serie zum Body-Snatching.« Er wartete ein wenig genießerisch das Fragezeichen auf der Stirn von Grieshaber ab, bevor er fortfuhr. »Body-Snatching ist der englische Fachbegriff für den Diebstahl von Leichen. Der nämlich hat eine hochinteressante Geschichte, die bis ins 19. Jahrhundert zurückreicht. Damals wurden vor allem in London Leichen geraubt, um sie zu Lehrzwecken an Universitäten zu verhökern – die Obduktion durfte nur an Hingerichteten vorgenommen werden. Damals gab es sogar eine ganze Mordserie, die sogenannten West-Port-Morde, zur Beschaffung von Leichen.« Er machte eine kleine Kunstpause. Grieshaber schien Feuer und Flamme.

»Fahren Sie fort«, forderte er Hartmann gönnerhaft auf.

»In der jüngeren Vergangenheit gab es vor allem in den USA diverse Fälle von Leichenraub für den Organhandel. Das könnte einen zweiten Teil der kleinen Serie ergeben. Und schließlich gab es auch in Europa in den letzten Jahren spektakuläre Fälle von Leichendiebstahl – so waren unter anderem die Leichname beziehungsweise die sterblichen Überreste von Friedrich Karl Flick und von Charlie Chaplin betroffen.«

»Chaplin, faszinierend«, sagte Grieshaber und bedeutete Hartmann, weiterzureden.

»In Deutschland ist die Situation nicht so ergiebig an Geschichten«, sagte Hartmann. »Vor zwei Jahren gab es den letzten Fall, da wurde ein kompletter Sammeltransport von Leichen gestohlen. Aber wenn ich mich recht erinnere, ging es dabei eher um das Auto als um die Toten. Ich hab das noch nicht bis zum Ende recherchiert. Auf jeden Fall hätten wir damit vier Teile, die sich auf jeden Fall spannend lesen würden.«

Hartmann brach abrupt ab und wartete auf Grieshabers Reaktion. Die ließ nicht lange auf sich warten, fiel aber ganz anders aus als erhofft. Er hatte den Köder nicht ganz geschluckt. Eine Weile saß er nur ganz ruhig da, dann schraubte er wieder an seinem Füller herum.

»Nett«, sagte er. »Wirklich nett und mit Sicherheit auch unterhaltend. Insofern teile ich durchaus Ihre Einschätzung, verehrter Herr Kollege.«

Hartmann erlebte eine weitere Hitzewelle. Wenn Grieshaber von »verehrten Kollegen« sprach, das wussten alle, dann war es mit der Verehrung nicht weit her, dann hatte er längst auf den Zynismus-Modus umgeschaltet.

»Sicher unterhaltend«, wiederholte Grieshaber und klopfte auf die Aktenmappe. »Nur haben alle von Ihnen geschilderten Fälle von Leichendiebstahl ja wohl mit dem uns vorliegenden Fall wenig zu tun, oder?«

Klug, der Mann, sagte sich Hartmann anerkennend. Nun musste er das Spiel einfach weiter mitspielen.

»Da haben Sie natürlich recht«, räumte er scheinbar zerknirscht ein.

»Andererseits«, so Grieshaber, »wollen wir den unterhaltenden Aspekt nicht vernachlässigen. Wenn sonst keine Nachrichten höherer Provenienz in Aussicht sind, kann das zumindest das Leserinteresse auf einem gleichmäßig hohen Niveau halten, auch wenn es ein bisschen wie ein Zirkustrick daherkommt. Und falls sich in den nächsten Tagen tatsächlich eine richtige Schlagzeile ergibt, ziehen wir das Unterhaltungsding durch, als wäre nichts anderes geplant gewesen.«

Fast wollte Hartmann »Brillant« rufen, doch er wusste, dass er sich damit im Ton vergriffen und das Echo möglicherweise nicht vertragen hätte.

An seiner statt spendete Alexander Böhnke Beifall.

»Ich halte das für eine sehr gute Idee, Chef.«

Grieshaber nickte, kniff die Augen leicht zusammen und musterte Böhnke intensiv, gerade so, als wollte er erkunden, ob dieser ihn gerade veralberte. Die Prüfung ging jedoch mit einem gnädigen Urteil zu Ende.

»So, meine Lieben«, fiel er dann wieder in den seltsamen Tonfall zwischen jovial und tuntig, »ich glaube, heute wartet noch viel Arbeit auf uns. Schließlich soll auch die Zeitung von morgen wieder die beste werden.«

Böhnke und Hartmann erhoben sich gleichzeitig.

In Hartmanns Büro wartete bereits ungeduldig ein Gast. Frank Sternberger konnte es kaum erwarten, ihm die Neuigkeiten zu erzählen, die er von Judit erfahren hatte. Neuigkeiten, die Hartmanns Theorien samt und sonders über den Haufen warfen.

# 16

Für die Mitarbeiter der Landespolizeiinspektion Riedburg war »Schneewittchen und die sieben Zwerge« nicht unbedingt ein Märchen der Gebrüder Grimm. Der Titel galt vielmehr als Synonym für die Dienstberatungen im Dezernat 1, dem Dezernat, das andere kurz »die Mordkommission« nannten. Das war der wohl überall verständliche Ausdruck. In Bayern bezeichnete man diese Kommissariate als »Leib und Leben«. Auf so einen bizarren Ausdruck wie »Dezernat für höchstpersönliche Rechtsgüter« konnte man nur in Sachsen und Thüringen kommen.

Zwar zählte die entsprechende Riedburger Abteilung neben ihrer Chefin Steffi Schmaerse tatsächlich sieben Mitarbeiter, allerdings war der Märchentitel selten zutreffend – Wochenendarbeit und Überstunden, die mit Freizeit abgegolten wurden, sorgten ebenso wie Urlaub und Krankheit dafür, dass meist nur eine Rumpfmannschaft am Tisch saß.

Heute indes waren es sogar neun Kriminalisten, die sich an dem Beratungstisch drängten, sodass noch Stühle hereingetragen werden mussten. Seit dem vierten Toten hatte man eine Sonderkommission gebildet, der auch Vertreter anderer Bereiche angehörten, so des Dezernats Wirtschaft und Vermögen und des Dezernats Zentrale Dienste, in denen Technik- und Fahndungsspezialisten arbeiteten. Den Vorsitz hatte nicht die beliebte Kriminalhauptkommissarin inne, sondern ihr Stellvertreter Frank Hölbing, der in der Kriminalinspektion eher als ehrgeizige Spaßbremse galt.

Hölbing schien noch mehr als sonst den gestrengen Vorgesetzten herauskehren zu wollen. Erfahrene Kollegen würden es ihm verzeihen. Nicht nur, weil er zum ersten Mal eine Soko leitete, sondern auch, weil er offenbar annahm, sich nur so bei den Kollegen der anderen Dezernate Respekt verschaffen zu können. Auf dem Tisch vor sich hatte er wie eine Barrikade eine Reihe von Akten aufgetürmt, die sich dieser Tage geradezu lawinenartig vermehrten. Vor allem die Spurenakten waren es, deren Zahl zu explodieren schien.

Der Techniker von der Spurensicherung hatte auch bei dieser Beratung seinen großen Auftritt. Aber das war kein Verdienst der Riedburger Behörde.

»Wir haben eine überraschend schnelle Antwort von den Ballistikern aus dem LKA bekommen«, fing er an und wedelte mit einem dünnen Hefter.

»Und bitte«, erteilte ihm Hölbing ebenso überflüssigerweise wie nachdrücklich das Wort.

»Nach einem ersten Schnelltest hat das Geschoss, das die Rechtsmedizin im hinteren Schädelknochen fand, nicht nur das gleiche Kaliber wie die bei den Toten Nummer zwei und drei, sondern es trägt auch den gleichen innenballistischen Fingerabdruck.« Er blickte prüfend in die Runde, und prompt fragte auch einer nach.

»Was ist ein innendingsda Abdruck?«

Der Techniker fühlte sich in seinem Element.

»Keine Schusswaffe gleicht der anderen. Der Lauf weist rein fertigungstechnisch immer kleine Differenzen auf. Winzige Grate, die noch von den Fertigungswerkzeugen stammen, hinterlassen auf Hülse und Projektil ein Muster, das in der Summe seiner Besonderheiten wie ein Fingerabdruck eineindeutig identifizierbar ist …«

Plöttner, der Fragende, winkte ab.

»Das ist doch alles hinlänglich bekannt. Aber du hast da so einen Ausdruck verwendet.«

»Innenballistischer Fingerabdruck?«

»Ja, das meine ich.«

»Sorry, das ist mir so durchgerutscht. Das ist einfach unser Ausdruck dafür. Die Innenballistik ist das Fachgebiet, das sich mit der Untersuchung dieser Spuren beschäftigt.«

Der Techniker sah wieder prüfend zu Plöttner, der zum Zeichen, dass er verstanden hatte, knapp nickte.

»Wie gesagt, das war nur ein Schnelltest. Das vollständige innenballistische Gutachten wird nachgereicht, in der sonst üblichen Frist.«

Die kleine Pause, in der die Polizisten die Bedeutung des eben Gesagten verarbeiteten, wurde von Doro Alberti unterbrochen.

»Könnten sich deine Kollegen nicht mal angewöhnen, immer solche Schnelltests zu machen?«, fragte sie. »Für gewöhnlich warten wir bis zu vier Wochen auf ein Ermittlungsergebnis. Und, ehrlich gesagt, das ist das erste Mal, dass das so schnell ging. Oder habt ihr so was schon mal erlebt?«, wandte sie sich an die Runde.

Die Kollegen aus Schmaerses Dezernat schüttelten den Kopf, und der Techniker zuckte mit den Schultern.

»Das war eine Bitte vom Kollegen Hölbing«, sagte er, diesen ansehend.

Hölbing bekam rote Ohren.

»Ich habe keine Ahnung, warum das wirklich so schnell ging«, sagte er, aber es klang wenig überzeugend, gerade so, als wolle er die Bemerkung des Technikers wegwischen. »Die Konsequenz liegt natürlich auf der Hand: Die gleichen Geschossspuren bedeuten dieselbe Waffe, dieselbe Waffe bedeutet höchstwahrscheinlich derselbe Täter.«

»Oder ein Täter aus derselben Tätergruppe«, ergänzte Doro Alberti.

»Da hast du recht«, sagte Hölbing verblüfft.

»Damit scheidet ja wohl ein Serientäter aus«, setzte Alberti fort, indem sie sich an Plöttner wandte. »Deine Theorie stand ohnehin auf wackligen Füßen.«

»Na, hör mal«, polterte Plöttner. »Das war ein Brainstorming. Da sind auch die absonderlichsten Theorien diskutabel. Das sagt auch deine Steffi immer.«

»Meine Steffi?«

»Kinder!«, mahnte Hölbing.

»Hast ja recht, wir sollten uns auf die Arbeit konzentrieren«, lenkte Alberti ein, die Vernünftigere der beiden.

Plöttner grummelte noch eine Weile vor sich hin.

»Wenn der Mann im Wald von demselben Täter oder derselben Gruppe ausgeschaltet wurde, dann müssen wir zunächst nach dem verbindenden Element zwischen den Toten suchen«, dozierte Hölbing, um dann unvermittelt Rebhahn anzusehen. »Haben wir eigentlich schon einen Zahnstatus?«

Der Angesprochene riss die Augen auf.

»Keine Ahnung, da muss ich in der Gerichtsmedizin noch mal drängeln.«

»Tu das. Also, das verbindende Element.«

»Nicht dass es wieder heißt, ich sei zu pessimistisch«, sagte Plöttner, ohne aufzublicken, »aber ein verbindendes Element zu finden, ohne die Identität des Waldschrats zu haben, wird schwer sein.«

Mit einem Blick in die Runde forderte Hölbing seine Mitarbeiter zu weiteren Wortmeldungen auf. »Ich glaube, wir sollten ganz von vorn anfangen, bei Detlef Hahn«, sagte er, nachdem niemand Anstalten gemacht hatte, sich aktiv in die Diskussion einzubringen. Jeder hatte schließlich genug Detailaufgaben auf seinem Schreibtisch liegen, die alle ein winziges Puzzleteilchen zu dem Fall beitragen würden.

»Wenn wir wissen oder wenigstens ahnen, was der oder die Täter von Hahn wollten, dann können wir auch die Verbindung zu dem Mann aus dem Wald herstellen. Vielleicht hilft uns das sogar bei der Identifizierung des Toten.«

»Hilfreich wäre dabei aber zunächst die Todesursache«, warf Alberti mit ihrer angenehm ruhigen und tiefen Stimme ein. »Wenn Hahn beispielsweise vergiftet wurde, haben wir eine ganz andere Ausgangslage, als wenn dieser Kollege, gegen den ermittelt wurde, ihm versehentlich die Luft abgedrückt hätte oder als wenn er eines natürlichen Todes gestorben wäre.«

»Klug geschissen«, giftete Plöttner noch immer verärgert. »Solange wir keine Leiche haben, haben wir auch keine Todesursache.«

Hölbing beobachtete die beiden Kampfhähne aufmerksam, es schien sich aber keine weitere Eskalation aufzubauen.

»Natürlich habt ihr beide recht«, sagte er beschwichtigend, die Wortwahl Plöttners überhörend. »Deswegen schlage ich auch vor, dass wir uns weiter mit der Vergangenheit von Hahn beschäftigen. Was hat denn unser Kollege vom Wirtschaftsdezernat?«

»Hm«, machte dieser und kratzte sich umständlich am Hinterkopf. »Ich setze mal voraus, dass ihr das Vorstrafenregister von Hahn kennt. Aber das ist sozusagen nur die Spitze des Eisberges.

Die Nötigungen und den ganzen allgemeinen Kram lasse ich mal außen vor. Aber es gibt da ein paar Berührungspunkte, die auf eine zumindest gelegentliche Zusammenarbeit mit der organisierten Kriminalität schließen lassen.«

Rebhahn pfiff leise durch die Zähne, und Doro Alberti verzog das Gesicht, als wollte sie sagen: Bitte nicht auch noch so was.

»Im Jahr 2012 hat Hahn einen Laster als gestohlen gemeldet. Wir sind zunächst von einem Versicherungsbetrug ausgegangen, er hatte zuvor schon einige Male Unfälle vorgetäuscht beziehungsweise Werkstattrechnungen manipuliert. Vielleicht, so dachten wir, taucht das Ding irgendwann umgespritzt bei ihm wieder auf. So was gibt es. Er kauft von seinem ›Dieb‹ den Laster als Gebrauchtfahrzeug auf, für, sagen wir mal, die Hälfte des Zeitwertes. Dann hat er die Hälfte von dem, was ihm die Versicherung gezahlt hat, quasi als Reingewinn.«

Die anderen nickten beifällig. So viel verstanden auch sie von der Materie.

»In diesem Fall aber lief das ein wenig anders. Denn der Laster, also die reine Zugmaschine, wurde tatsächlich wiedergefunden. Besser gesagt, beschlagnahmt. Die Kollegen vom Zoll hatten im Korridor vor der Grenze einen Sattelzug angehalten, der eine Reihe gebrauchter und unauffälliger, aber durchweg hochpreisiger Pkws transportierte. Fünfer- und Sechser-BMW, Geländelimousinen von Audi, einen Mercedes M-Klasse und so weiter. Keine Unfallschäden. Einfach Gebrauchtwagen. Der Fahrer des Zuges verhielt sich merkwürdig. Erst wollte er fliehen, was die Kollegen aber verhindern konnten. Dann erklärte er, ihm seien die Frachtpapiere gestohlen worden. Nach ziemlich langer Vernehmung jedenfalls rückte er mit Hahns Namen raus, was dann schon plausibel klang: Hahn habe ihn mit dem Transport beauftragt. Die Zugmaschine habe er in Riedburg übernommen, in einem Gewerbegebiet in Halle sollte er den Autoanhänger aufhucken, in Poznań, also in Posen, abliefern, die Zugmaschine zurück nach Halle bringen und Fahrzeugpapiere und Schlüssel in einem Bahnhofsschließfach deponieren.«

Ein kleines Schweigen schwebte über der Runde.

»Aber gibt es zu den geklauten Autos nicht immer gefälschte Papiere?«, wollte Plöttner wissen.

»Nicht unbedingt. Bei einzelnen wird meist ein Unfall vorgetäuscht und ein fingierter Kaufvertrag mitgeführt. Aber bei den großen Konvois, ja, da scheint immer alles in Ordnung. Aber wir vermuten was ganz anderes.«

»Und was?«

»Wir denken, dass Hahn die Zugmaschine auf dem beschriebenen Wege einer professionellen Schieberbande überlassen hat. Bei der Bezahlung hat er sie dann übers Ohr gehauen, die haben ihm gedroht, und alle Beteiligten haben sich am Ende gegenseitig verpfiffen: Hahn hat nach dem Lkw fahnden lassen, und die wollten Hahn als Drahtzieher auffliegen lassen.«

»Mit Verlaub, Kollege, aber das klingt ziemlich konstruiert.«

»Muss es aber nicht sein.«

»Wie ist die Sache ausgegangen?«, hakte Alberti nach.

»Gar nicht. Wir konnten Hahn nichts nachweisen, und was aus dem Polen geworden ist, wissen wir nicht. Die Kollegen vom Zoll haben sich alle Mühe gegeben, aber die Polizei in Frankfurt hat ebenso wenig kooperiert wie die Kollegen in Polen. Es war ja eigentlich deren Fall.«

Hölbing rieb sich das Kinn.

»Organisierte Kriminalität könnte natürlich dahinterstecken. Das würde die Brutalität und Kaltblütigkeit bei den Morden erklären.«

»Und Hahn könnte dann doch vergiftet worden sein«, beharrte wieder Alberti.

»Nicht die gleiche Handschrift«, hielt Rebhahn dagegen. »Die schießen nicht drei Männern kaltblütig in den Kopf, und dem vierten streuen sie Strychnin über den Windbeutel.«

»Ja, stimmt wohl«, räumte Alberti ein.

»Bleiben wir doch mal bei den polnischen Freunden von Hahn«, sagte Hölbing. »Würdest du mir die komplette Ermittlungsakte von dem Fall zur Verfügung stellen? Vielleicht bringen uns die Aussagen der Geschädigten von damals weiter. Vielleicht gibt es von denen eine Spur zu Hahn, die damals … übersehen wurde.«

»Ich mach dir nicht viel Hoffnung, aber ich sag gern im Archiv Bescheid. Mach dich aber auf einen ganzen Karren von Akten gefasst.«

Hölbing nickte tapfer und hakte den Punkt ab.

In einer stillen Stunde am Nachmittag rief er dann doch bei Steffi Schmaerse an.

Sie ging nach dem ersten Klingelton ran.

»Da hast du aber Glück«, sagte sie zur Begrüßung. »Planmäßig würde ich jetzt noch in einem Vortrag sitzen, der hat aber Gott sei Dank nicht so lange gedauert.«

»Quälen sie dich dort schlimm?«, erkundigte er sich und hoffte, seine Stimme klänge nach ehrlichem Interesse. Doch Steffi Schmaerse durchschaute ihren Stellvertreter sofort.

»Netter Versuch. Du rufst doch nicht aus Sorge an.«

Hölbing lachte kurz auf.

»Das ist so typisch für dich«, sagte er. »Aber im Ernst: Ich wollte mich bei dir aufrichtig bedanken.«

»So?«, spöttelte sie. »Und was kommt danach?«

»Nein, echt jetzt. Dein Tipp mit dem LKA-Ballistiker war Gold wert. Der hat sich fast vor Freundlichkeit überschlagen.«

»Schön, wenn es geklappt hat.«

»Sag mal, hast du gegen den was in der Hand? Hast du ein Dossier im Panzerschrank? Der fraß mir ja fast aus der Hand.«

»Tja«, sagte sie und klang dabei hörbar geschmeichelt, »man hat ja vielleicht auch seine weiblichen Reize.«

Hölbing hätte beinahe angefangen, etwas zu erwidern, da biss er sich noch mal auf die Zunge. Vorsicht, sagte er sich, das ist eindeutig vermintes Gelände. Sagte er jetzt »Du doch nicht«, dann fasste sie das garantiert nicht als Kompliment auf, obwohl es so gemeint wäre. So wich er auf einen Scherz aus.

»Okay«, sagte er, »und mit wem muss ich schlafen, damit ich das Obduktionsergebnis so schnell bekomme wie den ballistischen Schnelltest?«

»Versuch es mit Professor Schaffner«, empfahl Schmaerse, und der Spott war nicht zu überhören.

Hölbing verzog sauertöpfisch den Mund. Bei ihm sprang das

Kopfkino an, aber mehr als das Gesicht der ältlichen Gerichtsmedizinerin wollte er sich nun wirklich nicht vorstellen.

»Ähm. Na ja. … Hat die eigentlich auch eine junge und hübsche Assistentin?«

»Soviel ich weiß, ist das ein junger Arzt«, frotzelte Steffi. Sie war eindeutig in bester Stimmung.

»Also keine Chance.«

»Sag das nicht, vielleicht ist der ja schwul.« Sie lachte glockenhell.

»Ach Mensch, du nun wieder. Da krieg ich schon wieder Kopfkino.«

»Sag schnell dreimal ›Kleine süße Katzenbabys‹!«

»Hä?«

»Mach! Das hilft, dir ein anderes Bild zu schenken.«

Er hielt den Hörer ein Stück vom Ohr weg und blickte ihn verwundert an.

»Du bist gut drauf, du scheinst dich richtig zu erholen.«

»So schnell geht das nun auch wieder nicht. Glaub nicht, dass ich zum Wochenende wieder nach Riedburg komme. Mir gefällt es hier recht gut.«

»Na dann«, sagte er.

»Na dann«, wiederholte sie.

Ein bisschen hatte er gehofft, sie würde ihn nach dem Fortgang des Falles fragen. So ganz wollte es ihm nicht in den Kopf, wie schnell die Chefin ab- und umschalten konnte. Diese Seite von ihr kannte er bislang noch gar nicht.

»Ich darf dich wieder anrufen, wenn ich mal nicht weiterkomme?«

Sie wurde wieder ernst.

»Du bist schon ein großer Junge«, sagte sie leise. »Aber ja, du darfst mich wieder anrufen.« Dann wurde sie wieder heiter. »Wenn du das Ding als Soko-Chef durchziehst, dann brauch ich gar nicht mehr zurückzukommen, dann stellt ihr mir sowieso einen Karton mit meinen persönlichen Sachen vor die Tür.«

»Denk nicht, dass das eine Sache von ein paar Tagen wäre.«

»Manchmal gibt es eine überraschende Wendung«, sagte sie. »Aber mal ganz im Ernst: Ich vertrau dir in dieser Frage. Du bist sehr wohl in der Lage, das Dezernat zu führen und auch eine Sonderkommission.«

»Danke.« Er wusste, dass sie in diesen Dingen nicht scherzen würde, wollte aber nicht zeigen, wie gut ihm ihr Lob tat. Ohne ein weiteres Wort legte er langsam, fast behutsam, den Hörer auf die Gabel.

Während des Gesprächs hatte er einen einzigen Namen in Versalien auf den Notizblock vor sich gekritzelt. Schaffner. Jetzt malte er gedankenverloren ein paar Kringel darum.

## 17

Peter Hartmann lag in der Badewanne. Als die Hartmanns damals das Haus am Brühl planten, wollten sie zwingend zwei Badezimmer, obwohl sie wussten, dass Maria nicht ewig bei ihnen wohnen würde. Nun, da Maria längst ausgeflogen war, wurde das obere, das mit der opulenten Badewanne und dem durch LED-Lämpchen simulierten Sternenhimmel an der Decke, höchstens noch einmal wöchentlich benutzt, es sei denn, sie bekamen Besuch. Das untere, praktischere Badezimmer mit Dusche beherbergte auch Waschmaschine und Trockner und war im täglichen Dauereinsatz. Sogar zur Morgentoilette benutzten Anette und Peter das untere Bad, obwohl ihr Schlafzimmer im Obergeschoss lag. Dennoch hatte auch die Wanne ihre regelmäßigen Einsätze. Zum einen im Winter, wenn eine Erkältung im Anmarsch war. Dann wurde die Heizung ordentlich aufgedreht und ein heißes Erkältungsbad eingelassen. Zum anderen am Wochenende. Hartmann liebte ein ausgiebiges Wannenbad zur Entspannung. Dann kam ordentlich Schaumbad ins wohlig warme Wasser. Zeit zum Träumen, Zeit zum Lesen.

Hartmann sollte langsam zum Duschgel greifen, das Wasser kühlte sich bereits ab. Und er wollte sauber und duftend sein, wenn er heute Abend zu seinem kleinen Stelldichein ging. Aber was hieß heute Abend – er würde in einer guten Stunde schon aufbrechen müssen, so hatten sie es verabredet. In anderthalb Stunden würde er das erste Mal in seinem Leben zu einer Prostituierten gehen.

So richtig wusste er gar nicht, wie er sie nennen sollte, wie er sie benennen sollte. Prostituierte. Er wälzte das Wort in Gedanken, als wolle er es kosten, wiegen und vermessen. Es war ein so technischer Begriff, der eher den Status beschrieb als das Tun der Damen. So, wie man einen Wirt als Gastronomen bezeichnete. Dabei, es gab so viele gängige Pseudonyme für die Prostituierten. »Hure« und »Nutte« fielen ihm als erste ein. In seinem Sprachgefühl klang »Hure« sehr derb und »Nutte« geradezu verächtlich. »Dirne« hatte man wohl früher gesagt oder »Konkubine«. Ach ja, da gab es noch das verschämt verhüllende »Freudenmädchen« oder die »Bordsteinschwalbe«.

In anderthalb Stunden also würde er Analisa kennenlernen, wie sich die junge Frau nannte. Und ausgerechnet jetzt, hier in der Wanne, meldete sich sein Reizmagen, weil er an das dachte, was ihm bald bevorstand.

Schon gestern Abend war es ihm so gegangen, als er die Anzeigen auf dem Internetportal studierte, dessen Adresse ihm Sternberger gegeben hatte. Ein verwirrendes Portal. Dort hatte er noch andere Synonyme kennengelernt, die ebenfalls das verhüllen sollten, was die Frauen taten – für Geld mit Männern Sex haben. »Escort-Ladys« hießen sie beispielsweise.

Der Umgang mit dem Portal war relativ einfach, die Erkenntnisse, die er dabei gewann, verstörend. In dem Portal konnte man die Frauen zunächst wie aus einem Katalog wählen. Zwar pries jede in einer einzelnen Anzeige ihre Dienste an, aber es gab Suchmasken, in denen man sowohl gezielt nach einer Region als auch nach den angebotenen sexuellen Dienstleistungen, auf dem Portal in der Rubrik »Service« gelistet, suchen konnte.

Hartmann machte die Probe aufs Exempel, gab zunächst die Postleitzahl von Riedburg an, stellte den Suchradius auf zweihundert Kilometer und staunte. Annähernd zweitausend Frauen boten sich allein auf diesem Portal feil. Alter und Figur, Körpergröße und -schmuck, Haarfarbe und -länge … alles war über Filter einstellbar. Das erste Mal stutzte er bei der Auswahl des Geschlechtes, setzte dann den Filter auf »männlich« und atmete erleichtert auf, als er null Treffer erhielt. Zwar schien es inzwischen alles im Netz zu geben, aber dass sich Männer für Geld anboten, war wohl doch die Ausnahme. Dann versuchte er es mit »trans«, was mit Sicherheit für Transsexuelle stand. Er erhielt fünfundsechzig Treffer und stutzte ein zweites Mal: Auf den Fotos zeigten sich Frauen mit offensichtlich tollen Figuren. Er wollte sich im Detail allerdings nicht vorstellen, wie die Betreffenden beispielsweise untenherum aussahen – er hatte schon Berichte über Brasilien gesehen, wo die Transsexualität regelrecht als Kunst gelebt wurde. Musste er nicht haben. War in seinem Fall auch vollkommen unwichtig.

Er wollte über die von Frank Sternberger empfohlene Analisa etwas über die jüngsten Vorfälle im Rotlichtmilieu wissen, bei denen ein Mann erschossen worden war. Wenn sich das wirklich in Thüringen ereignet hatte, wirklich im Thüringer Wald, dann musste dieser Tote die vierte Leiche sein, über deren Identität die Polizei noch nichts sagen konnte.

Er war sehr froh, dass sein Freund Frank ihm nicht nur die Adresse oder Telefonnummer der Frau gegeben hatte, sondern auch den Hinweis auf das Portal. Er stöberte lange darin herum und bekam einen ganz anderen Eindruck von der Wohnungsprostitution, erkannte, dass er mit diesem Begriff bislang nur das landläufige Klischee verbunden hatte: Hure empfängt Freier in einer schmutzigen Wohnung, in der noch der Geruch des Vorgängers hängt, schneller Sex auf einer dreckigen Couch und wieder ab auf die Straße mit dem Kerl.

Die Anzeigen im Internet indes und die dazugehörigen Fotos verhießen die wenig persönliche Atmosphäre sauberer Hotelzimmer, verhießen tolle Körper in aufregenden Dessous und reichlich sexuelle Abwechslung. Dabei brauchte es erst einmal eine gehörige Zeit, um die Abkürzungen in der Rubrik »Service« zu verstehen.

Doch auch dafür gab es im Netz Lexika, und so brauchte Hartmann nicht lange, um herauszubekommen, dass sich beispielsweise hinter »ZK« Zungenküsse verbargen – eine Intimität, von der er bislang dachte, sie sei im Rotlichtmilieu ein absolutes Tabu. Und siehe, den Filter eingeschaltet, erwies sich, dass nur die Hälfte der käuflichen Damen den Zungenkuss im Repertoire hatten. Was französisch oder 69 war, musste man Hartmann nicht mehr erklären, und auch der D★★p Thr★★t als besonders tiefer Oralverkehr erschloss sich ihm. Wobei, hier musste er das erste Mal richtig schmunzeln. Was, wenn dem Mann tief nicht tief genug wäre? Gab es da Geld zurück? Gab es eine Gewährleistung? Eine Beschwerdestelle?

Freilich fanden sich auch Abkürzungen, über deren euphemistische Umschreibungen man nur lachen konnte. »HE« für Handentspannung war so etwas. Für Hartmann auch ein deutlicher Hinweis, dass das Portal von Männern für Männer ersonnen wurde, die nach einer poetischen Umschreibung für diese meist nur in der Autoerotik angewandte Praxis suchten.

Andere Details in der Filtermaske schreckten Hartmann eher ab. Da stand unter den beliebtesten Serviceleistungen der Analverkehr noch vor dem Zungenkuss. Ein Hinweis auf das, was die Männer suchten und zu Hause nur selten bekamen? Hierbei mussten die Freier wohl besonders hartnäckig ausblenden, dass die Dame ihrer Wahl kurz zuvor auch anderen Herrenbesuch gehabt haben könnte. Nein, das könnte er sich bei einer Fremden nun gar nicht vorstellen.

Ganz zu schweigen von den vielen Dingen, die nach seiner, Hartmanns, Ansicht ausschließlich ins Klo gehörten, aber nicht auf die Spielwiese der Sexualität. Jedem Tierchen sein Pläsierchen, fiel ihm ein. Immerhin ergab das Filtern zur Ehrenrettung der Damen vom horizontalen Gewerbe, dass es nur eine Minderheit war, die für derart Ausgefallenes zu haben war. Dennoch zeigte sich nach dieser Testphase des Hurenportals, dass Hartmann eher abgetörnt als angeregt war.

Dann besah er sich Analisas Anzeige.

Den Angaben nach war sie sechsundzwanzig Jahre alt, einen Meter fünfundsechzig groß und hatte eine Oberweite von 80 D. Als Herkunft war nur »osteuropäisch« angegeben. Bei ihren Dienstleistungen, da hatte Hartmann sofort hingeschielt, kamen keine allzu bizarren Angebote vor. Im Gegenteil: »Bade- und Duschservice« war eine Angabe, die sich in seinem Hinterkopf mit dem Wort »Hygiene« verband. Wenigstens ekeln würde er sich vor ihr nicht.

Auf den Bildern räkelte sie sich in einem fliederfarbenen Minikleid von seidiger Oberfläche und mit vielen Volants und Schößchen auf einem Sofa und einem dicken roten Federbett. Auf einem Bild kniete sie mit auf dem Rücken gefesselten Armen in einem weißen und halb durchsichtigen Body. »Nur besuchbar« stand in der Anzeige. Und die Adresse war die Kantgasse 12, hier in Riedburg.

Der arme Kant, dachte Hartmann wie immer, wenn er über den Namen stolperte – nicht mal eine ordentliche Straße haben ihm die Riedburger gegönnt. Die Kantgasse war eine Sackgasse mit ziemlich alter und seines Wissens unsanierter Bausubstanz zwischen der Ausfallstraße nach Norden und dem Krankenhaus. Er selbst hatte noch nie etwas in ihr zu tun gehabt.

Der nächste Schritt war ein Anruf, den er aber bis auf den Nachmittag verschoben hatte. Er überlegte sich genau, was er der Unbekannten sagen wollte, etwas, was irgendwie unverfänglich und nach Freier klang, dann tippte er ihre Handynummer ins Telefon. Beim ersten Versuch hatte er gar keinen Erfolg. Er ließ es sieben oder acht Mal klingeln. Keine Mailbox und auch nicht die Ansage, dass der Angerufene mit einer SMS benachrichtigt werde. Doch dann fiel ihm etwas ein. In der Annonce stand ausdrücklich, dass Anrufe mit unterdrückter Rufnummer nicht entgegengenommen würden. Er schaltete die entsprechende Option in seinem Handy wieder frei und drückte die Wahlwiederholung. Diesmal ging die Frau nach dem dritten Klingeln ran.

»Hallo.« Eine Stimme wie ein Silberglöckchen, jung und freundlich. Es klang nach »Challo«. Osteuropa eben.

»Spreche ich mit Analisa?«

»Ja, da bist du richtig.« Wieder klang das ch in »richtig« wie ein raues »Ach«.

»Du sag mal, Analisa«, bemühte er sich um eine möglichst unverfängliche Stimme, »ich hab deine Annonce im Internet gelesen.«

»Ja?« Diesmal erwartungsvoll.

»Ja. Und was du da schreibst, klingt vielversprechend. ›Zarte Hände, sinnliche Lippen und eine Haut wie Samt und Seide‹ sind Dinge, die mir gefallen könnten.«

»Ja, das ist schön«, sagte sie und kicherte verlegen. »Möchtest du mich besuchen?«

»Gerne. Was würde mich denn eine schöne Stunde mit dir kosten?« Den Tipp, gleich nach dem Geld zu fragen, hatte er von Sternberger. Das sei so üblich, hatte der erklärt, weil in den Anzeigen keine Preise genannt wurden. Er solle auch schon am Telefon danach fragen, was vom Service im Preis inbegriffen sei. Analverkehr zum Beispiel oder andere Sonderwünsche kosteten häufig ein extra Aufgeld.

»Eine Stunde zahlst du hundert Euro, ist aber alles mit Schutz«, kam die Auskunft, wobei es wieder nach »chundert« mit einer unverkennbar russischen Satzmelodie klang. »Dir wird es bei mir gut gehen«, setzte sie hinzu.

Er fragte nicht nach Details. Zum einen, weil sie offensichtlich außer den Zungenküssen keine extravaganten Angebote unterbreitete, zum anderen, weil ihm der Sinn ohnehin nicht nach Sex, sondern nach einem Gespräch stand. Sie wurden sich schnell einig und verabredeten sich noch für denselben Abend.

Erst jetzt in der Wanne fiel ihm ein, dass er keine Ahnung hatte, wie er reagiert hätte, wenn sie für heute ... ausgebucht – sagte man so? – war. Dass er sich für eine Frau schick machte, die er ohnehin nicht an sich ranlassen würde, war schon ein wenig Verschwendung. Irgendwie bizarr, die Situation.

Und wie aus dem Nichts kam dann plötzlich die Angst. Die Angst vor dem Unbekannten, die Angst vor einem Zuhälter, der vielleicht im Hausflur lauern oder im Nebenzimmer sitzen würde. Was, wenn er ihr Gespräch belauschte? Was, wenn dieser handgreiflich werden würde, weil er ihn für einen Spion der Konkurrenz hielt? Wenn er mitbekommen würde, dass Hartmann Journalist war? Nein, den Presseausweis würde Hartmann zu Hause lassen. Den Personalausweis auch. Und wenn er Ärger mit dem Typen bekam und schwer verletzt irgendwo auf der Straße landete?

Hartmann schüttelte den Kopf. Aus jetzt!, schalt er sich. Nicht schon wieder diese Spiralen negativen Denkens. Wenn es im Umkreis von zweihundert Kilometern zweitausend Huren in der Wohnungsprostitution gab, dann hatten die am Tag vielleicht viertausend oder achttausend Kunden. Und wie oft las man was von einer Schlägerei? Von einer Razzia oder Ähnlichem? Akzeptier die Normalität, redete er sich ein, an den gelassenen Umgang Sternbergers mit dem Thema denkend. Die Gefahr, dass ihm ein Bekannter begegnete, war viel größer. Dann konnte er nur noch hoffen, dass diesem die Begegnung genauso peinlich wäre wie ihm. Denn die Erklärung, er sei »auf Recherche«, klänge dann doch ziemlich lächerlich. Manchmal war es eben nicht die Wahrheit, mit der man glaubwürdig rüberkam.

Er schüttelte sich abrupt, stand auf und griff zum Brauseschlauch, um den Rest Schaum von seinem Körper zu spülen.

Die Uhr zeigte achtzehn Uhr zweiundvierzig, als Hartmann, nur mit einem Badetuch um die Lenden, aus dem oberen Badezimmer kam und nach unten ging, um sich anzuziehen.

## 18

Achtzehn Uhr zweiundvierzig zeigte die Uhr, als Anette Hartmann, mit einer Banane als eiserner Reserve in der Hand, aus dem Speiseraum nach oben auf ihr Zimmer kam. Heute war sie lange in Therapie. Eine gestern ausgefallene Stunde Rückengymnastik hatten die Therapeuten kurzerhand auf den Nachmittag gelegt. So musste sie unmittelbar aus dem Sport in den Speiseraum – etwas, was sie überhaupt nicht schätzte.

Sie warf ihre Sporttasche auf das zweite Bett und zog sich aus. Die Turnschuhe flogen in die Ecke vor den Schrank, das T-Shirt und der Sport-BH landeten ebenfalls auf dem Bett. Auf ihren Sneakers-Söckchen eilte sie in das große Badezimmer und betrachtete sich im Spiegel. Kein Schweiß, keine rote Haut. Sie kam allmählich in Form. Und die Haare, die sie hinten aufgesteckt hatte? Sie würde doch noch einmal unter die Dusche hüpfen. Sie lief wieder zurück ins Zimmer, roch an dem Shirt, bevor sie es über die Stuhllehne hängte, schälte sich aus ihren Laufleggings und zog den Slip aus, den sie sogleich dem Wäschebeutel im Schrank überantwortete. Dann schlüpfte sie zurück ins Bad, drehte und wendete sich vor dem Spiegel und beschloss, zufrieden mit sich zu sein. Trotzdem.

Das Prasseln der heißen Dusche auf der Haut tat gut. Im Moment hatte sie überhaupt keine Rückenbeschwerden. Vielleicht ein bisschen Muskelkater. Aber das war eher ein positives Gefühl, so ein Signal, als hätte man seinem Körper etwas Gutes gegönnt.

Sie freute sich auf den Abend mit Steffi, ihrer neuen Freundin. Ihrer möglicherweise neuen Freundin. Mein Kurschatten, dachte sie mit einer leicht zärtlichen Aufwallung. Genauso würde sie es Peter präsentieren, wenn er sie am Wochenende besuchen kam. Ich habe einen Kurschatten, würde sie ihm sagen und ihn ein wenig damit quälen. Dass es eine Kurschättin war – nannte man einen weiblichen Schatten Schättin, oder gab es da schon eine politisch korrekte feminine Form? –, würde er noch früh genug herausbekommen.

Was wohl Peter gerade macht?, fragte sie sich, während sie das Haarshampoo in die Kopfhaut einmassierte. Sie wusste, er würde zurechtkommen, er kam immer zurecht. Schließlich waren sie nicht das erste Mal getrennt. Dennoch – im letzten Jahr war er in eine böse Schlägerei geraten, weil er sich bei Recherchen für eine heiße Story mit den Falschen angelegt hatte. Eigentlich war er inzwischen für solche Dummheiten zu alt. Zu alt und zu erfahren. Doch vielleicht, so dachte sie bisweilen, wäre er an dem Abend gar nicht in dieses Dorf gefahren, wenn sie zu Hause geblieben wäre.

Anette Hartmann hatte schon lange das Gefühl, eine neue Freundin zu brauchen. Seit ihre Tochter Maria von zu Hause ausgezogen war, waren die Kontakte mit den Müttern ihrer Schulkameradinnen langsam eingeschlafen. Und die Arbeit im eigenen Salon fraß sie auch mehr und mehr auf. Bei der Verteuerung von Wasser und Strom, ja bei der Explosion der Preise für Farben und Tönungen musste sie schon haarscharf kalkulieren. Und als sie im Sommer eine Mitarbeiterin entließ, da lag das nicht an dem angekündigten Mindestlohn, sondern einfach daran, dass die Gewinne gegen null gingen und sie schließlich nicht zusetzen konnte. Seitdem stand sie auch wieder selbst mehr im Laden, was ihre Rückenbeschwerden nicht unbedingt linderte. So blieb den Hartmanns kaum noch Zeit für die gemeinsamen Freunde, von den speziellen Frauenfreundschaften ganz zu schweigen.

Und der Kegelclub. Ach, der Kegelclub. Aus dem Wettkampfbetrieb hatte sich Anette schon vor Jahren verabschiedet. Seit ihre Rückenschmerzen begonnen hatten, tat ihr das Kegeln einfach nicht mehr gut. Was sie tags darauf leiden musste, hatte schon nichts mehr mit Sport zu tun.

Immerhin hatte sie im Kegelverein Karin Beyer kennengelernt. Sie wurde im Laufe der Jahre zur besten Freundin. Zur allerbesten Freundin sogar. Maria würde »ABF« dazu sagen. Doch mit der Zeit hatte Anette festgestellt, dass Karin nicht nur ihre beste Freundin war, sondern eigentlich ihre einzige. Inzwischen fuhren sie sogar gemeinsam in Urlaub – eine Woche pro Jahr nahmen sich Peter und Anette eine Auszeit voneinander. Und während

Peter mit seinem Chopper auf Traumstraßen durch die Berge kurvte, machte Anette mit Karin »Mädelsurlaub«.

Nein, es wurde Zeit für eine neue Beziehung, ohne die alte zu vernachlässigen. Da kam ihr die sportliche und lebenslustige Steffi gerade recht. Die gehörte zu den wenigen, die ihre Rückenbeschwerden nicht permanent bejammerten, als gelte es, den Schmerzstatus unbedingt zu erhalten, um von seiner Umwelt Mitleid einfordern zu dürfen. Sie nahm die Reha eher wie eine Trainingseinheit hin, bereit, alles zu geben und mit hocherhobenem Kopf wieder nach Hause fahren zu können. So eine war die Steffi.

Vor allem, sie kam wie Anette aus Riedburg. So ließ sich die beginnende Freundschaft auch nach der Kur vertiefen, vorausgesetzt, beide mochten das. Aber Anette hatte ein gutes Gefühl. Sogar drei Riedburgerinnen hatte sie bislang hier ausgemacht: Neben ihr und Steffi war da noch eine gewisse Marion. Die sah ziemlich verlebt aus, als ob sie gerne mal einen trank. Vor allem schien sie, obwohl verheiratet, eine kleine Männerhasserin zu sein. Anette hatte das schnell herausgefunden, da Marion zu ihren Tischgenossinnen zählte. In den Gesprächen ließ sie kein gutes Haar an den Männern, bediente alle Klischees, die die Männer als lebensuntüchtig und moralisch verdorben hinstellten. Wenn sie sprach, dann wechselten die anderen am Tisch unter gesenkten Wimpern vieldeutige Blicke. Das bedeutete, dass Anette mit ihrer Meinung über Marion nicht alleine dastand.

Anette stöpselte den Haartrockner in die Steckdose. Zwar baumelte der klinikeigene Föhn an der Wand, aber das war nur so eine Behelfskrücke. Sie hatte so was schon geahnt, als sie ihr eigenes Gerät in den Koffer packte. Eines allerdings würde sie nie lernen: sich selbst vor dem Spiegel die Haare mit einer Hand zurechtmachen, während die andere den Föhn hielt.

Peter machte sich gerne darüber lustig. Schließlich, so argumentierte er, sei es doch eine der leichtesten Übungen, sich die Haare zu föhnen. Aber so sah er dann oft auch aus, hielt Anette dagegen. So kann halt nur einer reden, der das nicht ordentlich gelernt hat. Nein, heute wollte sie richtig schick sein, wenn sie mit Steffi beim Italiener aufschlug. Die hatte das Restaurant am Ende des Kurparks bereits erkundet und für gut befunden.

Es gab da noch eine andere kleine Gruppe, die sich gefunden hatte. Junge Frauen zumeist, keine älter als fünfunddreißig, manche noch unter zwanzig. Die gingen annähernd jeden Abend aus, aber ihre Art Nachtschwärmerei war nichts mehr für Anette; war für sie noch nie etwas gewesen. Denn die jungen Dinger standen auf Pizzeria und auf Disco. Am Wochenende wollten sie gar in ein fast zwanzig Kilometer entferntes Dorf zur Kirmes fahren. Nein, das waren Vergnügungen, für die sich Anette dann doch zu alt fühlte. Und war es nicht auch eine Kirmes, bei der Peter im Vorjahr in diese wüste Schlägerei geraten war?

Da waren ein edles Stück Fleisch oder Fisch, ein passender Wein und ein gutes Gespräch wahrlich von einem anderen Kaliber. Doch, heute Abend wollte Anette Hartmann das Leben genießen. Und sie würde offen sein für eine neue Freundschaft. Selten in den letzten Monaten hatte sie sich so entspannt gefühlt.

Als sie Steffi auf der Treppe vor der Klinik begrüßte, wo sie sich verabredet hatten, drückten sich die beiden herzlich und freundschaftlich, aber noch ein wenig distanziert.

Willkommen in meinem Leben, wenn du magst, dachte sich Anette, hakte Steffi unter und zog sie mit sich.

## 19

Peter Hartmann parkte sein Auto auf dem kostenfreien Parkplatz gegenüber dem Krankenhaus. Er war mit dem kleinen Peugeot seiner Frau gekommen, weil der unauffälliger war als sein großer dunkler Chrysler.

Die Kantgasse war schlecht beleuchtet, und Hartmann war dankbar dafür. Keine Menschenseele war auf der Straße zu sehen. Hinter den Fenstern brannte das Licht, und wo keine Vorhänge das Privatleben der Menschen schützten, sah Hartmann normale Einrichtungen in normalen Zimmern. Ein bisschen einfach vielleicht. Wer in der Kantgasse wohnte, hatte es eben nicht geschafft. Zwei Häuser, die Nummer 12 und die 16, waren von Huren belegt. Und das seit längerer Zeit, hatte Sternberger ihm erzählt.

Den Kragen seiner Lederjacke hochgeschlagen und den Kopf eingezogen, ging Hartmann zügigen Schrittes zur 12. Die alte und schon verwitterte Haustür war offen, er stolperte beinahe über eine Steinschwelle und tastete nach dem Lichtschalter. Eine nackte Glühbirne an der Decke warf ihren bleichen Schein auf einen Fußboden mit Steinfliesen. Das Haus roch feucht und alt. Es stand mit Sicherheit schon seit mehr als hundert Jahren. Die Treppe bestand aus ausgelatschten Holzstufen und knarrte.

Er musste zum Glück nur in den ersten Stock. »Engel« stand auf dem Klingelschild auf der linken Seite, so wie beschrieben. Sein Herz klopfte mit hoher Frequenz und fast im Hals. Aus der Wohnung auf der rechten Seite drangen die Geräusche eines Streites zwischen einem Mann und einer Frau. Nicht ermutigend. Er drückte auf den Knopf. Drinnen schrillte die Klingel. Der Streit in der Nachbarwohnung verstummte.

Analisa öffnete die Tür.

»Du bist Analisa?«, fragte er, weil er ja irgendwie beginnen musste.

Die Frau, sie war kleiner, als er sich einen Meter fünfundsechzig vorgestellt hatte, strahlte ihn an.

»Ja. Komm rein.« Sie trat einen Schritt zurück, schloss die Tür hinter ihm, reckte sich ein wenig und hauchte ihm einen Kuss auf die Wange.

»Hier entlang.« Er stolperte wieder über ihren Dialekt.

Sie ging ihm voraus, er hatte Zeit, sie zu mustern. Sie trug eine Art kurzen Morgenmantel, unter dem schwarze Lackstiefel und eine Handbreit schwarzes Nylon hervorlugten. Sie führte ihn durch ein Zimmer, das wie ein Wohnzimmer wirkte, in dem ein Kranker seine Tage verbrachte: auf der Couch ein zerwühltes Federbett, gegenüber ein Fernseher im Stand-by-Modus, auf dem Tisch eine Wachstuchdecke und ein paar Cola-Dosen. Der Kohleofen an der Wand mit dem an einer Ecke verbogenen Ascheblech sah aus, als sei er seit Jahren nicht in Betrieb. Daneben stand ein Ölradiator, dessen Rippen schmutzig und klebrig schienen.

»Komm«, sagte sie wieder und öffnete eine Tür, die in einen weiteren Raum führte. Den Gastraum sozusagen. Den Huren-Arbeitsraum. Das Liebesgelass. Das Fickzimmer. Das Fenster war mit einer billigen Jalousie aus beigefarbener Plaste verdunkelt.

Das Zimmer war von einem großen Doppelbett mit Eisengestell fast vollständig ausgefüllt. Rings um die dunkel gestrichene Wand an der Stirnseite des Bettes waren Lichtleisten mit blau leuchtenden LED-Lämpchen verklebt. Das sah stimmungsvoll und billig zugleich aus. In der Zimmerecke stand ein großer bequemer Sessel. Requisite, Liebeslager oder Wäscheablage – Hartmann wusste es nicht. Die Bettwäsche war blütenweiß und aus Baumwolle. Kein bisschen schmuddelig. Überhaupt machte das Zimmer einen saubereren Eindruck als der Durchgangsraum. Kühl war es, vermutlich wurde es gar nicht beheizt. Und, Überraschung, es war offenbar gut gelüftet. Vom Bett ging ein Geruch nach Wäschestärke aus, er erinnerte Hartmann an die Wäschekammern in Ferienlager und Armee. Besser als die abgestandene Luft mit dem Geruch nach menschlichen Körpern, die Hartmann insgeheim erwartet hatte. Das Mädchen drehte sich zu ihm um und lächelte freundlich.

»Gefällt es dir?«, fragte sie mit ein wenig Zweifel in der Stimme.

»Ja«, sagte Hartmann. »Doch.« Er war verlegen, und Analisa merkte es.

»Pass auf«, sagte sie. »Bei mir ist so, dass du zuerst bezahlen. Darfst nicht übel nehmen.«

»Ach so, ja, klar«, sagte Hartmann fahrig und zog den mitgebrachten Hunderter aus der Hemdtasche. Sternberger hatte ihn schon darauf vorbereitet. Vorkasse. Niemals siezen. Klare Ansagen machen, was man will.

Sie nahm blitzschnell das Geld und steckte es in die Seitentasche ihres Morgenmantels.

»Dafür aber nur normal mit Schutz«, sagte sie ganz geschäftsmäßig. »Blasen ohne kostet Aufpreis, und anal geht gar nicht. Mache ich nicht. Prinzip, weißt du.«

Er nickte. Reden würde hoffentlich keinen Aufpreis kosten.

»Setz dich doch«, forderte sie ihn freundlich auf und wies auf den Sessel. »Soll ich dir was zu trinken holen? Einen Sekt vielleicht, einen Kaffee oder ein Wasser? Ist gut gegen nervös.«

Er nickte. »Wasser wäre perfekt.«

Sie schwebte an ihm vorüber, wobei ihn ein warmer Hauch streifte, ein Duft, der ihm nicht unangenehm war.

Es war alles genauso und doch ganz anders, als er sich das vorgestellt hatte. Er war davon ausgegangen, dass Analisa ihn eher abstoßen als anziehen würde, dass das Liebeslager oder wie immer man in dieser Branche den Ort der Verrichtung bezeichnete, eine stinkende Couch mit schmuddeligem Überwurf wäre, dass er von einer gelangweilten Hure empfangen würde, die sich breitbeinig aufs Bett legte und der Dinge harrte, die da kommen würden.

Vorsichtig setzte er sich auf den Sessel.

Als Analisa wieder hereinkam, hatte sie den Kurzmantel geöffnet. Die halterlosen Nylons endeten genau da, wo sie enden sollten, und ein schwarzer Slip mit unendlich hohem Beinausschnitt zog seinen Blick auf sich. Er ließ einen wohlgeformten Venushügel erkennen, der sich unten in einer sanften Kerbe im eng anliegenden Stoff fortsetzte und keinen Zweifel daran ließ, dass Analisa komplett und blitzeblank rasiert war. Das Höschen endete erst wenige Zentimeter unter dem Nabel, und zwar mit einem großen funkelnden Strasssteinchen.

Sie kam mit dem Wasserglas so dicht auf ihn zu, dass ihre Brüste direkt vor seinem Gesicht waren. Genau zwei Finger breit war der Zwischenraum zwischen ihnen. Eigentlich perfekt. Ein ebenfalls mit Strasssteinchen besetzter Verschluss funkelte ihn an. Als sie sich hinunterbeugte, um das Glas auf dem Tischchen neben dem Sessel abzustellen, streiften ihn ihre Haare, die ebenso dufteten wie der ganze Körper. Hartmann musste sich zusammennehmen, um an seine Mission zu denken und nicht an die Missionarsstellung.

Als sie, noch immer dicht vor ihm stehend, seine Haare streichelte, nahm er sie sanft bei den Handgelenken und zog die Hände fort.

»Du nicht oft bei Frauen der Liebe«, mutmaßte sie.

»Setz dich bitte«, sagte er mit trockenem Mund und wies auf das Bett.

»Ah«, gurrte sie, »du willst mich erst anschauen.« Sie streifte den Morgenmantel ab und setzte sich in ihren Dessous aufs Bett, das eine Bein angewinkelt, das andere gestreckt und leicht abgespreizt. Sie lächelte ihn einladend an.

»Offen gestanden«, sagte er, »ich will nur mit dir reden.«

War das ein enttäuschtes Aufblitzen, das er da in ihren Augen las? Sie zog das andere Bein auch an.

»Das kenn ich«, gab sie sich verständnisvoll. »Wollen viele Männer. Reden. ... Aber zieh dich doch aus dabei, mach es bequem.«

Hartmann lächelte. Er wollte ihr entgegenkommen, zog seine Jacke aus und warf sie lose über die Sessellehne.

»Worüber willst du reden?«, fragte sie, anscheinend aufrichtig interessiert.

Er nahm einen Schluck Wasser und musterte sie. Wie verklemmt mussten eigentlich die Typen sein, die erst zu einer Hure gingen und dann nur reden wollten? Worüber würden die sprechen? Darüber, warum sie Hure geworden ist? Darüber, wie schlecht es ihnen zu Hause ging? Oder wollten sie die armen Dinger etwa heiraten? Fragen nach ihrem Beruf indes würde er ihr nicht ersparen können.

»Wo kommst du her?«, begann er.

»Ich bin aus Belarus. Kennst du?«

Er nickte. »Klar, Weißrussland, Minsk.«

Sie strahlte. »Genau! Aus Minsk. Kennst du?«

»Ich war noch nicht da, aber ich weiß halt, dass es die Hauptstadt ist.«

Für einen Augenblick war sie enttäuscht, dann strahlte sie wieder.

»Ist schöne Stadt, weißt du«, schwärmte sie dann. »Oper, Theater, viel Kultur. Und Siegesplatz mit Obelisk, rote Kirche auf Platz von Unabhängigkeit.«

Er biss an.

»Warum bist du dann weg, wenn es so schön ist?«

Sie machte große verwunderte Augen und zuckte mit den Schultern.

»No, kein Geld in Minsk, keine Chance für Jugend. Ich wollte Tänzerin werden, da hatte ich Chance in Deutschland.«

»Tanzt du auch in Bars oder so?«, spann er den Faden weiter.

»Nein, hat sich alles ergeben anders«, winkte sie ab. »Darf ich rauchen?«

Hartmann nickte zustimmend.

»Ist deine Wohnung hier.«

»Aber du bist Gast«, gab sie einschmeichelnd zu bedenken.

»Rauch ruhig«, sagte er. Vor gut einem Jahr hatte er es sich abgewöhnt und glaubte, darüber hinweg zu sein. Nur wenn er nervös war, überkam ihn bisweilen das Verlangen nach einer Zigarette.

Sie drehte sich auf dem Bett um, hockte sich hin und beugte sich tief nach unten, um die Tür an dem Nachttischchen aufzumachen. Ihr Po ragte hoch auf, und er konnte genau zwischen ihre Beine sehen, wo sich das schwarze Höschen eng an ihr Geschlecht schmiegte. Sehr appetitlich, dachte er.

»Wie bist du rübergekommen von Weißrussland? Das ist doch nicht so einfach ohne Job.«

Sie zündete sich umständlich eine Zigarette an und drohte ihm schelmisch mit dem Finger.

»No, da gibt es schon Wege«, sagte sie ausweichend.

»Illegale Wege«, wollte er ihr helfen.

»Bist du Polizei?«, fragte sie.

»Nein, nein«, beeilte er sich zu versichern. »Ich bin kein Polizist.«

»Warum willst du wissen? Ich bin hier und gut.« Sie zog mit der Hand ein wenig den BH runter, sodass er ihre Brustwarze erkennen konnte. »Willst du nicht ein bisschen streicheln?«, fragte sie.

Er schüttelte den Kopf.

»Lieber reden.«

»Reden, reden.« Sie machte eine wegwerfende Handbewegung. »Es gibt Männer, die wollen nur reden. Erzähl doch von dir.«

Sein Gehirn arbeitete auf Hochtouren. Was sollte er ihr erzählen?

»Was bist du Beruf?«, fragte sie weiter.

Da kam ihm plötzlich die Eingebung.

»Ich bin Schriftsteller«, sagte er, und das war ja nur ein bisschen gelogen. Immerhin hatte er sogar ein halb fertiges Buchmanuskript in der Schublade.

»Schriftsteller ist interessant«, sagte sie, wobei sie die erste Silbe in die Länge zog, sodass es wie »Schriieftsteller« klang.

»Ja«, fügte er schnell hinzu. »Und in meinem nächsten Buch kommt ein … nun ja, ein leichtes Mädchen vor.«

Sie zog tief an ihrer Zigarette, warf dann die Haare nach hinten und räkelte sich.

»Ich eine Figur in Roman, das ist gut.«

Er hatte sie.

»Ja, und dafür will ich eben wissen, wie man so einfach von Weißrussland nach Deutschland kommen kann.«

Sie beugte sich zu ihm vor und schlug einen verschwörerischen Ton an.

»Du darfst aber nicht schreiben Namen und wo ich wohne.«

»Nein, das ist ja ein ganz anderes Mädchen, das denke ich mir ja nur aus.«

Sie blühte auf. Der Gedanke, dass sie eine Rolle in einem Buch spielen würde, gefiel ihr sichtlich.

»Nun, wie kommt man weg von Belarus?«, fragte sie in die Luft. »Ist ganz einfach, wenn du hast Beziehung und wenn du hast Geld.«

»Ja?« Er gab sich ganz erwartungsvoll, und es fiel ihm nicht schwer.

»Also da gibt es welche, die organisieren Transport. Das ist so, dass du musst bezahlen. Aber«, sie hob den Zeigefinger, »das ist nicht immer ehrlich. Das sind auch Betrüger. Mir sie haben gesagt, ich kann werden Tänzerin. Erst in Cabaret, Revuetanz und so, dann ich Ballettschule. Da war ich achtzehn.«

Sie hatte angebissen.

»Und du wurdest keine Tänzerin«, versuchte er die Sache abzukürzen.

»Nein, ich extra bin zu Frau und nicht zu Mann, weil Mann oft Betrüger. Aber Frau war auch. Sie uns geschleust in Container. Willst du nicht wissen Detail. War schlimm und war dreckig.« Sie nahm wieder einen tiefen Zug aus der Zigarette.

»Als wir in Deutschland ankamen, wir hatten nicht viel Wahl. Frau war wieder da und brachte uns in Hotel mit viele Männer. Die haben uns dann übergenommen, sagt man so?«

Hartmann nickte. Er verstand, und er war jetzt hoch konzentriert.

»Ich bin geblieben bei Frau«, fuhr Analisa fort. »Sie mich hat gepackt in Laufhaus hier in Riedburg.«

»Hat dir das gefallen?«

Analisa warf den Kopf in den Nacken und lachte.

»Hatte ich andere Wahl?«, fragte sie.

»Warum bist du nicht gegangen? Einfach weggelaufen?«

»Wie denn ohne Papiere? Papiere hat Frau behalten. Wir sollten erst abarbeiten Schuld.«

Hartmann schluckte. Das klang genauso wie alles, was er über Zwangsprostitution wusste.

»Und – wie bist du dort wieder rausgekommen, aus dem Laufhaus?«

Analisa lachte kurz auf, dann musterte sie ihn aufmerksam.

»Ich dort vier Jahre. War am Ende ganz einfach. War Polizeirazzia.«

Hartmann widerstand dem Drang, einen Stift und einen Notizblock zu ziehen.

»Aber dann hättest du doch noch Tänzerin werden können.«

»Ach du. Sei nicht dumm. Ich immer noch keine Papiere. Damit ich nicht Abschiebung, ich habe gelogen. Identität falsch, verstehst du? Ich sage, dass ich Umweltaktivistin und Menschenrechtler, dass ich verfolgt von Regime Lukaschenka.«

Sie machte eine Pause.

»Und das hat geholfen?«

»Nun, ich nicht Abschiebung, ich Heim. Aber nicht durfte arbeiten. Kein Arbeit, kein Geld, nur sitzen in Heim, verstehst du.«

Hartmann nickte.

»Dann ich gesehen Frau Chefin in Café. Und angesprochen. Ob sie nicht wüsste, wie weiter. Sie sehr dankbar.«

»Wofür dankbar?«, fragte Hartmann.

»Ich nicht sie verraten, ich keine Anzeige, keine Schwierigkeiten. Sie versprach, mir Papiere zu besorgen. Und Arbeit in Wohnung, so wie hier.«

»Sie hat dich wieder gezwungen, dich zu …?«

»Ach, gezwungen. Klingt so schlimm. Inzwischen ich konnte gut ficken. Und in Wohnung ich verdiene gutes Geld, verstehst du?«

»Ähm, ja.«

»No, ich dir gerne zeige.« Sie gurrte wieder, beugte sich vor und tätschelte Hartmanns Knie.

Er ignorierte die Hand.

»In der vergangenen Woche wurde im Thüringer Wald ein Mann erschossen. Ganz in der Nähe von einem Hotel.«

Sie zog die Hand mit einem Ruck weg und schlug sie sich vor den Mund.

»Du bist wirklich nicht Polizei?«

»Glaub mir einfach mal. Wäre ich Polizist, hätte ich dich doch vorgeladen, oder?«

»Stimmt auch das.«

»Weißt du von dem Toten?«

»Ich habe gehört das.«

»Du hörst viel.« Er lächelte.

Sie erwiderte das Lächeln, schüchtern. Verlegen sah sie ihn unter gesenkten Wimpern an.

»Stimmt. Ich hab viel erlebt, viel gesehen, viel gehört. Aber ich weiß vieles nicht. Nicht wirklich.«

»Du bist sozusagen direkt aus dem Container ins Laufhaus … verfrachtet worden. Geht das immer so mit den Mädchen, die aus Russland hierherkommen?«

»Belarus. Ich nicht Russland.«

»Aber die kommen doch aus ganz Osteuropa, oder?«

»Hier meist nur Belarus. Wenn gekommen aus Belarus, dann Hotel mit Männer und verteilen in ganze Deutschland. Einige auch in Laufhaus.«

Hartmann hatte sich leicht vorgebeugt. Er war unter Hochspannung.

»Und eine Frau, sagst du, ist die Chefin?«

Analisa pulte sich eine weitere Zigarette aus der Packung. Offensichtlich überlegte sie an einer Antwort.

»Na, ich weiß nicht«, wich sie dann aus.

»Aber du hast doch von einer Frau gesprochen …«

»Ja schon, aber ich weiß nicht, ob Chefin oder ob noch eine Chef da ist.«

»Wie heißt die Frau?«

»Ich weiß nicht.«

»Ach komm schon. Ist sie hier aus Riedburg?«

»Das brauchst du gar nicht für Buch«, sagte sie und schob trotzig die Unterlippe vor.

Er tat ganz unbekümmert.

»Ach, das hat mich nur so interessiert.« Er schielte auf die Uhr. Die Stunde, die er sich gekauft hatte, war bald um. Er legte nach. »Darf ich dich wieder besuchen?«, fragte er und wurde sich im selben Augenblick bewusst, wie albern die Frage klingen musste. Er war bei einer Hure. »Ich meine, wieder mal zum Reden. Du horchst dich ein bisschen um und erzählst mir ein bisschen was. Ich bin neugierig, mehr aus deiner Welt zu erfahren.«

Sie machte große Augen.

»Was denkst du? Du kannst gern besuchen. Du kannst gern reden. Aber ich nicht kann so viel erzählen. Das ist gefährlich.«

Das wusste er selbst, dennoch fasste er nach.

»Ich will doch nur wissen, wie das alles funktioniert, in deinem … Job. Und so. Ich zahl auch dafür.«

»So viel kannst du gar nicht zahlen.«

»Ich kann viel zahlen. Ich kann dir auch zweihundert für so eine Stunde geben, wenn du mir mehr Informationen gibst.«

Für einen kleinen Augenblick kam ein Leuchten in ihre Augen, aber nur für einen kleinen Augenblick.

»Zweihundert sind doch nicht viel«, sagte sie dann.

»Dreihundert?«

Sie legte sich der Länge lang aufs Bett und räkelte sich. Dann drehte sie sich auf den Bauch und blickte ihn lüstern an.

»Für dreihundert kriegst du bei mir Sex, wie du ihn nie vergessen wirst. Aber das andere, das verstehst du nicht.«

»Was ist daran so schwer zu verstehen?« Er gab sich ganz geschäftlich. »Du lässt dich für Sex bezahlen, ich will dich für Informationen bezahlen.«

Sie schüttelte hartnäckig den Kopf.

»Du kannst nicht geben Sicherheit. Bist nicht da, wenn Patrick mir Tür eintritt. Mich vergewaltigt. Bist nicht da, wenn ich muss gehen aus Wohnung. Und dann wohin? Kann ich zu dir, in dein Zuhause?«

»Wer ist Patrick?«

»Unwichtig. Wichtig ist, du kannst nicht geben Sicherheit.«

Hartmann nickte langsam.

»Da magst du wohl recht haben.« Er ließ eine Pause. »Darf ich trotzdem wiederkommen?«

»Klar darfst du.«

Sie stand auf und kam wieder so dicht an ihn heran, dass seine Nase fast die Stelle zwischen ihren Brüsten berührte, wo er winzige Perlen von Schweiß erkennen konnte. Sie wiegte ihr Becken.

»Und hast nicht doch Lust noch auf Quickie?«

Hartmann stand auf.

»Ach Analisa«, sagte er. »Manchmal ist das keine Frage von Lust. Das ist das Gleiche wie mit meinen Fragen.«

Sie machte ein dummes Gesicht, und er hauchte ihr ein Küsschen auf die Wange. Es fiel ihm nicht mal schwer.

Dann angelte er sich seine Jacke.

»Ich finde schon raus«, sagte er.

## 20

Er sah das Gebäude der Kurklinik bereits vor sich, hatte jedoch noch jede Menge Zeit. So nahm er nicht den kurzen Weg nach rechts, sondern schlenderte entgegen dem Uhrzeigersinn um den Teich, der wie eine kreisrunde Scheibe direkt vor der Klinik lag. Eigentlich praktisch, dachte er. Mitten im Ort und doch eine kleine Oase, als wäre das Zentrum kilometerweit entfernt. Na ja, was hieß schon Zentrum. Das Kaff hatte gerade mal fünfzehntausend Einwohner, musste also stolz darauf sein, den Status einer Stadt zu besitzen.

Vor allem Schwarzerlen waren es, die an den Teichufern standen. Ihre kleinen bürstenähnlichen Zapfen des Vorjahres bedeckten noch die Wiese am Ufersaum, während sich schon neue Früchte an den Bäumen bildeten. Blesshühner und Enten rangelten im Grün um die Krumen, die ihnen die Kurpatienten und Müßiggänger zuwarfen. Hier und da senkte eine Trauerweide ihren Haarschopf in das kalte Wasser. Eine gute Viertelstunde, länger brauchte man nicht, um den Teich zu umrunden, in dessen Mitte eine stolze Fontäne beachtlich weit in die Höhe spuckte.

Die Klinik selbst erinnerte ihn an die Altbauten in der Berliner Karl-Marx-Allee. Stalins Zuckerbäckerstil mochte hier Pate gestanden haben: ein klotziger Viergeschosser mit repräsentativer klassizistischer Fassade, dessen mittlerer Trakt von einem wuchtigen quadratischen Turm bekrönt wurde. Das Erdgeschoss, das man über eine breite und flache Freitreppe erreichte, bestand aus üppigen Fensterfronten, die nur durch die massiven Pfeiler begrenzt wurden.

Eine große Drehtür beförderte Hartmann ins Innere, wo seine Anette schon wartete. Schmuck sah sie aus. Schmuck und sportlich in ihrer hautengen dunkelblauen Laufhose und dem türkisfarbenen Shirt, die Haare zu einem Pferdeschwanz gebändigt. Sogleich hing sie an seinem Hals, und sie begrüßten sich wie ein junges Liebespaar.

»Nicht so stürmisch, Kleines!« Er hielt sie an den Schultern ein Stück auf Distanz. »Wir waren noch nicht einmal eine Woche getrennt.«

»Aber ich habe schon solche Sehnsucht nach dir gehabt!« Sie hängte sich an seinen Oberarm und quengelte herum wie ein kleines Mädchen. Das konnte sie gut, und er fühlte sich geschmeichelt. »Komm, ich bring dich auf unser Zimmer.«

Sie steuerte zielstrebig die Treppe an. Als sie an den Fahrstühlen vorbeikamen, wollte Hartmann stehen bleiben.

»Lies mal, was da steht«, forderte sie ihn auf und zog ihn am Handgelenk weiter.

Treppensteigen sei ebenfalls Therapie, belehrte ihn ein laminiertes Schild über dem Rufknopf des Fahrstuhls. Darüber hinaus sei man mit der Treppe oft schneller als mit dem Aufzug.

»Ich denke, du wohnst im dritten Stock«, wagte Hartmann einen leisen Protest.

Sie lachte nur.

»Geht ganz fix«, sagte sie und stiefelte voll jugendlicher Spannkraft vorneweg. Er sah es durchaus mit Wohlgefallen.

Hartmann staunte über die Größe von Zimmer und Bad. Die allerdings, so klärte sie ihn auf, sei schlicht und einfach der Tatsache geschuldet, dass sie ein Doppelzimmer zugewiesen bekommen hatte. Mit dem Vorteil, dass er jetzt nicht auf einem zugestellten Feldbett schlafen müsse, wie der Ehemann einer ihrer fünf Tischgenossinnen. Sein Bett war vom Zimmerservice sogar schon hergerichtet. Dennoch fanden Hartmanns den Preis, satte fünfundfünfzig Euro für eine Übernachtung des Partners, ziemlich unangemessen.

»Lerne ich deine lustige Weiberrunde wenigstens mal kennen?«, fragte Hartmann.

»Na, spätestens morgen zum Frühstück«, sagte Anette.

»Und heute?«

»Heute zeige ich dir den Italiener.«

»Ah, einen Kurschatten hast du auch schon?«, lachte Hartmann und ließ sich auf sein Bett fallen. »Sogar einen Italiener.«

»Ich hoffe, du hast deine Kreditkarte mit«, sagte Anette. »Der Italiener ist nicht billig, und ich will mal wieder so richtig mit dir schlemmen … Und was den Kurschatten anbetrifft, da sei dir mal nicht so sicher.«

»Was ist schon sicher im Leben?«, fragte Hartmann, ohne den warnenden Unterton wahrzunehmen, räkelte sich wohlig und verschränkte die Arme hinter dem Kopf. »Aber wenn die Männer hier auch alle rückenkrank und lendenlahm sind, dann muss ich mir wohl eher keine Sorgen machen, oder?«

Sie sprang auf sein Bett.

»Ich zeig dir gleich, was lendenlahm ist«, rief sie übermütig. Er nahm sie in die Arme, und sie küssten sich.

»Du hast mich vermisst«, sagte er leise. »Das ist schön.«

»Und wie ich dich vermisst habe. Das zeige ich dir aber erst nach dem Essen. Je großzügiger du bist, desto freigebiger werde auch ich sein.«

Er lächelte und streichelte ihr Haar.

»Dann kenn ich heute Abend kein Limit«, sagte er.

»Und ich ebenso wenig.«

Hartmann seufzte.

»Ich freu mich drauf. Aber jetzt will ich erst mal unter die Dusche.«

Das Restaurant nannte sich »Da Mario« und war authentisch. Viele sogenannte Italiener waren ja nur Pizzerias mit erweitertem Angebot, etwa für Nudelgerichte. Bei »Da Mario« indes versprach schon die Speisekarte den echten Italiener. Gegliedert nach den klassischen vier Gängen fanden sich original italienische Spezialitäten auf der Karte. Zudem war das Haus in jeder Hinsicht italienisch, was nicht zwingend Hartmanns Beifall fand. So schufen die großen Fliesen auf dem Tisch eher eine Bahnhofsatmosphäre und ließen auch die unbequemen Holzstühle eher auf eine ländliche Osteria als auf ein feines Ristorante schließen. Doch die Tischdecken waren von einem makellosen Weiß, das Besteck blitzte, und die voluminösen Rotweingläser funkelten einladend.

Bedient wurden sie von einem schmalen Jüngling mit sehr großen, beinahe Basedow'schen Augen, einem ungesund blassen Teint und einem dünnen Oberlippenbärtchen. Immerhin, er sprach mit italienischem Akzent, der nicht »getürkt« zu sein schien, und war von einer charmanten Beflissenheit, die den Hartmanns das Gefühl gab, immer umsorgt und niemals bedrängt zu sein.

Sie aßen gemischte Antipasti sowie Cannelloni mit Spinat und Ricotta. Als Hauptgang ließen sie sich gegrillten Schwertfisch mit Kapern bringen, und die Weinauswahl überließen sie dem blassen Burschen, der sich schon bei der Bestellung außergewöhnlich fachkundig gezeigt hatte. Wie sich später herausstellte, war er der Erstgeborene des Restaurantinhabers.

Sie hatten sich viel zu erzählen. Anette wollte wissen, wie Hartmann mit der Arbeit vorankam – sehr schleppend, weil er mangels wirklich neuer Informationen nur im Umfeld der Todesfälle recherchieren konnte. Hartmann hingegen interessierte, wie Anette mit der Therapie klarkam – immerhin fühlte sie sich echt gefordert und dennoch tiefenentspannt; auch die Rückenschmerzen, mit denen sie sich seit Monaten quälte, schienen sich in ihrer Struktur zu verändern und langsam nachzulassen.

»Was meinst du«, kam sie dann übergangslos auf ein anderes Thema, »ob wir den Salon so umrüsten können, dass einzelne kleine Zimmerchen entstehen?«

Hartmann runzelte die Stirn.

»Ich habe hier ein entzückendes Frisierstudio entdeckt«, setzte sie fort. »Ganz in der Nähe der Einkaufspassage. Erst war ich über die Bezeichnungen entsetzt, du weißt schon, Hair-Consulting und so weiter – bestimmt drei oder vier Namen mit diesem englischen Scheiß. Aber drinnen war alles ganz schick. Empfangen wurdest du an einem barähnlichen Tresen, dort hat dich deine Friseurin abgeholt und in eine Kabine geführt. Ziemlich klein, aber alles da, was du brauchst. Das heißt, jeder Kunde behält seine Privatsphäre, weil er mit seiner Friseurin allein ist.«

Hartmann nahm einen Schluck von seinem Wein und lächelte.

»Du bist ja richtig begeistert«, sagte er.

»Ja, ich fand das einfach toll. Meinst du, das würde bei uns gehen?«

Er legte seine Hand auf ihre.

»Bei aller Begeisterung, lass die Idee ein paar Wochen sacken, schau dich in deinem Salon noch mal um, berechne den realen Platzbedarf – und dann reden wir erneut drüber.«

Anette zog einen Schmollmund.

»Glaub mir, aus der Ferne sehen die Dinge manchmal anders aus, als wenn du sie unter der Lupe betrachtest. Denk an die Illusion in den Möbelhäusern. Da sind die Decken fünf Meter hoch, und von der kleinen niedlichen Schrankwand, die du kaufst, fühlst du dich dann in deinem Wohnzimmer erschlagen.«

»Ach du Philosoph wieder«, sagte sie und zog ihre Hand zurück, um ihrerseits nach dem Wein zu greifen. »Aber du hast recht, was das mit der Entfernung betrifft. Ich vermisse weder den Salon noch den Stadtklatsch.«

Er grinste.

»Und ich dachte, du könntest ohne gar nicht mehr leben.«

»Hier gibt es übrigens mindestens noch zwei Riedburgerinnen.«

»Kundinnen von dir?«

»Nein, gar nicht. Die eine möchte ich auch nicht zur Kundin haben. Marion Eisel heißt die. Du wirst sie morgen beim Frühstück kennenlernen, die sitzt mit bei mir am Tisch. Wundere dich aber nicht, wenn sie dir ins Gesicht spuckt.«

»So eine feuchte Aussprache?«

»Nein, so eine Giftspritze. Die schimpft von morgens bis abends über die Männer. Na ja, sie scheint ja auch mit einem Ekel verheiratet zu sein. So einem notorischen Fremdgänger.«

»Dann ist es vielleicht kein Wunder, wenn die so drauf ist.«

»Eigentlich schon. Aber der Gag kommt noch. Der spielt nämlich gerade toter Mann. Der reagiert auf keinerlei Anrufe von ihr. Weder auf dem Handy noch auf dem Festnetz. Die ist so besorgt, da merkst du erst mal, dass sie den Typen bei all dem Gekeife eben doch liebt.«

Hartmann wurde müde, und er langweilte sich bei dem Thema. Aber Anette zuliebe machte er einen interessierten Gesichtsausdruck.

»Und jetzt, stell dir vor«, sprudelte seine Frau weiter, »jetzt nervt die sogar eine Nachbarin. Die ist rüber und hat bei ihm geklingelt. Aber der macht nicht auf. Heute früh hat die Nachbarin vermutet, der wäre einfach abgehauen. Und was macht unsere Marion?«

»Na, sag schon.«

»Die lässt beim Frühstück eine wütende Schimpfkanonade ab über ›das Schwein‹, das bestimmt mit ›irgendeiner Schlampe‹ durchgebrannt ist. Und dann rennt sie heulend raus und ruft ihn wieder und wieder an.«

Irgendwie wollte sich Hartmann in das Gespräch einbringen.

»Hm, klingt nicht sehr logisch. Wenn er so ein Schwein wäre, wie sie sagt, könnte er doch die Situation ausnutzen und seine Schlampe nach Hause kommen lassen. Außerdem: Jedes Jahr verschwinden in Deutschland zig Menschen. Viele spurlos. Wenn sie Glück hat, dann gehört ihr Mann dazu.«

»Genau. Und wenn sie Pech hat, und der zieht wirklich mit einer anderen um die Ecken, könnte sie sich hier mit einem Kurschatten revanchieren.«

»Na, ob die einer will …«

»Ach lass mal, du. So schlecht sieht die nicht aus. Die darf man nur nicht kennenlernen.« Anette lachte.

»Aber weil du gerade vom Kurschatten sprichst …« Hartmann wollte unbedingt das Thema wechseln. »Wolltest du mir nicht auch in dieser Richtung was erklären?«

»Ach das.« Sie winkte ab.

»Na, das blasse Bürschchen da wird es wohl nicht sein.« Er nickte mit dem Kopf in Richtung des Kellners.

»Nein, wo denkst du hin. Aber wer weiß. Schließlich bin ich eine attraktive Frau, oder?« Sie fuhr sich mit der Hand die Seite entlang über ihr dunkelgrünes glänzendes Kleid, über Hüfte und Becken.

»Luder! Du willst mich nur ablenken. Raus jetzt mit der Sprache. Ist es der Kellner oder der Gärtner?«

»Weder noch.« Sie zierte sich. »Genau genommen ist es ja eine Kurschättin.«

»Eine was?« Hartmann lachte so laut auf, dass sich andere Leute im Restaurant nach ihnen umdrehten. »Wieder so ein Wort des hippen Gender-Wahnsinns.«

»Des hippen was?«

»Des Zwangs, allen männlichen Bezeichnungen eine adäquate weibliche gegenüberzustellen. Ich hasse das. Lehrerinnen und

Lehrer lasse ich ja noch durchgehen. Aber vergangene Woche habe ich eine Frau kennengelernt, die sich allen Ernstes als ›Vorständin‹ bezeichnet. Da hakt es ja wohl.«

»Tja, politisch korrekt muss es schon sein.«

»Ach was«, sagte er aufgebracht. »Das hat doch mit Korrektheit nichts mehr zu tun. Das fing doch bei solchen Albernheiten an wie in deinem Beruf. Warum darf ich eine Friseuse nicht Friseuse nennen? Was ist daran schlimm? Ein Behinderter ist ein Behinderter, warum soll ich ›Mensch mit Behinderung‹ sagen? Wer taub ist, hat doch kein ›akustisches Handicap‹, der ist einfach taub.«

»Nun reg dich doch nicht gleich auf. Bei einer Direktorin sagst du ja auch nicht Frau Direktor.«

»Nein, nein, nein. Dabei muss man zunächst begreifen, dass das Genus nichts mit dem Sexus zu tun hat.«

»Sexus ist ein gutes Stichwort.« Anette kicherte, doch er war viel zu echauffiert, um auf das eindeutige Angebot einzugehen, dieses schwere Thema zu verlassen.

»Sei nicht albern. Das eine ist das grammatikalische Geschlecht und das andere das biologische. Die beiden haben aber in der Sprache selten miteinander zu tun. Bleiben wir meinetwegen bei der Schuldirektorin und ihren Schülern. Wenn ich ›die Schüler der achten Klasse‹ schreibe, sind selbstverständlich Schüler beiderlei Geschlechts gemeint. Ich würde doch aber immer schreiben ›Anja, die Schülerin der achten Klasse ist‹ und so weiter.«

»Der Streit ist mir zu akademisch, den tragt ihr Journalisten mal schön selbst aus«, wollte sie einen Schlusspunkt unter die Debatte setzen. »Und was machst du nun aus deiner Vorständin? Eine Frau Vorstand?«

»Nun, zunächst einmal gibt es das Wort Vorständin gar nicht. Auch das Wort Vorstand umschreibt ja eigentlich eine Gruppe von Menschen. Ich denke, ich werde sie zur Vorstandsvorsitzenden machen oder zur Vorstandssprecherin. Vielleicht auch vereinfachend zur Chefin. Muss mal sehen, wie der Laden eigentlich aufgebaut ist. Aber du lenkst ab. Was ist mit deiner Frau Kurschatten?«

Anette grinste listig. Hartmann kniff die Augen ein wenig zusammen.

»Worauf willst du hinaus?«

»Ooch, nur so.« Anette wollte ihn hinhalten.

»Lerne ich die auch morgen kennen?«

Anette schüttelte den Kopf.

»Nö, die ist übers Wochenende nach Hause, muss ihre Mutter ein bisschen pflegen.«

»Ich denke, ihr dürft nicht heim.«

»Hat sie heimlich gemacht, ging nicht anders.« Sie nahm seine Hand. »Weißt du … vielleicht könnte hier eine richtige Freundschaft entstehen.«

Hartmann streichelte sie.

»Aber das ist doch schön, du suchst doch schon lange nach einer zweiten Freundin.«

»Na ja. Vielleicht gefällt dir die Freundschaft nicht.«

»Ach Herzchen. Das ist doch nun aber wirklich deine Sache. An Karin gefällt mir auch einiges nicht, und ich mag sie trotzdem und rede dir nicht rein.«

»Na ja, ich sag ja auch nur so. Nicht dass du dann enttäuscht bist.«

Anette wich aus, und Hartmann gefiel das nicht. Es gefiel ihm gar nicht.

An diesem Abend jedenfalls machte Anette ihn die Gedanken an einen Kurschatten vergessen. In der Nacht jedoch träumte er davon. Und es war keine Frau.

## 21

Es war später Sonntagnachmittag, als Peter Hartmann seinen Chrysler in die Garage rollte. Die Reisetasche, in die er nur das Nötigste für den Besuch in der Kurklinik gepackt hatte, warf er achtlos in den Flur. Schon auf der Rückfahrt hatte sich seine Phantasie pausenlos mit dem angeblich Verschwundenen beschäftigt. Nicht dass er mit »seinen« drei Toten nicht genug zu tun hätte, aber zwischendurch eine interessante Geschichte über einen spurlos Abgetauchten wäre ja auch nicht von schlechten Eltern.

Er ging schnurstracks in sein Arbeitszimmer, fuhr den Computer hoch und angelte sich das Riedburger Telefonbuch aus dem Bücherregal. Sein Finger fuhr die Spalten entlang: Einbrodt, Einfeldt, Eins, jede Menge Eiscafés, Eisel, Eiselt, Eisenach. Da. Eisel. Es gab nur einen Eintrag mit dem Namen Eisel im Telefonbuch. Und der war ein Volltreffer: *Eisel Marion Heyne-10.*

Er kannte die Heynestraße, sie führte durch eine sogenannte Gartensiedlung, in der kleine Häuser auf großzügigen und meist als Garten genutzten Grundstücken von sechshundert bis achthundert Quadratmeter standen. Als Hartmann vor Jahren seine ominöse Erbschaft gemacht hatte, hatte er mit Anette lange überlegt, ob sie nicht in dieser Siedlung eine Doppelhaushälfte kaufen sollten. Doch der heftige Protest von Maria, damals noch im Zickenalter, und die knapp bemessenen Wohnflächen in den Häusern gaben letztlich den Ausschlag dagegen – sie hätten sich ja nicht einmal vergrößert.

Er wählte die angegebene Nummer und wartete. Doch das Tuten im Hörer hielt so lange an, bis sich eine Mailbox meldete. Das hatte er eigentlich nicht anders erwartet. Ebenso unschlüssig wie unzufrieden blickte er sich im Zimmer um. Er hatte nichts Besonderes vor, und zwischen ihm und der Heynestraße lag die Filiale von McDonald's. Er war nicht unbedingt ein Freund von Fast Food. Höchstens auf langen Autofahrten machte er einmal eine Ausnahme. Man musste nicht erst lange auf das Essen warten und wusste ziemlich genau, wie es schmeckte und was man serviert bekam. Zudem, so hatte er mal gelesen, war das sogenannte Fast Food wesentlich besser als sein Ruf. Und es belastete nicht so wie eine klassische Mahlzeit in einem deutschen Restaurant.

Eine halbe Stunde später parkte er seinen Chrysler in einer Nebenstraße und bummelte durch die Heynestraße in Richtung Hausnummer 10. An der Vorderfront waren die Rollläden heruntergelassen, und aus dem Briefkasten quollen die Werbesendungen. Ganz offensichtlich war hier niemand zu Hause.

In den Nachbarhäusern sah das anders aus. Dort saßen Leute hinter dem Haus im Garten. Ihre Stimmen und der Geruch von Gegrilltem waberten gedämpft bis auf die Straße. Eine Frau gegenüber hatte sich ein Kissen ins Giebelfenster gelegt und beobachtete aufmerksam jede Bewegung auf »ihrer« Straße. Hartmann fühlte sich misstrauisch beäugt. Die jedenfalls würde wissen, wer wann nach Hause kam. In einem weiteren Haus bewegte sich sanft eine Gardine, als Hartmann scheinbar ziellos die schmale Anliegerstraße entlangschlenderte. Noch so ein Spanner, registrierte er.

Teilweise konnte er die Leute verstehen: Hier war kein Durchgangsverkehr, hier hatte kein Geschäftsmann seinen Firmensitz, nicht mal ein Handwerker ging in der ruhigen Gegend seinem Gewerbe nach. Wer hierherkam, wollte jemanden besuchen. Und wer wen, diese Frage beschäftigte die Leute schließlich nicht nur in kleinen Straßen. Auf Höhe der Hausnummer 30 machte Hartmann wieder kehrt.

Er fühlte die Blicke fast körperlich in seinem Rücken. Vor der 20 wusch ein Rentner mit Bierbauch im Feinripp-Unterhemd in aller Seelenruhe seinen Opel. Hartmann grüßte freundlich, und dem Mann blieb vor Verblüffung beinahe der Mund offen stehen. Als er wieder auf Höhe des Eisel'schen Grundstücks war, drehte er sich um und sprach die Frau im Fenster an. Ob er sie was fragen dürfe. Die Frau richtete sich auf, nahm das Kissen weg und schloss wortlos das Fenster.

»Dann eben nicht«, sagte er der Giebelseite, schüttelte im Bewusstsein, dass sie ihn sehr wohl noch beobachten würde, empört den Kopf und klingelte bei der Hausnummer 8, dem Nachbarn, der quasi Ohr an Ohr mit Eisels wohnte. Nach einer Weile kam eine junge Frau um die Ecke, in Jogginghose, Schlabbershirt und mit einem Kleinkind auf dem Arm.

»Entschuldigen Sie die Störung«, sagte Hartmann betont höflich. »Wissen Sie, wann Herr oder Frau Eisel wieder auftauchen?«

»Sind Sie von der Polizei?«, fragte sie misstrauisch.

Hartmann hatte das schon oft erlebt: Wenn er Menschen in ihrer gewohnten Umgebung eine Frage stellte, wo diese mit keiner Frage rechneten, wurde er stets gefragt, ob er Polizist sei.

»Ich bin ein Kollege von Herrn Eisel«, log er die junge Frau an.

»Ach so.« Sie verlor sofort das Interesse an ihm. »Also Frau Eisel ist zur Kur. Aber wo Ihr Kollege steckt, kann ich Ihnen nicht sagen. Ich hatte angenommen, er wäre auf Fernfahrt.«

Fernfahrt? Eisenbahner oder Kraftfahrer, tippte Hartmann. Plötzlich wusste er nicht mehr weiter.

»Nein, auf Arbeit ist er schon ein paar Tage nicht gewesen. Deswegen bin ich ja hier.«

Die Frau schlug sich erschrocken die Hand vor den Mund.

»Da wird doch nichts passiert sein«, sagte sie spontan. »Ich meine, war er denn mit seinem Laster unterwegs?«

Okay, ganz ruhig. Also doch ein Fernfahrer.

»Nein, mit dem Fahrzeug ist alles in Ordnung. Eisel ist einfach nicht mehr auf Arbeit gekommen.«

Sie zuckte mit den Schultern.

»Da habe ich wirklich keine Ahnung. Vielleicht hat er spontan Urlaub genommen und Ihnen nichts erzählt. Blau macht er jedenfalls nicht. Da drüben ist schon seit Tagen Ruhe.« Sie wies mit dem Kinn in Richtung Nachbargrundstück.

Hartmann dankte und zog wieder ab, nicht jedoch, ohne noch einmal das Giebelfenster der Nachbarin mit einem vorwurfsvollen Blick zu bedenken.

Kraftfahrer also. In Hartmann keimte ein Verdacht. Erst war es nur so eine ungewisse Ahnung, wie in einem schwer greifbaren Traum. Er musste sich konzentrieren, damit sie ihm nicht davonschwamm. Dann nahm sie langsam Gestalt an. Und als er in die Seitenstraße abbog und auf seinen Chrysler zusteuerte, war er so aufgeregt, dass sich sein Reizmagen wieder zu Wort meldete. Er würde jetzt auf gar keinen Fall zu McDonald's fahren, er brächte gar nichts herunter. Die Heynestraße, so überlegte er, dürfte Sonntagabend schön ruhig sein. Er würde noch einmal zurückkommen, wenn die Nachbarn in ihren Betten lägen. Der Gedanke an eine heimliche Rückkehr ließ sein Gedärm grummeln.

Zwanzig Uhr fünfzehn. Die Zeit, die in der Medienbranche die Primetime hieß. Der Tagesschausprecher war verstummt, und die Erkennungsmelodie des Tatorts lief angeblich auf den meisten der eingeschalteten deutschen Fernseher. Sagte zumindest die Statistik. Dessen ungeachtet begannen jetzt auf allen Kanälen die Spielfilme. Die beste Zeit, um unbeobachtet durch eine Straße zu laufen. Selbst Zapper würden die ersten Minuten eines Filmes, einer Show oder einer Doku verfolgen, bevor sie den Sender wechselten. Indes war Juni, mithin war es um zwanzig Uhr fünfzehn taghell. So kehrte er doch noch beim Schnellimbiss ein und wartete. Und wartete.

Anderthalb Stunden später rollte er langsam los. Diesmal hatte er sich für den unauffälligen Peugeot entschieden. Dennoch parkte er ihn in der Seitenstraße, derselben, in der am späten Nachmittag der Chrysler gestanden hatte. Hartmann hatte sich dunkle und praktische Sachen angezogen. Die Lederjacke zum Beispiel, die Nacht versprach kühl zu werden. Sogar auf Schuhe mit ganz weichen Sohlen hatte er geachtet, er wollte nicht über das Pflaster klackern, als wäre er auf dem Weg zu einer Tanzstunde.

Wie ein Dieb, dachte er, als er raschen Schrittes in die Heynestraße einbog. Das einzige Geräusch war das Brodeln in seinem Verdauungstrakt, das einfach nicht verstummen wollte. Er hatte mal gelesen, dass das Nervensystem des Darms über annähernd vollkommen autonome Strukturen verfügt, dass es unabhängig vom Gehirn selbstständig Entscheidungen fällen kann. Daran zu denken lenkte zwar ab, war aber in den Situationen, in denen der Darm das Kommando übernahm, wenig hilfreich. Vielleicht ist es ja das schlechte Gewissen meines »Darmhirns«, das sich da meldet, dachte Hartmann und gab sich alle Mühe, sich auf etwas anderes zu konzentrieren.

Er versuchte, ohne den Kopf auch nur einen Millimeter zu bewegen, aus den Augenwinkeln heraus die Häuser und ihre Fenster im Blick zu behalten. Da, die Nummer 10. Der Beobachtungsposten der Alten im Haus gegenüber war verwaist. Durch die zugezogenen Gardinen sah Hartmann das unruhige Flimmern des Fernsehschirms und war sofort beruhigt. Er hockte sich hin, tat so, als ob er sich einen Schuh zubinden musste, lauschte in die hereinbrechende Nacht und vergewisserte sich mit einem Blick in die Runde, dass ihn tatsächlich niemand sah. Hoffentlich, dachte er. Ein Hund schlug irgendwo in der Ferne an, und man hörte den Verkehr auf der Hauptstraße wie ein gedämpft auf- und abschwellendes Summen.

Er richtete sich mit einem Ruck auf, stemmte sich mit beiden Händen auf das schmiedeeiserne Gitter der Garageneinfahrt und hob das rechte Bein auf das Tor. Mit einem Satz war er schließlich auf der anderen Seite. Gott, tat das weh. Das Knacken in seinen Knochen ließ ihn für einen Moment an seine Frau denken, die ihren Rücken gerade bei der Kur behandeln ließ, und an sein Alter. Vor zehn Jahren wäre der Sprung noch ein Leichtes gewesen.

Wieder verharrte er für einen Augenblick und horchte. Nichts hatte sich verändert. In raschen Schritten war er auf dem Weg zum Haus, lief halb geduckt bis zur Ecke und spähte auf den Hof. Eine kleine Terrasse hinter dem Haus war von einer Buchsbaumhecke eingefasst, ordentlich geschnitten. Dahinter schloss sich ein weitläufiger Garten mit Bäumen, Büschen und ein paar Gemüsebeeten an. Am Ende des Grundstücks stand ein großer Schuppen. Alles sah verlassen aus, aber nichts vernachlässigt. Es war, als wären die Besitzer mal eben ins Innere gegangen, um Abendbrot zu essen.

Hartmann lehnte an der Rückfront und dachte nach. Hier war er geschützt vor den Blicken von der Straße, nicht aber vor denen aus den benachbarten Gärten. Doch falls dort jemand säße, würde dieser ihn nur sehen können, wenn er angestrengt in die beginnende Dunkelheit spähte. Außerdem war es totenstill in den Nachbargärten. Niemand, der sich gedämpft murmelnd auf der Terrasse unterhielt, kein Widerschein der Glut von einem Grill.

An den in Richtung Garten zeigenden Fenstern waren die Rollläden oben. Kein Lichtschein drang heraus. Wie Hartmann schon vermutete, war das Haus leer. Er ging an ein Fenster, legte die Hände schützend wie einen Trichter an die Augen und sah hinein. Er hoffte, im Dämmerlicht irgendetwas erkennen zu können, was die Abwesenheit des Hausbesitzers erklärte. Als Erstes sah er in eine Art Küche. Die Uhr ging offenbar noch, in der Spüle stand ein wenig Geschirr. Dunkel wie ein Klotz hockte eine Kaffeemaschine in der Ecke. Hartmann konnte nicht erkennen, ob in der Kanne noch Kaffee war. Dennoch: Was er sah, sprach für seine Theorie – alles machte den Eindruck, als wäre der Wohnungsinhaber kurz zum Nachbarn. Oder zur Nachbarin, dachte Hartmann mit einer Spur Gehässigkeit.

Das nächste Fenster war das zum Schlafzimmer. Ein Doppelbett, eine Hälfte benutzt, über die andere Seite lag halb eine Tagesdecke gebreitet, so als wäre sie nur zur Seite geschoben worden. Und vor dem Bett, vor dem ungemachten? Ein Haufen Klamotten oder eine menschliche Gestalt? Hartmann war sich nicht schlüssig. Könnte auch einfach ein Bademantel sein. Er presste sein Gesicht dichter an die Scheibe, schottete die Spiegelungen des Restlichtes noch fester mit den Händen ab. Verdammt, was war das? Er hörte ein rhythmisches Geräusch und brauchte eine ganze Weile, bis er es als seinen eigenen Herzschlag identifizieren konnte. Er sah sich fast die Augen aus dem Kopf, aber das Bild wurde weder heller noch deutlicher. Sein Puls ging in die Höhe. Dafür spürte er sein Gedärm nicht mehr. Wenigstens etwas, dachte er beiläufig. Und fragte sich, was er jetzt wohl tun sollte.

Was, wenn dort jemand lag, der Hilfe brauchte?

Auf Verdacht die Polizei oder den Rettungsdienst rufen ging nicht. Wie sollte er denen seine Anwesenheit auf dem Grundstück erklären? Und mit unterdrückter Rufnummer anonym? Ob sie ihn nicht dennoch orten konnten? Obwohl, wenn er schnell verschwand …

Er klopfte sacht an die Fensterscheibe.

Er klopfte ein wenig fester.

Er wartete.

Er lauschte.

Er schimpfte sich einen Idioten. Wenn sich der Mann seit ein paar Tagen nicht gemeldet hatte, konnte es gut sein, dass er auch seit ein paar Tagen hier lag. Da würde er auf ein bisschen Klopfen nicht reagieren.

Hartmann schlug zweimal fest an die Fensterscheibe. Dann horchte er wieder, aber mehr in die Außenwelt, ob es irgendwelche Reaktionen gab, die darauf schließen ließen, dass man von seiner Anwesenheit Notiz nahm.

Nichts.

Er ging vor zur Eingangstür. Das Licht wurde immer schwächer, und obwohl er extra seine Taschenlampe in die Innentasche der Jacke gesteckt hatte, traute er sich nicht, sie hier im Freien zu benutzen. Die Tür war aus Kunststoff, aber ziemlich massiv. Er sah eine große Drückergarnitur aus Messing, deren Blatt altmodisch verziert war. Er fingerte am Schloss herum, merkte jedoch schnell, dass es einen stabilen Schließzylinder hatte. Die Tür war zu modern, um sich mit einem einfachen Schlüssel, einem Dietrich oder einer dünnen Klinge knacken zu lassen. Vielleicht funktionierte ja der Kartentrick.

Hartmann zog sein Portemonnaie aus der Jackentasche, klappte es auf und hielt es schräg gegen das bisschen Licht, das noch auf den Hof fiel. Er hatte eine ganze Reihe Plastekarten bei sich und überlegte, welche er am ehesten riskieren könnte. Seine Wahl fiel auf die ATU-Card. Die benutzte er ohnehin höchstens ein- oder zweimal im Jahr. Er fummelte sie heraus und versuchte, sie auf Höhe des Schnappers zwischen Türblatt und Füllung zu schieben. Doch die Tür lag sehr straff an der Gummidichtung an, sodass er die Karte eher zerbrochen hätte, als sie in den Schlitz zu bekommen. Frustriert steckte er sie wieder ein, sorgfältig, er wollte nicht, dass er hier auf einem fremden Grundstück Spuren hinterließ.

Dann fiel ihm der Schuppen wieder ein. Vielleicht würde er dort ein Stemmeisen finden oder einen Meißel. Auch ein

Nageleisen würde gute Dienste leisten. Er würde die Haustür nur so weit aufbiegen, dass er mit der Karte den Schnapper herunterdrücken konnte. Dann musste er nur noch darauf hoffen, dass die Tür nicht abgeschlossen war. Eine kleine Chance, er wusste das, aber besser als gar keine. Falls da drinnen wirklich ein Mensch lag, der Hilfe brauchte, dann wollte er auch helfen.

Er fluchte, als er sich durch den Garten tastete. Gestern war noch so ein heller Mond, als sie vom Italiener wieder zurück in die Kurklinik gegangen waren. Aber das war auch schon später gewesen, deutlich nach zehn. Jetzt konnte er den schmalen Weg aus Rasenplatten gerade mal als hellen Streifen erkennen. Hartmann ging vorsichtig, er wollte nicht stolpern. Und hatte er vorhin nicht noch eine Harke gesehen, die am Rande eines Beetes lag? Bloß das nicht, dachte er.

Der Schuppen hatte eine einfache Holztür, die nicht abgeschlossen war. Glück gehabt. Als er sie öffnete, schlug ihm ein sehr unangenehmer Geruch entgegen, so ähnlich wie aus einer lange nicht geleerten Mülltonne im Hochsommer. Doch wer weiß, vielleicht bewahrten die Eisels ja gerade hier ihren Müll auf.

Er zog die Taschenlampe heraus, ein bleistiftdünnes Exemplar mit LED-Technik, schaltete sie ein und leuchtete im Halbkreis den Raum aus. Links vom Eingang war ein kleiner Hügel Dreck und Erde aufgeschüttet, in dem noch eine Schaufel steckte. Rechts stand ein altes Küchenbüfett, an der Wand darüber ein Brett mit allerlei Werkzeug. Weitere Gerätschaften lagen auf dem Büfett herum. Er müsste nur aufpassen, nicht über die Holme der Schubkarre zu stolpern, die in der Mitte des Raumes auf ein paar Brettern parkte. Er ging bis zum Schrank und schaltete die Lampe wieder aus, weil er glaubte, draußen ein Geräusch gehört zu haben.

Mucksmäuschenstill stand er im dunklen Schuppen und lauschte seinem laut pochenden Herzen. Vielleicht war es ja nur ein Tier der Nacht, das leise um den Schuppen strich. Der Gestank wurde intensiver. Hatte er Mülltonnen gesehen? Er wusste es nicht. Es roch sehr unangenehm, wie verdorbenes Fleisch. Möglicherweise verweste ja auch gerade ein Rattenkadaver in einer Falle, überlegte Hartmann. Dann zuckte er zusammen. Hatte er auf den Boden geachtet, als er von der Tür zur Anrichte gelaufen war?

Nachdem er nichts weiter gehört hatte, schaltete er seine Taschenlampe wieder ein und leuchtete den Boden ab.

Der Weg zum Ausgang war fallenfrei.

Dann blitzte ihn etwas an. Zwischen den Brettern, wie ein silbriger Reflex war das. Er ließ den Strahl der Taschenlampe noch einmal über die Planken wandern. Da war es wieder. Gerade so, als ob jemand eine Uhr oder einen Ring verloren hätte.

Hartmann schob die Schubkarre ein Stück beiseite. Als er mit dem Schuh den Spalt zwischen den Brettern vergrößerte, sah er, dass darunter frisch gearbeitet worden war. Er leuchtete wieder den Haufen Dreck und Erde an. Das gleiche Material. Er bückte sich und hob ein Brett hoch. Das, was so silbrig geglänzt hatte, erwies sich als ein Stück Folie, das nur unvollständig wieder mit dem Füllmaterial abgedeckt worden war. Er fasste es an der Seite an und zog es hoch. Der Dreck, die Erde und die Steinchen darauf kamen ins Rutschen. Er sah einen Hemdsärmel, ein Hemd, einen Bauch … und ließ vor Schreck die Folie wieder fallen. Ein infernalischer Gestank machte sich plötzlich breit, eine heiße Übelkeit schoss ihm durch den Bauch. Hartmann ließ die Lampe fallen und stürzte aus dem Schuppen. Mehrfach würgte er, bemühte sich aber, auf gar keinen Fall neben die Schuppentür zu kotzen. Die frische Luft, die er sich hektisch in die Lungen pumpte, tat gut.

Er musste nicht noch einmal in den Schuppen gehen, um zu wissen, was er hier gefunden hatte. Er überlegte hektisch, doch das Handy, das er schon in der Hand hatte, verstaute er wieder in der Hemdtasche. Wen sollte er anrufen? Und was erzählen? Dass er nach dem Einbruch in einen fremden Schuppen beim zufälligen Buddeln eine Leiche gefunden hatte? Nein, nein, nein. Das ging ganz und gar nicht.

Hier also lag Eisel. Von wegen vermisst. Der Mann war so tot, wie man nur sein konnte. Der Bademantel neben dem Bett nur ein Bademantel, der Hemdsärmel im Schuppen aber wohl gefüllt.

Hartmann zwang sich, länger aus- als einzuatmen. Das brachte den Puls runter. Er tastete nach seinen Taschen, ob er auch nichts verloren hatte. Presseausweis, Kuli und Handy steckten in der Brusttasche des Hemdes. Auto- und Wohnungsschlüssel in der äußeren Jackentasche. In der inneren war sein Portemonnaie verwahrt, einschließlich der ATU-Card, die er wieder eingesteckt hatte. Die Lampe. Er würde noch mal in den Schuppen gehen müssen.

Als er die Tür öffnete, traf ihn der Gestank wie ein Hammer. Wohl weil ich mich darauf konzentriere, dachte Hartmann. Er wusste allerdings nicht, wie er sich ablenken konnte. Mit zwei raschen Schritten war er bei der Taschenlampe, bückte sich, indem er einen Ausfallschritt machte, und hob sie auf. Nur nicht vornüberbeugen, ja nichts aus den Taschen verlieren. Er richtete den Lichtstrahl noch einmal auf den Leichnam. Es gab keinen Zweifel. Der Bauch schon richtig aufgedunsen von den Faulgasen, die Farbe ein geradezu unnatürlich marmoriertes Weiß.

Die Folie! Seine Fingerabdrücke würden an der Folie sein. Zwar verfügte seines Wissens niemand über seine Fingerabdrücke, aber sicher war sicher. Suchend ließ er den Lichtkegel durch den Schuppen wandern. Und fand auf einem Bord über den langstieligen Gartengeräten das, was er suchte. Neben Farbsprays und Dosen lag ein Haufen alter Putzlappen. Er nahm sich den obersten, kauerte sich hin und wischte damit von beiden Seiten über die Ecke der Folie, dort, wo er sie angefasst hatte. Den Lappen als Schutz nehmend griff er sich die Schaufel und kratzte das Füllmaterial wieder über die Folie. Wo er stärker aufdrückte, war der Untergrund weich, und Hartmann wusste, dass das der tote Körper war, der unter dem Druck der Schaufel nachgab.

Wenn hier was aufplatzte … Der Ekel und die Übelkeit kehrten schlagartig zurück, er hatte Mühe, den Brechreiz zu unterdrücken.

Zum Schluss steckte er die Schaufel wieder in den Haufen, rückte die Bretter zurück, stellte die Schubkarre an ihren Platz, wischte mit dem Lappen die Holme ab und warf ihn wieder auf seinen Platz. Er betrachtete zufrieden sein Werk und ging vorsichtig zur Schuppentür. Dann horchte er wieder in die Nacht.

Aber er konnte nichts Auffälliges entdecken.

Raus hier. Bloß raus. Er eilte durch den Garten, vergewisserte sich, dass die Straße frei war, und setzte über den Zaun. Auf dem Weg zu seinem Auto musste er sich zwingen, nicht zu rennen.

# 22

Der Gewerbepark West lag eigentlich eher im Südwesten der Stadt, ziemlich dicht an der Autobahn. Deswegen war er auch sehr gut ausgelastet, ein Umstand, den sich Riedburgs Oberbürgermeister gerne persönlich auf die Fahnen schrieb.

Die Thüringer Laster GmbH befand sich im Obergeschoss eines zweistöckigen Bürobaus auf dem Gelände des Riedburger Recyclinghofes. Dadurch war die Torzufahrt fast immer möglich, auch der Zugang zum Büro war nicht schwer zu finden. Ideal für die »Laufkundschaft« bei krummen Touren, befand Hölbing, als er sich, auf der schmalen Eisentreppe stehend, die zum Hochparterre führte, noch einmal im Gelände umsah. Zwei Lastzüge standen in der Ecke des Hofes, weitere kleinere Fahrzeuge wusste Hölbing in der Halle dahinter.

Helga Hahn, die Witwe des toten Unternehmers, war mit den Schlüsseln vorausgegangen. Für zwei Stunden am Tag, so hatte sie den Kriminalisten erklärt, sei sie in der Firma, um die Sekretärin beim Schreiben von Rechnungen und Belegen zu unterstützen und um ein paar wenige neue Aufträge rauszugeben. Der Betrieb schien mit dem Tod des Inhabers in eine katatonische Starre verfallen zu sein.

Hölbing war mit einem Durchsuchungsbeschluss und mit großem Gefolge erschienen. Zur fachlichen Unterstützung hatte er einen erfahrenen Kollegen vom Wirtschaftsdezernat dabei. Zudem assistierten ihm drei junge Kriminalhauptmeister. Der eine würde das Beschlagnahmeprotokoll verfassen, der andere die Kisten und Computer schleppen. Falls es denn etwas zu schleppen gäbe.

Die Firmenräume waren übersichtlich. An der einen Stirnseite gab es zwei Toiletten, davor lagen ein winziger Duschraum und die Umkleideräume für die Belegschaft. Ein schmaler Raum diente offenbar ebenso als Besenkammer wie als Umkleide für eine Frau. Der Aufenthaltsraum war schmucklos: zwei lange Tische mit billigen Polsterstühlen, eine Anrichte mit Kaffeemaschine und Spülbecken, ein Kühlschrank. Auf der Westseite lagen ein kleines Büro für die Sekretärin und ein etwas größeres für den Geschäftsführer. Auch das war nicht gerade üppig eingerichtet, sah man von den vier äußerst bequemen, dick gepolsterten Freischwingern um den Beratungstisch und dem opulenten Chefsessel mal ab.

Helga Hahn lächelte in einem fort, und es war kein freundliches Lächeln. Es war dünn und verächtlich. Die Frau war nur widerwillig zur Kooperation mit der Polizei bereit. Einen Versuch, sich mal unverbindlich im Büro des Unternehmens umzusehen, blockte sie ab, obwohl ihr Hölbing wortreich erklärt hatte, dass es ihm vor allem um das Auffinden des geraubten Leichnams ging und er hier Hinweise zu finden hoffte.

Jetzt stand sie blassgesichtig mitten im Büro. Die Fingerspitzen hatte sie auf den Beratungstisch gelegt, als müsse sie sich abstützen. Dabei wippte sie unablässig mit dem ganzen Körper auf und nieder und beobachtete feindselig Hölbings Kollegen Gailhofer. Der Oberkommissar, ein Bayern-Import und dennoch höchst sympathisch, war erst Ende zwanzig und ein Ass auf seinem Gebiet. Er saß ganz vorne auf der Sitzfläche des Chefsessels und fixierte den Bildschirm von Hahns Computer. Dann runzelte er die Stirn.

»Seien Sie so nett und verraten Sie mir das Passwort«, sagte er zu Hahns Witwe und strahlte sie förmlich an.

»Das weiß ich nicht«, antwortete diese.

»Ah geh, so was weiß man doch«, blieb er hartnäckig.

Sie schüttelte den Kopf.

Hölbing schoss schnell einen Trumpf ab.

»Dann müssen wir den Computer mitnehmen«, sagte er, und er musste sich kein bisschen anstrengen, um barsch und abweisend zu klingen.

Sie drehte sich langsam und apathisch um. Ihr Lächeln war wie eingebügelt.

»Das dürfen Sie gar nicht.«

Gailhofer sprang Hölbing bei.

»Aber freilich dürfen wir das. Wir haben einen Durchsuchungsbeschluss, und das hier ist Beweismaterial.«

»Aber Sie würden den Gewerbebetrieb lahmlegen, und das

dürfte außerhalb Ihrer Kompetenz liegen«, giftete die Witwe. »Im Übrigen gibt es dann eine hübsche Schadenersatzrechnung.«

»Schreib halt den Computer auf die Liste«, sagte Gailhofer ungerührt in Richtung des Assistenten.

»Marlene«, sagte die Witwe.

»Wie bitte?«

»Marlene. Das Passwort ist Marlene.«

»Ned sehr schlau«, murmelte Gailhofer und beugte sich über die Tastatur.

»Marlene mit einer 1 anstelle des l.«

»Ja, das ist schon nicht mehr ganz so leicht.«

Gailhofer tippte.

»Drin«, sagte er schließlich und feixte. Dann tobten seine Finger über die Tasten. Helga Hahn schaute ihn feindselig an.

»Was tun Sie da?«, wollte sie wissen.

»Ich seh mich nur ein wenig um«, antwortete Gailhofer gut gelaunt.

Hölbing stellte sich hinter seinen Kollegen und sah ihm über die Schulter. Er konnte der Geschwindigkeit kaum folgen, mit der dieser auf die Tastatur einhackte und mit der Maus förmlich zu spielen schien. Fenster poppten auf und verschwanden wieder. Wenn Gailhofer eine Pause machte, dann nur, weil das System Zeit benötigte, um einen angeforderten Prozess zu seinem Ende zu bringen. Gailhofer sah sich nach Netzlaufwerken um, nach Festplatten und SSD-Speichern, nach Dateistrukturen und versteckten Ordnern. Schnell und effizient ging er dabei vor, und Hölbing bekam eine Ahnung, warum Gailhofer bei den Kollegen einen Ruf als Computergenie genoss.

Gailhofer unterbrach seine Suche und drehte sich um.

»Ich kann das schon allein«, sagte er, und der Ton in seiner Stimme verriet Hölbing, dass er sich kontrolliert fühlte und deswegen angepisst war.

Hölbing wandte sich dem Tresor zu, einem mit anthrazitfarbenem Pulverlack beschichteten Safe, der ihm fast bis zur Hüfte ging und ziemlich modern zu sein schien: Der aufgesetzte Griff lief in eine Art Rundinstrument aus, in dessen Lünette sich ein Elektronikschloss befand.

»Würden Sie bitte den Schrank öffnen«, forderte Hölbing Helga Hahn auf.

»Muss das sein?«, maulte diese, ging dann aber doch widerwillig an den Schrank und tippte verdeckt einen Zahlencode in den Nummernblock. Fünf Ziffern, registrierte Hölbing. Sie drückte den Griff nach unten, und die schwere Tür schwang auf. Vier Stahlbolzen verriegelten die Tür, hinter der man zwei Reihen Aktenordner unterbringen konnte. Der Tresor war fast leer. Zwei leere und schon abgegriffene Ordner lagen im untersten Fach. Im mittleren fanden sich Prospekte von Nutzfahrzeugen und eine gut gefüllte Sammelmappe mit Kontoauszügen.

Hier hat sich schon jemand vor uns bedient, dachte Hölbing. Jemand, der den Code des Tresors kannte und wusste, was sich darin befand.

Er starrte missmutig auf die rot lackierte Geldkassette im oberen Fach.

»Schlüssel?«, fragte er kurz angebunden.

»Schreibtisch, oberste Schublade rechts«, antwortete Helga Hahn. Die Frau hatte ganz offensichtlich nicht das geringste Interesse daran, dass die Polizei im Büro ihres Verblichenen herumwühlte.

Hölbing holte die Kassette aus dem Tresor und stellte sie auf den Schreibtisch. Er schloss auf. Im Innern befanden sich Hartgeld und fünfundsiebzig Euro in Scheinen. Er musste aufpassen, dass man ihm seine wachsende Wut nicht anmerkte.

»Das dürfen Sie wieder zumachen«, sagte er abweisend zu der Witwe.

Dann wandte er sich den Aktenschränken zu. Die Steuerunterlagen ließ er gleich stehen. Schließlich hatte Detlef Hahn zu Lebzeiten so viele Verfahren wegen tatsächlicher oder vermeintlicher Steuerhinterziehung am Hals, da dürfte das Wirtschaftsdezernat bereits früher ausreichend Beweise gesichert haben. Aber darum ging es heute nicht. Hölbing wollte wissen, wo zum Teufel Hahns Leiche steckte. Dazu hoffte er, hier Ansatzpunkte zu finden. Wahrscheinlich saß Gailhofer gerade an der besseren Quelle für solche Hinweise.

Die Auftragsunterlagen konnten möglicherweise ergiebiger

sein. Ordner für Ordner holte er aus dem Regal, obwohl er sich dafür ganz schön strecken musste. In stoischer Ruhe reichte er sie einem der Kriminalhauptmeister. »Einpacken«, sagte er jedes Mal. Der Kriminalist las dem Aufschreiber die Rückenschilder der Ordner vor, damit dieser das Beschlagnahmeprotokoll füllen konnte.

Plötzlich ging Hölbing einen Meter zurück und reckte den Kopf, um besser auf einen der oberen Regalböden sehen zu können. Dann hüpfte er hoch, schließlich fragte er die Witwe nach einer Trittleiter. Die verneinte. Hölbing blickte sich aufmerksam um, konnte aber außer den unpraktischen Freischwingern nichts entdecken.

»Schau mal, was da oben im Regal liegt, ganz hinten an der Wand«, sagte er zu dem Aufschreiber. Der junge Mann reckte sich und angelte einen in Zeitungspapier eingeschlagenen Packen hervor. Hölbing pfiff durch die Zähne, die Witwe reckte neugierig den Hals.

»Was haben wir denn hier?«, fragte Hölbing. »Kollege Gailhofer!«

Der ließ sich nur ungern stören, stand aber doch auf, als Hölbing mit dem kleinen Päckchen winkte.

»Wissen Sie, was das ist?«, fragte er die Witwe.

Die schüttelte den Kopf.

»Keine Ahnung«, sagte sie, und Hölbing konnte sehen, wie sie sich genau darüber ärgerte. Er polkte mit dem Finger an dem Zeitungspapier herum, bis ein Stapel Fünfzig-Euro-Scheine zum Vorschein kam. Er pfiff durch die Zähne.

»Das sind mindestens zehntausend Euro«, sagte er und deutete wieder auf die Regale. »Ausräumen. Alles«, sagte er zu dem Kriminalhauptmeister, wobei er die Witwe nicht aus den Augen ließ. Doch deren Überraschung schien echt zu sein.

»Wirst du damit fertig?«, fragte Gailhofer mit sehnsüchtigem Seitenblick zum Computer. Dort hatte er mittlerweile einen Laptop angestöpselt. Nach dem Virenscan, das wusste Hölbing schon von anderen Ermittlungen, würde der Computerexperte die internen Speicher auslesen und auf eigener Technik sichern.

»Klar doch, mach nur dort weiter«, sagte er.

Bündel für Bündel kam hinter den Aktenordnern zum Vorschein. Auch die Steuerunterlagen ließ Hölbing nun ausräumen. Die oberste Fachbodenreihe war komplett mit Geldbündeln »hinterfüttert«. Er schätzte das gefundene Geld auf eine knappe halbe Million und ließ es zählen.

»Was haben Sie damit vor?«, fragte die Witwe misstrauisch.

»Das wird alles beschlagnahmt«, sagte Hölbing. Er schien vergnügt wie ein kleines Kind.

»Ist das nicht mein Geld als Erbin?« Sie sprach pikiert und arrogant.

»Das werden wir prüfen«, beschied ihr Hölbing knapp. »Sofern es aus Straftaten stammt und einem rechtmäßigen Eigentümer zugeordnet werden kann, ist das natürlich auch nicht Ihr Geld. Mal ganz davon abgesehen: Wäre das Geld legal, hätte es Ihr Mann wohl kaum versteckt, oder?«

»Ich kann ihn nicht mehr fragen.«

Hölbing hielt inne und musterte die Witwe aufmerksam.

»Hatten Sie wirklich keine Ahnung von diesem Versteck?«

Sie sah ihn hasserfüllt an.

»Na, ich will es Ihnen mal glauben. Im Tresor jedenfalls haben Sie ja schon gut aufgeräumt.«

Helga Hahn presste die Lippen aufeinander und wandte sich verbittert ab.

»Frank, schau mal hier«, unterbrach Gailhofer ungerührt den ohnehin beendeten Dialog.

Hölbing drehte sich fast widerwillig um, er hatte nicht übel Lust, der bockigen Witwe noch ein paar Wahrheiten an den Kopf zu werfen. Doch die Situation war kompliziert. Der Rechtsgrundsatz, dass in Deutschland gegen Tote grundsätzlich nicht ermittelt wurde, brachte es mit sich, dass alle offenen Verfahren gegen Detlef Hahn mit der Ausstellung des Totenscheines durch den Notarzt beendet waren. Er konnte nur noch nach den Beweismitteln suchen, die Hinweise auf den Verbleib des Toten geben könnten. Auftragsbücher und Notizen waren das eine, das Geld das andere. Immerhin konnten sich auf den Geldscheinen registrierte Seriennummern befinden, sie konnten aus Straftaten stammen, in die Hahn zu Lebzeiten verstrickt war und wegen denen er möglicherweise sterben musste, auch wenn ein plötzlicher Herztod noch immer die naheliegendste Erklärung für seinen Zusammenbruch war.

Gailhofer hielt das Ende eines Kabels in der Hand. Der kompakte, aber leicht trapezförmige Anschluss war sogar Hölbing bekannt: Hier handelte es sich um ein Datenverbindungskabel.

»Ein Datenkabel?« Hölbing blieb zurückhaltend, er hatte einen Experten vor sich.

»Richtig«, sagte dieser. »Das bedeutet, hier hat ein externer Datenspeicher gestanden. Ein Raid-System oder vielleicht einfach nur eine externe Festplatte.«

»Wonach suchen wir?«, fragte Hölbing.

»Na, eine externe Festplatte ist so groß wie ein Buch«, sagte Gailhofer und ließ seinen Blick oberflächlich über die Regale gleiten. »Ein Raid-System sieht so ähnlich aus wie ein Minicomputer. Das sind mindestens zwei Festplatten, die zu einem logischen Laufwerk gebündelt werden. Meistens aber werden sie nur verwendet, um sich gegenseitig zu spiegeln und so Datenverlust vorzubeugen.« Er unterbrach sich und winkte ab, nachdem sich zunehmend Verständnislosigkeit auf Hölbings Gesicht breitgemacht hatte. »Musst du alles nicht wissen«, fügte er brummig hinzu.

»Gott sei Dank«, sagte Hölbing leicht belustigt. Und an die anderen Beamten gewandt: »Wir suchen also ein dickes Buch, das gar keins ist.«

»Können Sie zu dem Thema vielleicht etwas beitragen?«, fragte er dann die Witwe. Doch die schüttelte nur schweigend den Kopf.

»Schon gefunden«, sagte plötzlich einer der Assistenten. Er zog mit seinen behandschuhten Händen ein schwarzes Metallkästchen hinter dem Stapel mit dem Druckerpapier hervor.

»Ah, eine dreieinhalbzöllige TrekStor, etwas älter schon.« Gailhofer leckte sich die Lippen, als hätte er auf der Speisekarte eine besondere Spezialität entdeckt. »Die kann aber trotzdem ein Terabyte haben. Gib mal her.«

Die Stimmung von Hölbing konnte der Fund indes nicht aufbessern.

»Sucht weiter. Vielleicht sollten wir ja gerade diese Festplatte finden. Und das, was wir wirklich suchen, liegt hier noch irgendwo.« Er stierte wieder böse die Witwe an. »Möchte wissen, wozu Ihr Mann sich einen Tresor ins Büro gestellt hat«, fauchte er sie an.

Doch Helga Hahn zuckte nur mit den Schultern und steckte sich eine Zigarette an.

Fast drei Stunden später war es, als die Polizisten ihre Beute in den Transporter verluden und wieder in Richtung Landespolizeiinspektion davonrauschten.

## 23

So schlimm, wie er es beim ersten Besuch empfunden hatte, war die Kantgasse gar nicht. Es waren halt überwiegend ziemlich heruntergekommene Häuser. Deshalb, so vermutete er, waren auch die Mieten so niedrig, sodass es meist die von der Gesellschaft Benachteiligten waren, die hier wohnten. Vorne an der Kreuzung gab es noch einen richtigen kleinen Tante-Emma-Laden, und der schien auch erst vor ein paar Jahren saniert worden zu sein.

Diesmal kam Hartmann auch bei Tageslicht und parkte nicht drüben am Krankenhaus. Wer mit hochgeschlagenem Kragen in der Dämmerung verstohlen durch die Gasse hetzte, so vermutete er, würde sich erst recht verdächtig machen, zu den Kunden der Damen im Haus Nummer 12 oder 16 zu gehören. Und außerdem: Genau genommen war er ja zum Arbeiten hier, zum Recherchieren. Zum Arbeiten waren auch die Ladys hier, dachte er dann und musste grinsen.

Beinahe hätte er noch in dem Eckladen eine Kleinigkeit gekauft, Mon Chéri oder besser Ferrero Küsschen. Aber das kam ihm dann doch zu blöd vor. Schließlich ging er zu einer Hure. Und was für ihn eine Ausnahme war, war für sie die Regel. Sie wäre sicherlich peinlich berührt. Ach, er wusste so wenig über das Leben dieser Frauen. Zumindest hatten die Gespräche mit seinem Freund Frank Sternberger und erste eigene Erfahrungen, wenn auch nur besuchsweise, seine Vorstellungen vom Rotlichtmilieu gehörig durcheinandergewirbelt.

Das Treppenhaus roch genauso feucht und vergammelt wie beim ersten Besuch. Die Treppenstufen knarrten, aber das streitende Pärchen im ersten Stock schien sich heute zu vertragen. Vielleicht waren sie auch einfach nicht da. Er wollte wie verabredet bei »Engel« klingeln, aber sie schien ihn schon vom Fenster aus gesehen zu haben. Er war noch nicht ganz an der Tür, da öffnete sie ihm auch schon.

»Hallo, Peter«, begrüßte sie ihn und hauchte ihm einen Kuss auf die Wange. Auf Anraten von Sternberger hatte er von vornherein auf das Ausdenken eines falschen Namens verzichtet. Prostituierte würden sich ohnehin nicht für die Nachnamen ihrer Freier interessieren, weil sie annahmen, der sei genauso erfunden wie ihr eigener.

Heute trug Analisa eine lange rote Strickjacke, die bis über ihren Po reichte, vorne jedoch offen war. Sie hatte schneeweiße Söckchen an, einen hinreißenden und perfekt sitzenden weißen Slip mit Spitzenapplikationen am Saum und einen dazu passenden BH, der vielleicht eine Spur zu eng war. Doch möglicherweise sollte das ja so sein. Schließlich wusste sie, dass er wieder nur reden wollte – hätte sie ihn in Jeans und T-Shirt empfangen, wäre ihm wohler gewesen. Aber vielleicht gehörte das zum Geschäft, dass man »Kunden« grundsätzlich in »Arbeitskleidung« empfing.

Die klare Absprache am Telefon trug dennoch zur Entkrampfung der Situation bei. Zwar bat sie ihn wieder in ihr hinteres Zimmer, aber dort stand auf dem Tischchen neben dem Sessel ein billiges Kunststofftablett mit zwei dampfenden Teegläsern und einem Schälchen Kandiszucker.

»Du magst doch keinen Kaffee, richtig?«, fragte sie, und er war fast gerührt von so viel Aufmerksamkeit.

Er revanchierte sich dafür, indem er sofort den Hunderter zog, den sie als Lohn für die »Liebesstunde« vereinbart hatten. Sie lächelte ihn freundlich an und verschwand kurz nach draußen, wohl um das Geld zu verstauen.

Aber dieses Mal versuchte sie wenigstens nicht, ihn zum Sex zu überreden. Als sie wieder hereinkam, war ihre Strickjacke zugeknöpft. Im Übrigen sah auch das verführerisch aus: schlanke, wohlgeformte Beine unter einer superkurzen und kuscheligen Jacke.

»Ich will dich mal was fragen, Analisa«, begann er.

»Ja, deswegen du bist gekommen, sagst du.« Sie hockte sich aufs Bett und nahm sich ihr Teeglas vom Tischchen. Er tat es ihr gleich.

»Beim letzten Mal habe ich nur mit dir reden wollen, aber du hast versucht, mich zum Sex zu überreden. Warum? Es kann dir doch keine Freude machen, mit wildfremden Männern zu schlafen.«

Sie hörte konzentriert zu, als müsse sie erst übersetzen, was er sagte, dann runzelte sie die Stirn.

»No, ich verstehe nicht. Ich bin Mädchen für Sex. Wenn Männer kommen zu mir, dann sie wollen ficken. Dafür bezahlen. Das ist doch in Ordnung.«

Sie verstand ihn wirklich nicht. Oder er sie. Egal. Er kam auf sein eigentliches Thema.

»Hast du dich denn ein wenig umgehört, wegen des Toten und des Aufruhrs in der Rotlichtszene?«, fragte er dann ohne Umschweife.

Sie nippte vorsichtig an dem Tee und sah ihn prüfend an.

»Du fragst wie Polizei. Aber du trittst Tür nicht ein und zerrst mich nicht hier raus. Du bist ein sanfter Mann. Ein Schriftsteller.«

Das hatte sie auch nicht vergessen, registrierte er.

»Weißt du was Neues?«

»Ich weiß so wenig«, wich sie ihm wieder aus. »Du kannst mir noch immer nicht geben Sicherheit, oder?«

Es hatte keinen Sinn, sie zu belügen.

»Ich kann dir zumindest die Sicherheit nicht geben, die du brauchst.«

»Aber du hast gesagt, bei letztes Mal, du könntest mir geben dreihundert für Stunde.«

Hartmann war irritiert. Sie hatten den Preis für heute am Telefon abgesprochen, und es war von hundert Euro die Rede gewesen.

»Willst du mehr Geld, ist es das?«

»Nein, nein, ist okay so. Wir gesagt so. Aber wenn du könntest geben dreihundert, du bestimmt ein reicher Mann.«

Er wiegte den Kopf und lächelte. Reich war ein dehnbarer Begriff, er wusste das von genügend Gesprächen zu Hause. Nun war es an ihm, auszuweichen.

»Das kommt darauf an, was man unter reich versteht.«

Analisa schien das zu gefallen, sie lachte. Aber auch sie wollte offenbar auf etwas Bestimmtes hinaus. Sie beugte sich wieder vor, stellte die Teetasse auf das Tischchen und kreiste mit ihrem Zeigefinger über sein Knie.

»Nun. Für mich ist reich einer, wenn er kann mit Geld Papiere besorgen.«

Daher wehte der Wind. Hartmann fühlte sich mehr als nur überrumpelt. Seit der seltsamen Erbschaft, die ihn vor Jahren ereilt hatte, hatte er zugegebenermaßen so viel Geld, dass andere ihn für reich halten würden, wenn sie davon wüssten. Aber er hatte nicht die geringste Ahnung, ob und wie man sich Ausweispapiere besorgen konnte.

»Falsche Papiere?«, fragte er verblüfft. »Da kenne ich mich gar nicht aus. Ich wüsste nicht, wo man so etwas herbekommt.«

»Nix falsche Papiere. Ich rede von richtige Papiere. Von echte.« Sie machte eine Pause. In ihrem Blick lag ein Lauern. Worauf wollte sie hinaus?

»Echte Dokumente kannst du nicht für Geld kaufen«, hielt er ihr entgegen.

»Vielleicht nicht in Thüringen. Aber ich habe Bekannte, die hat echte Pass bekommen. Von London.«

»Du, da fehlen mir völlig die Erfahrungen, die Verbindungen. Ich habe wirklich keine Ahnung. Offen gestanden, ich kann mir das auch nur schwer vorstellen. Vielleicht hat dir ja deine Bekannte nur einen Bären aufgebunden.«

»Nix Bären gebunden«, sagte Analisa, und nun lag so etwas wie ein Aufbrausen in ihrer Stimme. »Ich weiß genau. Sie jetzt sogar Designerin, bekannte.«

»Na, die wird schon mit echten Dokumenten hergekommen sein«, mutmaßte er.

»Ist nicht. Ist selben Weg genommen wie ich. Mit Container aus Belarus. Dann Laufhaus. Dann Freundin von Chefin, dann echte Papiere. Von London. Und sehr kreativ. Jetzt Designerin.«

»Vielleicht sollte ich mich mal erkundigen.« Hartmann blieb vage. Designerin, das klang aus dem Mund einer Hure ungefähr so schillernd wie Hostess oder Privatsekretärin.

Analisa strahlte.

»Du hast mir beim letzten Mal erzählt, ihr seid nach einem sehr … nun ja, unangenehmen Transport in Deutschland angekommen …«

»Ja, sehr unangenehm. Das ist richtiges Wort.«

»Wie ging es weiter?«

»Ach, hab ich schon erzählt alles.«

»Ja, mit dem Hotel und den Männern und dem Verteilen. Aber wo seid ihr denn nun konkret angekommen?«

»Das ich weiß gar nicht. Es war wie Halle extra für uns. Mit Duschen und Klo und große Kisten mit frische Sachen. Auch Gesundheitsamt war da, hat gewogen und gemessen.«

»Und aus der Halle konnte man nichts sehen.«

»Nur am Anfang. War wie Industriegebiet. Halle eben.«

»In welcher Stadt war das? Würdest du es wiedererkennen?«

»Nur von innen. Und Stadt ich nicht weiß. Was hast du vor, Peter?«

»Ich würd schon gern wissen, wie das war. Wann und wie hat man euch ins Hotel gebracht?«

»Also wir waren eine Nacht in Halle. So auf Pritschen wie in Notunterkunft.«

Hartmann dachte fieberhaft nach. Aber Analisa sagte nichts, was auch nur im Mindesten einen Anhaltspunkt ergab.

»Und weiter?«

»Erst am nächste Abend ging es weiter. Als es war dunkel, wir kamen in Bus und dann Fahrt zu Hotel.«

»Und da hast du nicht gesehen, durch welche Städte ihr gekommen seid?«

»Mann, es war dunkel. Aber eine Stadt ich hab gesehen, da war wunderschönes großes runder Turm mit viel Licht. Und ein paar Jahre später habe ich wiedergesehen und gleich wiedererkannt.«

»Ja? Wo denn?«

»Das war Turm von Jena, weißt du, ›Jentower‹ sie sagen.«

Ein konkreter Hinweis. Hartmann war wie elektrisiert.

»Als du in der Nacht den Turm gesehen hast, also beim ersten Mal, wie lange wart ihr da schon unterwegs?«

»Höchstens halbe Stunde.«

»Das weißt du genau?«

»Ja. Fahrt insgesamt nur zwei Stunden. Ich gesehen auf Uhr.«

Hartmann traute sich nicht, sein Notizbuch aus der Jackentasche zu holen. Aber er würde sich jedes Wort merken.

»Und die Mädchen kamen alle aus Weißrussland?«

»Alle. Container fährt drei- oder viermal in Jahr.« Sie nippte wieder an ihrem Tee. »Du bist komischer Mann«, sagte sie dann und blickte ihn intensiv an. »Du alles willst wissen.«

Beinahe hätte er ihr gesagt, dass das sein Job sei.

»Wenn ich dir Dokumente verschaffen könnte, würdest du dich dann auch an Namen erinnern?«

»Wenn ich echte Papiere habe, ich erinnere alles. Alles. Und dann ganz schnell wegfahre in letzte Winkel von Deutschland. Aber wenn ich alles erinnere, es ist sehr gefährlich für dich.«

»Für mich? Warum das?«

»Du kannst nicht schreiben in Buch Namen und Orte. Sie würden dich holen, sie würden dir zerschlagen Gesicht, zertreten Hände und, wenn du hast Pech, abschneiden Schwanz auch noch.«

Hartmann musste spontan lachen.

»Nicht lachen. Es gab schon Tote. Denk an Mann aus Wald.«

»War das dort in dem Hotel?«

Sie sah ihn an, lächelte und schüttelte den Kopf.

»Du gefährlich neugierig. Aber ich glaub schon. Ich nix wissen genau.«

»Bist du jetzt immer noch abhängig von dieser ominösen Chefin oder einem ihrer Aufpasser?«

»Was ist öminese?«

»Na, merkwürdig halt, komisch.«

»Chefin ist gar nicht komisch. Meist sehr ernst.« Sie dachte nach, dann drehte sie sich um, kniete sich auf das Bett und fingerte wieder nach der Zigarettenschachtel im Nachtschrank. Und wie beim ersten Mal konnte er direkt zwischen ihre Beine sehen. Nachdem sie sich eine Zigarette angezündet und tief inhaliert hatte, musterte sie ihn intensiv.

»Du auch merkwürdig. Aber nett. Ich erzähle noch ein bisschen, wenn du versprichst, zu schauen nach echte Papiere.«

Hartmann hob die Hände.

»Ich kann dir nichts versprechen, aber ich werde es versuchen.«

»Also gut. Ich dir glaube.« Sie nahm noch einen Zug, blies den Rauch wieder aus und wedelte mit der Hand. »Haus hier und drüben 16 gehören einfachen Mann. Er bekommt Miete von uns. Wir sind frei von Chefin, wir verdienen eigenes Geld, aber sie uns noch beschützt. Wenn wir kriegen Ärger mit Freier, Chefin schickt Patrick. Das ist Assistent und Bodyguard, sagt man so?«

Hartmann nickte.

»Also. Wir verdienen hier gutes Geld, aber Miete ist hoch. Und kleiner Teil geht als Gebühr für Chefin. Davon sie bezahlt Patrick. Chefin auch sorgt, dass Wohnung immer belegt. Über Geschäftspartner von Chefin in andere Städte wir kommen rum. Ich bin acht Wochen hier in Riedburg, dann wieder acht Wochen Bayreuth oder Chemnitz, verstehst du? Ich eigenes Geld und schon viel gespart.« Sie brach ab und dachte nach.

»Wenn die Häuser, wie du sagst, einem einfachen Mann gehören, hat der dann mit euch die Mietverträge gemacht?«

Sie kaute auf einem Fingerknöchel herum und wurde unruhig.

»Nein«, sagte sie schließlich. »Mietverträge mit Vertrauten von Chefin.«

»Mit diesem Patrick?«

»Nein. Nicht Patrick. Anderer Vertrauter.«

»Und wie heißt der?«

»Du brauchst nicht für dein Buch. Peter, nicht so viel Neugier.«

Er sah Misstrauen in ihren Augen aufflackern. Möglicherweise glaubte Analisa, sie habe schon zu viel gesagt. Dabei hatte sie in seinen Augen so gut wie gar nichts preisgegeben. Was hatte er? Wenn er Glück hatte, wäre die geheimnisvolle Chefin gleichzeitig die Geschäftsführerin des Laufhauses. Wenn er Glück hatte, konnte er dem Amtsgericht glaubhaft machen, dass die Besitzverhältnisse der Grundstücke für die Kantgasse 12 und 16 von öffentlichem Interesse waren, dann bekäme er Einblick ins Grundbuch. Und wenn er ganz großes Glück hatte, würde der Hausbesitzer kooperieren. Aber wohl eher nicht.

Blieb die Geschichte mit der Schleusung. Aber da, so viel war ihm klar, begab er sich vermutlich wirklich in Gefahr. Das bewies hinlänglich der Tote aus dem Wald. Hartmann war sich inzwischen sicher, dass dieser mit dem Menschenschmuggel, mit dem Menschenhandel zu tun hatte. Und weil er nicht an Zufälle glaubte, konnte auch die verschwundene Leiche in diese Machenschaften verstrickt sein. Die Bestatter als Kollateralschäden sozusagen. Und der tote Eisel, der stinkend in seiner Garage lag? Wie passte der ins Bild? Hartmann bekam eine Gänsehaut. Das war eindeutig keine Geschichte für einen Journalisten. Dennoch würde er genau auf die Karte sehen: Von Riedburg nach Jena war es etwa eine halbe Stunde. Nach Saalfeld zwei? Ihm kam es kürzer vor, als er in den Forst gefahren war, dorthin, wo der Tote gefunden worden war.

Er zuckte zusammen, als er eine Stimme dicht an seinem Ohr vernahm, rauchig summend.

»Alles in Ordnung, Peter? Willst du mich jetzt noch nehmen? Ich berechne nicht.« Sie küsste ihn auf die Wange. Aber es war kein flüchtiger Kuss, es war ein intimer. Ein sehr intimer. Warum war sie nicht froh, keinen Sex haben zu müssen? Das war nur eine der vielen Fragen, auf die er wohl nie eine Antwort finden würde. Aber vermutlich blieb ihm diese Welt ohnehin fremd, Erkenntnisgewinn hin oder her.

Er schob sie sanft fort und versuchte, charmant zu lächeln.

»Du, mir ist heute gar nicht danach«, sagte er und konnte dabei vollkommen bei der Wahrheit bleiben.

## 24

Wüsste Steffi, wie es in ihrem Dienstzimmer inzwischen aussah, sie würde sofort hier anrufen und ein Donnerwetter veranstalten, dachte sich Frank Hölbing, als er über das Schlachtfeld blickte. Er lehnte mit dem Rücken am Fenster und genoss eine der wenigen Minuten, in denen kein anderer Kriminalist an dem großen Beratungstisch saß, ihm neue Akten auf den Tisch packte und ihn mit Fragen löcherte.

Wenn er im normalen Dienstbetrieb seine Chefin vertreten musste, dann nutzte er ihr Zimmer nur für die beiden täglichen Beratungsrunden mit dem Dezernat. Seine Arbeit konnte er auch in seinem eher bescheidenen Zimmer erledigen. Aber er hatte keinen normalen Dienstbetrieb. Polizeidirektor Tremel hatte ihn zum Leiter der Sonderkommission ernannt, die den Tod von vier Menschen aufzuklären hatte. Und da brauchte er jeden Quadratzentimeter als Ablagefläche. Allein die Spurenakten umfassten respektable dreizehn Ordner. Die Zeugenbefragungen uferten immer mehr aus – inzwischen hatte er angeordnet, selbst die Busfahrer zu befragen, die regelmäßig auf der Linie Riedburg – Jena unterwegs waren. Und die Dokumente, die sie in der Thüringer Laster GmbH beschlagnahmt hatten, befanden sich allesamt sozusagen ausgelagert im Dezernat für Wirtschaftskriminalität, sofern sie nicht, wie etwa die Geldbündel, in der Asservatenkammer lagerten.

Hölbing war gestresst. Er fühlte sich noch jung und leistungsfähig. Aber seit Gründung der Sonderkommission hatte sein Arbeitstag mindestens zehn Stunden – die Samstage und Sonntage eingerechnet. Und es gab nicht wenige Tage, da kam er erst nach vierzehn Stunden hier raus, und das auch nur, um zu Hause in einen tiefen und traumlosen Schlaf zu fallen. Auf Dauer schlauchte das ganz schön.

Gleich würde Gailhofer mit den aktuellen Erkenntnissen kommen, die sich aus der Auswertung der Firmenunterlagen ergaben. Er hatte im Laufe der Tage den Bayern-Import richtig schätzen gelernt. Solche Leute brauchte die Kriminalpolizei. Nicht die beschlipsten Landesbediensteten, die ihren Nine-to-Five-Job am liebsten gerichtlich durchsetzen würden, sondern enthusiastische Spezialisten, die sich noch richtig in einen Fall verbeißen konnten.

Erst gestern hatte ihn Gailhofer überrascht. Der hatte herausgefunden, dass Detlef Hahn mindestens drei Mal in seinem Büro leichte Mädchen empfangen hatte, die ihm sexuelle Dienste leisteten. Auf Hölbings Feixen und seine Bemerkung, Hahn habe eben nicht genug Laster, ging Gailhofer gar nicht ein. Vielmehr zog er eine Verbindung zu dem vielen Bargeld, das sie gefunden hatten, und setzte eine stille Teilhaberschaft in einem legalen oder illegalen Betrieb der Rotlichtszene auf die Liste der Theorien. Einer Meinung waren sie, dass das viele Geld und Hahns Verschwinden miteinander in Verbindung standen.

»Frank?« War Gailhofer unbemerkt ins Zimmer getreten, oder war Hölbing nur so in Gedanken gewesen? In der Hand hielt der Wirtschaftsexperte eine dünne Mappe und einen dicken Firmenordner der Thüringer Laster GmbH.

»Was gibt es Neues?«

»Wir haben hier eine Spur gefunden, die sich auf zwei einzelne Lkws konzentriert«, sagte Gailhofer, »einen Kleintransporter Mercedes Sprinter und eine große Zugmaschine.«

»Was für eine Spur?«

»Es sind die beiden einzigen Fahrzeuge, bei denen die tatsächlich gefahrenen Kilometer von denen durch Aufträge belegten abweichen.«

Hölbing dachte an sein eigenes Fahrtenbuch und dessen Abweichungen von der Realität. Keine Neuigkeit, die ihn vom Hocker reißen würde.

»Und, was ist daran eine Spur? Die werden mal ab und an einen Umweg gefahren sein.«

Gailhofer schüttelte den Kopf.

»Ich rede hier nicht von kleinen Umwegen«, insistierte er. »Hier geht es um Tausende von Kilometern. Die Zugmaschine beispielsweise hat in unregelmäßigen Abständen Lücken von bis zu tausendzweihundert Kilometern. Und zwar innerhalb von vierundzwanzig Stunden.«

Hölbing machte große Augen.

»Das haut doch schon mit den vorgeschriebenen Lenkzeiten nicht hin.«

»Nicht zwingend, das passt schon unter Umständen; aber die Frage ist, was hat er in dieser Zeit von wo nach wo transportiert? Ein simpler Umzug wird es nicht gewesen sein.«

»Hm.« Hölbing überlegte.

In seine Gedanken hinein platzte Michael Plöttner, dem die Arbeit in der Soko allein aufgrund seines Alters schon heftig zusetzte.

»Darf ich mal, Frank?«, fragte er.

»Ungern.« Hölbing versuchte, sich auf den Laster zu konzentrieren.

»Ist schon wichtig«, druckste Plöttner herum.

»Na, dann sag.«

»Heute hat eine Frau in der Einsatzzentrale angerufen, die ihren Mann als vermisst melden wollte.«

»Ja und?«

»Die haben keine Anzeige aufgenommen, weil es keinen Hinweis auf eine Straftat gibt. Selbstbestimmung des Aufenthaltsortes und so weiter.«

»Komm auf den Punkt.«

»Der Diensthabende hat der Frau dennoch versprochen, bei Gelegenheit mal eine Streife bei der Adresse vorbeizuschicken. Die Frau ist nämlich gerade zur Kur.«

»Der Punkt, Michael, wo ist der Punkt? Warum erzählst du mir das?«

»Nun warte doch! Jedenfalls, der Diensthabende hat die Personalien und die Einträge des Verschwundenen überprüft. Sie waren an und für sich unauffällig. Aber seine Arbeitsstelle hat mit unseren Ermittlungen zu tun.«

»Sag!«

»Der Vermisste arbeitet bei der Thüringer Laster GmbH.«

Hölbing pfiff anerkennend durch die Zähne.

»Gut aufgepasst, Michael«, lobte er. »Wie heißt der Mann?«

»Siegfried Eisel.«

Gailhofer hob den Kopf.

»Siegfried Eisel, sieh an«, sagte er und vertiefte sich wieder in seine Unterlagen.

»He«, machte Hölbing. »Sagt dir der Name was?«

»Mir schon«, versetzte Gailhofer seelenruhig, lehnte sich zurück und verschränkte die Arme hinter dem Kopf.

»Ja und? Mein Gott, muss ich denn hier jedem alles aus der Nase ziehen?«

»Der Eisel ist der Stammfahrer der Zugmaschine, von der ich eben gesprochen habe. Und wenn die stand, dann war er meist mit dem Sprinter unterwegs.«

Hölbing blieb vor Überraschung der Mund offen stehen. Plöttner setzte sich.

»Ein klarer Ansatzpunkt«, sagte Hölbing, als er sich wieder gefangen hatte. »Also, du, Michael, nimmst jetzt eine Vermisstenanzeige von Amts wegen auf. Wir suchen diesen Eisel als Zeugen in einem Tötungsverbrechen. Aber vorher schickst du mir Doro, ich will mit ihr zu diesem Eisel nach Hause fahren. Ach ja, gib ihr auch eine Adresse mit, ich weiß ja gar nicht, wo wir hinwollen. Und die Telefonnummer von der Frau, damit wir sie zurückrufen können.«

»Und jetzt du«, sagte Hölbing an Gailhofer gewandt. »Versuch alles über diese nicht dokumentierten Fahrten herauszubekommen. Blätter von Fahrtenschreibern, Notizen, zeitliche Zusammenhänge mit Zahlungseingängen und so weiter, du kennst das ja.«

Gailhofer hob die Hand wie zum Widerspruch.

»Ich mach schon meine Arbeit, keine Angst. Von den Fahrten muss es sogar GPS-Daten geben. Zumindest die Zugmaschine ist mit einem entsprechenden Tracker ausgerüstet gewesen. Aber die Daten sind erst mal alle gelöscht worden, vermutlich gleich nach der Rückkehr. Wir versuchen gerade, aus den Datenfragmenten was zusammenzusetzen, was uns Routen und Ziele verrät.«

»Ja, mach das, eine ausgezeichnete Idee.«

Dann dachte Hölbing eine Weile nach.

»Hast du schon eine Theorie zu dem Verschwinden?«

Gailhofer zuckte die Schultern.

»Das kann mit unserem Fall genauso viel zu tun haben, wie

es ganz harmlos sein kann. Vielleicht ist er seiner Alten einfach fortgelaufen. Vielleicht hatte er einen Fahrradunfall. Vielleicht nutzt er die Abwesenheit seiner Frau für einen Kurzurlaub mit der Geliebten.« Gailhofer machte eine kurze Pause. Offenbar mit Vergnügen sah er Hölbing beim Nachdenken zu. »Vielleicht liegt er aber auch nach einem letalen Herzinfarkt in seinem Bett«, sagte er mit stoischer Ruhe. Dann zwinkerte er. »Nimm besser unseren hauseigenen Schlüsseldienst mit.«

Hölbing nickte. Gailhofer machte ihn unruhig mit seinen Spekulationen. Er griff zum Telefonhörer und rief die Techniker vom Dezernat Zentrale Dienste an.

## 25

Wenn Peter Hartmann die Bild-Zeitung las, dann hatte er prinzipiell die Füße auf seinem Schreibtisch. Er mochte das so, irgendwie passte das zu dem Boulevardblatt. Heute stand im Thüringen-Teil nicht eine Zeile zu den Morden. Das gefiel ihm, da zeigte sich wieder einmal, wie weit weg die Bild-Zeitung vom tatsächlichen Geschehen war. Ihnen fehlten einfach die tiefer gehenden Strukturen, mit der eine Regionalzeitung punkten konnte. Nein, heute verlor die Bild-Zeitung eindeutig gegen die Riedburger Rundschau.

Mehr noch: Für den reißerisch aufgemachten Bericht über einen Selbstmörder auf der A 71 würde sie sich mindestens eine Missbilligung des Presserates einfangen. Der Mann war an einer der Autobahnbrücken einfach auf den Standstreifen gefahren, hatte sein Auto abgestellt und war über die Windabweiser geklettert. Sogar ein Hochzeitsfoto von ihm hatte die Zeitung ausgegraben und veröffentlicht. Nur die Braut hatten sie verpixelt. Eine Missbilligung würde dafür möglicherweise nicht einmal reichen, das könnte schnell eine Rüge werden.

Hartmann konnte sich noch gut an einen Tag erinnern, an dem ein Geschwisterpaar im Grundschulalter in der Ilm ertrunken war. Ein praller Frühlingstag war das gewesen, irgendwann im Mai. Hartmann hatte sein erstes Jahr als Polizeireporter noch nicht ganz beendet.

Als er an den Schauplatz des Geschehens kam, war die aufwendige und lange Suchaktion noch in vollem Gange. Wenig später fanden sie das Mädchen, dann den Jungen, der seine kleine Schwester retten wollte. Es war herzzerreißend. Eine Polizeipsychologin und der Feuerwehrchef des Dorfes versuchten vergeblich, die Eltern zu trösten. Ausgerechnet in dem Augenblick hatte Grieshaber angerufen und von ihm verlangt, mit der Mutter zu reden. Hartmann war so empört, dass er das Gespräch weggedrückt hatte. Als Grieshaber nachsetzte, log er, die Frau habe einen Nervenzusammenbruch und werde derzeit medizinisch behandelt. Tatsächlich wunderte er sich dabei weniger über seine

Lüge als vielmehr darüber, dass die Mutter nicht tatsächlich zusammengebrochen war.

Nein, er hatte nie bei einer Boulevardzeitung gearbeitet. Er würde auch nie zum Witwenschüttler werden. Nur dieser speziellen Spezies gelang es am Tag eines Selbstmordes, der Witwe ein Hochzeitsbild abzuschwatzen. Daher auch der Name. Obwohl die Boulevardisierung auch seriöser Tageszeitungen eine nicht zu übersehende Tendenz in der Medienlandschaft war, hielten sich deren Journalisten doch pietätvoll im Hintergrund, wenn es um den Tod ging. Dennoch – einigen, vor allem jüngeren Kollegen würde Hartmann es zutrauen, mit Kamera und Notizbuch bewaffnet dreist in Trauerhäuser einzudringen.

Trotzdem stattete er heute Helga Hahn einen Besuch ab. Nicht nur, weil sie durch die vielen Befragungen der Polizei desensibilisiert sein musste. Sogar eine Hausdurchsuchung sollte es schon gegeben haben, wurde ihm berichtet. Frau Hahn, so überlegte Hartmann, hatte bislang noch nicht einmal die Möglichkeit gehabt, sich von ihrem Mann zu verabschieden. Sie musste einfach ein starkes Interesse daran haben, dass man seinen Leichnam möglichst rasch fand. Und wenn es ihm gelänge, ihr klarzumachen, dass er seinen Beitrag dazu leisten könnte …? Vielleicht wäre es hilfreich, ihr eine enge Kooperation mit der Polizei vorzugaukeln. Aber möglicherweise wäre genau das destruktiv. Er musste sich an das Thema herantasten, ohne ihr das Gefühl zu geben, den üblichen Sozialklatsch verbreiten zu wollen.

Er hatte lange überlegt, bevor er sich zu einer telefonischen Kontaktaufnahme entschloss. Das erschien ihm höflicher, als gleich vor der Wohnungstür aufzukreuzen. Andererseits war es für Hartmann von Angesicht zu Angesicht bei unwilligen Gesprächspartnern meist leichter, seinen Charme spielen zu lassen. Am Telefon konnte man eben rasch auflegen. Er war beinahe erleichtert, als niemand ranging. Nach der Mittagspause meldete er sich bei Isabell, dem Sonnenscheinchen der Redaktion, ab, was eigentlich auch für die Katz war, da er ja zum Reporter zbV ernannt war. Aber er hatte es jahrelang so gehalten. So wusste wenigstens jemand, wo er war.

Das Haus, in dem Hahns wohnten, war ein behäbiger zweistöckiger Bau aus den dreißiger Jahren mit annähernd quadratischem Grundriss und einer üppigen Geschosshöhe. Ein richtiges Bürgerhaus. Den Erker hatte man im Erdgeschoss aufgebrochen und zu einem großen Wintergarten erweitert.

Auf sein Klingeln öffnete eine Frau, die Mitte vierzig sein musste, aber wie fünfzig aussah. Sie hatte einen zweiteiligen Hausanzug aus weinrotem Samt an, der einem Schlafanzug nicht unähnlich war. Ihr aschblondes Haar hing in wirren Strähnen um ihren Kopf und verstärkte den Eindruck, sie sei gerade erst aus dem Nest gekrochen. Vielleicht ein Mittagsschläfchen, dachte er. Sie nahm fast widerwillig eine Zigarette aus dem Mundwinkel und schaute ihn ein wenig verwundert an.

»Wer sind Sie, und was wollen Sie?«, fragte sie müde.

»Peter Hartmann, Riedburger Rundschau«, begann er. »Zunächst mal mein herzliches Beileid, Frau Hahn …« Er wartete eine Reaktion ab, doch da kam keine. Sie zog an ihrer Zigarette und schien zu frösteln, obwohl das Thermometer schon am Vormittag die Zwanzig-Grad-Marke überschritten hatte. »Ähm, ich hätte noch ein paar Fragen an Sie, was Ihren Mann betrifft.« Er eierte rum, und er merkte es.

Helga Hahn lächelte dünn. »Ausgerechnet Sie haben Fragen. Sie treten doch so schon jeden Tag das Thema breit. Meinen Sie, ich wüsste das nicht?« Sie drehte sich um und ging in den Hausflur.

Okay, war ein Versuch, dachte Hartmann und wollte sich schon abwenden, da drehte sie sich noch mal um.

»Na, kommen Sie schon rein«, rief sie, »oder wollen Sie das auf der Straße klären?«

Hartmanns Herz machte einen Hüpfer, und er war mit ein paar raschen Schritten im Hausflur. Er folgte ihr in ein Wohnzimmer, das im Gegensatz zu dem halb dämmerigen Korridor geradezu lichtdurchflutet war. Helga Hahn musste einmal eine schöne Frau gewesen sein. Ihr Hintern füllte die Samthose gut aus und machte einen noch straffen Eindruck. Kräftige Schultern und eine schmale Taille – eine Figur wie eine griechische Amphore. Als sie sich umdrehte, bemerkte er auch ihre üppige Oberweite.

Sie blitzte ihn aus hellblauen Augen an, die so gar nicht in ihr unendlich müdes Gesicht zu passen schienen.

»Setzen Sie sich doch«, wies sie auf die Ledercouch.

»Ich will Sie wirklich nicht lange stören …«

»Das hoffe ich.«

Hartmann hasste es, wenn sein Gesprächspartner die Regie übernahm. Sie stand mit dem Rücken zu ihm und blickte in den Wintergarten. Diese Scheiben möchte ich nicht putzen müssen, dachte Hartmann. Die Fensterbänke waren übersät mit Kakteen aller Formen und Größen, manche blühten sogar. Die Stühle waren breit, mit weißem Segeltuch bespannt und machten einen bequemen Eindruck. Dort ließe sich bestimmt so mancher Herbstabend verbringen. Das Wohnzimmer indes verbreitete den stumpfen Glanz zur Schau gestellten Wohlstandes: eine dunkle Ledergarnitur, ein unbequem aussehender Schaukelstuhl mit einem Lammfell davor, ein riesengroßer Flachbildfernseher und im optimalen Abstand dazu ein großer Relaxsessel. Vermutlich mit Massagefunktion, dachte Hartmann. In Reichweite daneben eine Hausbar auf Rädern, in der ein paar Flaschen Whisky und Liköre standen. Die Schrankwand aus Massivholz war mit teuer aussehenden Vasen und mit Kunstbänden bestückt, die aussahen, als hätte sie noch nie jemand in die Hand genommen.

»Gefällt es Ihnen?«, fragte die Witwe mit spöttisch heruntergezogenen Mundwinkeln. Sie stand mit dem Rücken an den Durchgang zum Wintergarten gelehnt und machte keine Anstalten, sich setzen zu wollen.

»Nun ja …«, begann Hartmann irritiert. »Es ist nett.«

»Aber Sie wollten mit mir keine Homestory machen, will ich hoffen.« Sie lächelte immer noch. Kalt sah es aus und abweisend.

»Wie gesagt, ich will Ihnen keine großen Umstände machen«, wiederholte er. »Wenn eine Leiche verschwindet, die Leiche eines in Riedburg nicht unbekannten Unternehmers, dann ist das immer von öffentlichem Interesse. Noch dazu, wenn sein Verschwinden so … so spektakulär war. Und mit einem scheußlichen Verbrechen verbunden.«

Sie sagte nichts.

»Frau Hahn, haben Sie denn irgendeine Ahnung, warum jemand Interesse daran haben könnte, den Leichnam Ihres Gatten zu stehlen?«

Sie lachte auf und griff sich fahrig in die Haare.

»Und das steht dann alles in der Zeitung, was ich Ihnen jetzt erzähle, richtig?«, wollte sie wissen.

»Nun, wir können uns selbstverständlich darauf einigen, was vertraulich bleiben soll und was veröffentlicht werden kann.«

»Sie fragen wie die Polizei«, sagte sie, als hätte sie das Vertraulichkeitsangebot überhört. »Sie können von mir auch nur die gleichen Antworten bekommen.« Sie machte eine Pause, kam an den Couchtisch und drückte ihre Zigarette aus. »Ich weiß es nicht. Es kann sich nur um eine geschäftliche Angelegenheit handeln. Aber in diese Dinge bin ich wirklich nicht eingeweiht.«

»Nun, die Polizei geht bei ihren Ermittlungen ja nicht gerade zimperlich vor«, wagte Hartmann einen Vorstoß in eine ganz neue Richtung. »Die verkünden in einem fort, Ihr Gatte sei in kriminelle Machenschaften verstrickt.«

»Und Sie schreiben das bereitwillig in die Zeitung.«

Hartmann biss sich fast auf die Lippe. Das Ding ging ja wohl nach hinten los. Doch dann griff er noch mal in den Honigtopf. »Deswegen bin ich ja hier, Frau Hahn. Ich will immer beide Seiten hören, damit ich mir ein eigenes Bild machen kann.«

»Das fällt Ihnen aber reichlich spät ein.« Da war schon ein bisschen Gift in der Stimme. Das Gespräch nahm eine Wendung, die Hartmann gar nicht passte.

»Bitte haben Sie Verständnis dafür, Frau Hahn«, säuselte er, noch immer Honig gegen das Gift setzend, »Sie waren gerade erst Witwe geworden, da wollte ich wirklich nicht in Ihrer wunden Psyche …«

»Geschenkt«, sagte sie leicht verbittert. Sie kam zum Tisch, klopfte sich eine neue Zigarette aus der Packung, zündete sie an und nahm einen tiefen Zug. »Es ist ja sowieso nichts mehr zu ändern. Aber mit der Polizei – das ist schon starker Tobak, was die einem zumuten. Die würden noch in seinem Bett rumwühlen, wenn sie Hoffnung hätten, dort was zu finden.«

»Wie?« Hartmann spielte den Erstaunten. »Haben die etwa Ihre Wohnung durchsucht?«

Sie lachte böse auf. »So weit sind sie dann doch nicht gegangen, obwohl sie hier waren, mich mit Fragen gelöchert und sich in allen Zimmern umgesehen haben, so wie Sie vorhin hier im Wohnzimmer.«

»Sorry, so sollte das nicht aussehen«, sagte er. »Jetzt verstehe ich Ihre Reaktion. Ich weiß, dass die Polizei manchmal sehr rücksichtslos sein kann.«

»Wem sagen Sie das? Sie müssen sich das mal vorstellen, für heute Vormittag hatten sie mich sogar ins Büro meines Mannes gebeten. Ich dachte, sie wollten sich da ein paar Unterlagen ansehen, aber die kamen gleich mit einer ganzen Kompanie. Und mit einem Durchsuchungsbeschluss. Elendes Pack, das. Die sollen mich gefälligst in Ruhe lassen.«

Hartmann war wie elektrisiert. Ein Durchsuchungsbeschluss fürs Büro. Fast hätte er reflexartig sein Arbeitsbuch geöffnet und eine Notiz gemacht.

»Echt? Ein starkes Stück«, pflichtete er ihr rasch bei. »Und … haben Sie was gefunden?«

Sie schaute ihn an, und ihr Mund verzog sich wieder zu einer spöttischen Grimasse.

»Das möchten Sie gerne wissen, Sie kleiner Schnüffler, das kann ich mir gut vorstellen.«

Er machte eine beschwichtigende Bewegung mit den Händen.

»Aber um Ihre Neugierde zu befriedigen: Alles haben sie durchwühlt. Die Computer untersucht, die Festplatten kopiert, nach Datenträgern gesucht und so weiter und so fort. Ich hab mich wieder gefühlt, als wühlten sie in den Betten. Ich kann das nicht so ausdrücken, aber wie die mit den Sachen von meinem Mann umgegangen sind, das war so, so respektlos.«

»Ja, da kennen die keine Freunde«, plapperte Hartmann vor sich hin. »Andererseits, Ihr Mann stand ja unter dem Verdacht, sich nicht ganz rechtskonform verhalten zu haben.«

Die Witwe lachte wieder.

»Es klingt putzig, wie Sie das sagen. Sagen Sie doch einfach: Ihr Mann war ein Ganove. Das sagen ja alle.«

»War er?«

Sie warf ihm einen warnenden und zugleich prüfenden Blick zu.

»Vorsicht, Freundchen!«, sagte sie. Dann lächelte sie wieder. Sie nahm einen tiefen Zug aus ihrer Zigarette und inhalierte geräuschvoll. Befriedigt stellte Hartmann fest, dass er ungeachtet dieses so auffällig präsentierten Rauchens keinerlei Bedürfnis nach einer Zigarette verspürte. Vielleicht war er ja doch über den Berg. Wurde ja auch Zeit, nach einem Jahr.

»Ich will Ihnen mal was sagen«, fing die Witwe wieder an. »Das steht aber nicht in der Zeitung, sonst verklage ich Sie bis Karlsruhe und zurück.« Sie machte eine bedeutungsschwangere Pause, um sich zu vergewissern, ob Hartmann verstanden hatte. Der nickte vorsichtig.

»Mag ja sein, dass mein Detlef nicht jedes Mal die Behörden gefragt hat, wenn er ein Geschäft eingefädelt hat. Aber mal ehrlich: Dieser Staat hat es doch nicht anders verdient. Ich kann Ihnen gern erzählen, was jedes Jahr allein an Kfz-Steuern fällig wurde. Und sind deswegen die Straßen besser geworden, die Staus auf den Autobahnen weniger? Von der Gewerbesteuer mal ganz zu schweigen. Und die Spritkosten, Gott bewahre. Überall hat der Staat seine Pfoten drin, quetscht ehrliche Unternehmer aus bis aufs Blut.«

Nun, über den Begriff »ehrliche Unternehmer« wollte Hartmann jetzt nicht mit der Witwe streiten. So nutzte er die Pause, um nach Details zu forschen.

»Was hat Ihr Mann eigentlich gerade gemacht, als die Polizisten ihn … festnehmen wollten?«

»Ich habe keine Ahnung. Mir hat er an diesem Morgen nur gesagt, dass er noch mal in die Geno-Bank wollte. Da ging es wohl um Kreditverhandlungen für einen neuen Sattelschlepper.«

»Wie viele Mitarbeiter hat die Thüringer Laster GmbH eigentlich?«

»Zwölf Fahrer, die Nina im Büro und der Detlef halt. Manchmal habe ich ein bisschen geholfen, aber nichts Geschäftliches.«

»Und was wird nun aus der Firma?«

»Ich weiß es nicht. Ich weiß nicht mal, wie das jetzt mit den Eigentumsverhältnissen ist. Mir wäre es am liebsten, es zahlt mir jemand seine Anteile aus, und gut ist. Wissen Sie, der Detlef hat immer für mich gesorgt. Der hat auch meinen Lebensabend, wie man so sagt, gut abgesichert. Ich bin bestens ausgestattet. Ich will mit dem ganzen Scheiß nichts zu tun haben.«

»Das kann ich gut verstehen«, täuschte Hartmann wieder Empathie vor. »Kann es denn sein, dass von den Fahrern einer von den, nun ja, speziellen Geschäften Ihres Mannes wusste?«

»Hm. Da waren bloß zwei oder drei, die da involviert waren. Der Eisel vielleicht, das war Detlefs wichtiger Stammfahrer. Aber …« Sie machte eine Pause, in der sich wieder Misstrauen in ihr Gesicht schlich.

Als Hartmann den Namen Eisel hörte, meldete sich fast augenblicklich sein Reizmagen mit einem wilden Sprudeln zu Wort. Er sah sich wieder in dem Schuppen stehen, das bleiche Licht der Taschenlampe strich über den Toten. Er bekam eine Gänsehaut und musste sich zwingen, sie zu ignorieren.

»Keine Angst, ich will das jetzt nicht schreiben. Ich würde sowieso keine Namen nennen, ich bin doch nicht verrückt. Aber wissen Sie, mich interessiert das schon, warum jemand eine Leiche stiehlt. Ich meine, das ist doch … bizarr.«

»Das kann auch mit der Russenmafia zu tun haben«, sagte sie rasch und verstummte wieder.

Hartmann machte große Augen. »Ihr Mann hat mit der Russenmafia Geschäfte gemacht?«

»Nein, Quatsch. Ach was, vergessen Sie das mal lieber gleich wieder.« Sie wedelte den Rauch vor ihrem Gesicht weg. »Sagen wir es so: Der hat auch Geschäfte mit Osteuropa gemacht, ich glaube, der hat Papier gefahren, wissen Sie, diese großen Rollen mit einem Sattelschlepper. Eine hiesige Geschäftsfrau war da immer sein Ansprechpartner. Glaube ich jedenfalls. Und wo Osteuropa ist, ist die Russenmafia nicht weit. Sagt man doch so.«

»Wissen Sie den Namen der Geschäftsfrau?«

Sie schüttelte den Kopf.

»Weiß ich nicht. Und wenn ich ihn wüsste, würde ich ihn Ihnen wahrscheinlich nicht auf die Nase binden.«

»Jaja, schon klar«, wiegelte er ab. »Hat mich nur so interessiert.«

Sie stand wieder auf und ging zum Wintergarten. Die Arme

verschränkt und den Blick ziellos in die Ferne gerichtet, sah sie auf einmal sehr zerbrechlich aus.

»Vielleicht ziehe ich auch ganz weg aus Riedburg«, sagte sie wie für sich.

In die folgende Stille hinein klingelte Hartmanns Handy. Die Einwahl der Rundschau, offenbar die Fotoredaktion.

»Entschuldigung«, sagte er und nahm den Anruf entgegen. »Ungünstig jetzt«, flüsterte er ins Telefon.

Roberto Thalmann war am anderen Ende.

»Es ist wichtig«, sagte er, ebenfalls instinktiv die Stimme dämpfend.

Hartmann sah zu der Witwe hinüber, die ihm nach wie vor unbeweglich den Rücken zuwandte. Sie schien ganz woanders zu sein, doch das konnte täuschen.

»Nun sag schon«, zischte er in den Hörer.

»Es gibt wieder einen Toten. Die Kripo ist noch draußen.«

»Wo?«

»In der Heynestraße.«

Erneut meldete sich der Magen. Hartmann dankte und legte auf.

»Frau Hahn«, sagte er schließlich und stand auf. »Ich fürchte, ich muss ein andermal auf unser Gespräch zurückkommen. Die Pflicht ruft.«

## 26

»He, was machen Sie denn da?« Die alte Dame, die neugierig von der anderen Straßenseite herübergekommen war, trug Hausschuhe und eine Kittelschürze. Sie baute sich mit energisch in die Hüften gestemmten Armen neben dem Techniker auf.

»Das dürfen Sie doch gar nicht!« Empörung schwang in ihrer Stimme mit. Dass auf dem Rücken des blauen Overalls des Technikers in Großbuchstaben »Polizei« stand, schien sie nicht im Mindesten zu beeindrucken.

»Ich darf das«, sagte der Angesprochene, ohne auch nur aufzusehen. Er stand auf und öffnete Hölbing das Gartentor.

»Das ist sehr lobenswert, dass Sie hier auf Ihre Nachbarn achten.« Sanft wie ein Lamm sprach Hölbing die Frau an. »Hölbing ist mein Name. Polizei Riedburg.«

»Zeigen Sie mir erst mal Ihren Ausweis.« Die Alte blieb angriffslustig neben dem Gartentor stehen. So etwas gab es tatsächlich nicht mehr oft, dachte Hölbing. Er fingerte seinen Dienstausweis aus dem Jackett und hielt ihn der Frau unter die Nase. Sie brummelte etwas Unverständliches.

»Wir sind auf der Suche nach Herrn Eisel. Wann haben Sie ihn denn das letzte Mal gesehen?«

»Die sind beide nicht da. Frau Eisel ist noch zur Kur, und wo er sich rumtreibt, weiß ich nicht.«

»Rumtreibt?«

»Na ja.« Die Frau tat verlegen, dabei klatschte sie für ihr Leben gern, das merkte man schon an ihrer übertriebenen Neugier. »Man erzählt sich so allerhand hier in der Siedlung. Der soll ja auch eine haben.«

»Eine Geliebte?«

»Wenn Sie es so sagen. Es gibt hier einige, die würden es nicht so höflich ausdrücken.«

»Kennen Sie die Dame?«

»Ich?« Die Nachbarin fuhr entrüstet auf. »Wo denken Sie hin? Ich gebe mich wohl mit solchen ab?«

Hölbing dankte und folgte dem Techniker auf das Grundstück.

Doro Alberti musste die neugierige Nachbarin davon abhalten, den Polizisten hinterherzulaufen.

»Hier dürfen Sie nicht mit rein«, sagte sie entschieden und ließ die Frau, die schon für eine Entgegnung Luft holte, einfach stehen.

Wie zu erwarten war, reagierte niemand auf das Klingeln der Beamten. Hölbing nickte dem Techniker zu. Die Haustür setzte den Mitteln der Polizisten erheblich mehr Widerstand entgegen als das simple Buntbartschloss am Garteneingang. Ein Stiftschloss mit Profilzylinder bekommt man nun mal nicht mit einem krummen Nagel auf. Glücklicherweise war der Schließzylinder aus weichem Messing, sodass ohne lange Überlegungen die Bohrmaschine zum Einsatz kam.

Hölbing und Alberti zogen sich Latexhandschuhe über und traten ein. Zunächst lauschten sie noch einmal, dann riefen sie laut ins Haus, um sich bemerkbar zu machen. Noch immer gab es keine Reaktion. Im Hausflur roch es ungelüftet und muffig. Rechts die kleine Küche war einigermaßen ordentlich. In der Spüle standen eine Kaffeetasse, ein hoher Glaskrug, ein Brettchen, Messer und Löffel. Das Geschirr war schmutzig. Aus dem Abfalleimer neben der Spüle roch es unangenehm. Doro Alberti öffnete den Deckel, konnte aber außer einem vergammelten Blumenstrauß, ein paar Wurstresten und einer Filtertüte mit angebackenem und angeschimmeltem Kaffeepulver nichts entdecken. Der Kühlschrankinhalt war unauffällig, aus den zahlreichen Zetteln, die mit kleinen bunten Rundmagneten an die Tür geheftet waren, ließ sich nichts ablesen, was auf den Aufenthaltsort des Hausherrn schließen ließ.

Ähnlich war es im Wohnzimmer, wo eine zerknüllte Kuscheldecke auf dem Sofa, ein halb voller Aschenbecher und eine sauer riechende Bierflasche auf dem Tisch einen Hinweis darauf gaben, was Eisel am Abend vor seinem Verschwinden getan hatte. Auch das Bett im benachbarten Schlafzimmer war ungemacht, zumindest die eine Hälfte. Davor lag achtlos hingeworfen ein Männerbademantel. Im Bad und in den beiden winzigen Zimmern unter dem Dach, von denen eines eine kleine und nur wenig beeindruckende Modellbahnanlage beherbergte, sah es ähnlich aus. Nicht penibel ordentlich, aber auch nicht schlampig. Nichts, was auf einen hektischen Aufbruch oder gar eine Flucht hinwies. Nichts, was Aufschluss über den Aufenthaltsort von Siegfried Eisel geben konnte.

In der Garage stand ein silbergrauer Golf. Das war nicht weiter verwunderlich – die Thüringer Laster GmbH als Eisels Arbeitgeber lag gerade einmal einen Kilometer entfernt. Da wird er nicht das Auto genommen haben, dachte Frank Hölbing.

»Komm schon«, drängelte seine Kollegin, als er neugierig die Werkbank und das Werkzeugbord darüber musterte. »Hier sieht es aus wie in jeder Garage.«

»Hm«, machte Hölbing. Sie hatte ja recht.

Das Gras in dem relativ großen Garten hätte eine Mahd nötig gehabt, sah aber noch nicht verwahrlost aus, desgleichen die Beete. Vor dem Schuppen, der am hinteren Rand des Gartens stand und ähnlich wie die Garage aus roten Backsteinen gemauert war, sahen sich die beiden Kriminalisten wie auf Kommando an. Doro Alberti runzelte die Stirn.

»Riechst du was?«, fragte sie leise.

Hölbing nickte. Er war lange genug bei der Truppe, um den Geruch von Verwesung von dem eines dampfenden Komposthaufens unterscheiden zu können.

»Kann auch ein Tier sein«, sagte er, als ob er seine Kollegin beruhigen wollte.

»Kann sein, kann aber auch nicht sein«, sagte sie und nickte ihm zu, als er die Hand auf die Klinke der einfachen Holztür legte.

Hölbing zog die Tür auf. Ein infernalischer Gestank schlug ihnen entgegen.

»Warte«, rief sie ihm zu, als er gerade hineingehen wollte. Sie zog ein Smartphone aus der Jackentasche und machte von der Tür aus ein Foto des Innenraums. In dem war es so finster, dass sich der Blitz automatisch zuschaltete. Sie rief erst das Bild auf und betrachtete es, dann gab sie die Tür frei.

»Sicher ist sicher«, murmelte sie.

Hölbing hatte inzwischen ein Taschentuch hervorgezogen und hielt es vor Mund und Nase, als er ins Dämmerlicht trat.

»Hat dein Handy auch eine Taschenlampe?«, fragte er durch das Tuch.

Alberti nickte, wischte ein paarmal über die Bedieneroberfläche, dann leuchtete der eingebaute Blitz als Dauerlicht.

»Hält aber nicht lange«, sagte sie und fummelte ihrerseits ein Taschentuch aus ihrer Jeans.

Hölbing zeigte auf den Hügel von Dreck und Erde an der Seitenwand. Alberti schüttelte den Kopf.

»Dann würde es nicht so stinken«, sagte sie.

Hölbing nickte und ließ den Lichtstrahl über die Wände gleiten. Dann entdeckte er die Bretter unter der Schubkarre. Die beiden nickten sich wieder zu. Er reichte seiner Kollegin das Handy zurück und schob die Karre beiseite. Dann kniete er sich hin und zog eines der Bretter weg. Ein zweites.

Er winkte sie nach draußen, wo beide zunächst einen tiefen Atemzug nahmen.

»Okay«, sagte er schließlich. »Halten wir erstens fest, dass Eisel nicht sehr weit weggekommen ist.«

Sie nickte. »Halten wir zweitens fest, dass es kein Selbstmord war.«

Hölbing grinste. »Dann können wir drittens hinzusetzen: Er hat sich hier nicht selbst hergebracht.«

»Und würde es dich viertens wundern, wenn er durch einen aufgesetzten Nahschuss starb?«

Hölbing zog sein Handy aus der Tasche. »Natürlich nicht. Der Nahschuss scheint inzwischen in der Hitliste der Todesarten ziemlich weit vorn zu liegen.«

»Zumindest in Riedburg.«

»Und Saalfeld.«

Hölbing fing an zu telefonieren. Er holte die ganze Mannschaft zusammen, die Spurensicherung, die anderen Kriminaltechniker, die Tatortgruppe des LKA, die Rechtsmedizin und die Staatsanwaltschaft.

Dann gingen sie beide wieder zum Wagen. Sie wollten keine weiteren Spuren legen oder verwischen, bevor die Experten auftauchten. Die Nachbarin hatte ihren Beobachtungsposten ans Fenster verlegt. Sowohl Hölbing als auch Alberti hatten jede

Menge Telefonate zu erledigen. Zudem spannen sie ihre Theorien weiter. Dabei fiel Alberti auf, dass Eisel der erste Tote war, der nicht am eigentlichen Tatort liegen gelassen worden war. Beziehungsweise der erste, der zumindest oberflächlich versteckt worden war, falls der Schuppen selbst der Tatort war.

In ihre Überlegungen hinein klingelte Hölbings Handy.

»Rebhahn«, sagte er mit einem Blick auf das Display.

»Was gibt es, Dieter?«, fragte er.

»Ich bin fündig geworden, was unseren Toten aus dem Wald betrifft«, sagte dieser.

»Das ist schön. Es geht ja richtig vorwärts. Wir haben im Gegenzug einen neuen Toten zu bieten. Aber erst du.«

»Ein Zahnarzt in West hat seinen Zahnstatus identifizieren können.«

»Okay.«

»Es handelt sich um einen gewissen Eisel. Siegfried Eisel. Wohnhaft hier in Riedburg, Heynestraße 10.«

Hölbing hatte Mühe, das Gesagte zu realisieren.

»Frank, bist du noch da? Hallo?«

»Ja, ich bin dran«, sagte Hölbing genervt.

»Du warst weg, ich dachte, du bist im Funkloch.«

»Weißt du, was du da sagst?« Hölbing hatte es noch nicht ganz ausgesprochen, da wurde ihm die Absurdität der Fragestellung klar. »Ich meine, weißt du, wo wir uns befinden? Wir sind gerade in der Heynestraße 10.«

Alberti machte große Augen.

»Mach laut«, zischte sie Hölbing an. Der drückte die entsprechende Taste.

»Na, da könnt ihr ja gleich …« Rebhahn verstummte.

»Ja, jetzt kapierst du, oder?«

»Aber wie …?«

»Also wir haben hier auf dem Grundstück eine Leiche gefunden. Und du sagst, der Tote aus dem Wald ist Eisel. Wer liegt dann hier?«

»Was weiß denn ich?«

Hölbing beendete das Gespräch.

Eine Weile starrte er schweigend durch die Frontscheibe.

Aber da war nichts weiter zu sehen als der Kleintransporter der Kriminaltechnik.

»Dann ist Eisel doch ein Stück weit gekommen«, brach Doro Alberti schließlich das Schweigen.

Es dauerte eine ganze Weile, bis der Satz zu Hölbing durchdrang. Dann warfen sie ihre Theorien über den Haufen und begannen erneut zu diskutieren. Unterbrochen wurden sie, als das erste Sondersignal die Unterstützungstruppen ankündigte. Alberti drehte sich zur Rückbank um, öffnete ihren Einsatzkoffer, angelte ein flaches Blechdöschen heraus, drehte es auf und strich sich etwas von einer Art Salbe dünn auf die Oberlippe. Dann bot sie Hölbing davon an.

»Pulmotin«, sagte sie. »Das ist gut, um den Verwesungsgestank ein wenig abzumildern.«

Hölbing lächelte. »Du hast noch nicht allzu viele verweste Leichen gehabt, stimmt's?«, fragte er kollegial.

»Stimmt«, sagte Alberti mit einer Spur Verunsicherung in der Stimme. »Warum fragst du?«

»Ach nur so«, sagte Hölbing und grinste breit. »Ich wusste nicht, dass die Pulmotin jetzt in Florena-Dosen abpacken.«

Alberti lachte. »Machen die auch nicht. Hab ich aus einer Tube umgefüllt. Ich find diese kleinen Döschen praktisch.« Dann sah sie ihn angestrengt an. »Das hast du aber nicht gemeint. Sag schon!«

»Pulmotin hilft nicht«, sagte er.

»Nein?«

»Gegen richtigen Verwesungsgeruch hilft gar nichts. Da musst du einfach durch.«

Sie stiegen aus.

Wenig später hoben die Beamten vorsichtig Brett für Brett von der abgedeckten Leiche. Immer wieder klickte die Kamera, und der Blitz leuchtete auf. Die Erdschicht, die die Folie abdecken sollte, war nur an einigen Stellen aufgebracht. Möglich, dass der oder die Täter es eilig hatten. Der Haufen Bauschutt und Erde in der Ecke war ebenjener Aushub, mit dem die Mulde für das Verstauen der Leiche gegraben worden war. Gearbeitet hatte man mit Schaufel, Spitzhacke und Spaten. Falls die Täter dabei keine Handschuhe getragen hatten, so erklärte ein Mitarbeiter der Spurensicherung, würde es jede Menge DNA-Material zur Auswertung geben. Hautschuppen, Schweiß und anderes. Die Folie war aus stabilem Material, wie man es auf dem Bau verwendete. Möglicherweise war sie hier im Schuppen gefunden und verwendet worden. Auch auf ihr wurden Spuren gesichert. Der Befall der Leiche mit Insekten hielt sich in Grenzen – dafür hatte die Folie gesorgt. Sie war aber auch der Grund für den pestilenzialischen Verwesungsgestank; der tote Körper konnte unter ihr regelrecht schwitzen.

Der Tote war vollständig bekleidet, er trug ein weißes Hemd, eine Jeanshose mit auffälligem Gürtel und Schnürschuhe. Die Verwesung war schon einigermaßen fortgeschritten, auf die Liegezeit wollte sich der junge Rechtsmediziner ebenso wenig festlegen wie auf eine Todesursache. Denn, und hier wechselten Frank Hölbing und Doro Alberti vielsagende Blicke, der Tote wies keinerlei Schussverletzung auf.

Dafür entdeckten sie etwas anderes, während sie dem Arzt bei seiner Arbeit zusahen: Auf dem rechten Unterarm befand sich eine Nummer: 75A/3209.

»Sieht eher nach Kugelschreiber als nach einer Tatauierung aus«, erklärte der Arzt, als sie ihn danach fragten. »Ein Tattoo wäre dunkler, außerdem ist die Farbe hier oberflächlich und nicht in die Dermis eingedrungen, sehen Sie?«

Hölbing sah nichts, nickte aber. Er vertraute dem Medizinmann, zumal es genauere Ergebnisse geben würde, wenn der Tote erst einmal auf dem Edelstahltisch lag. Was ihn viel mehr interessierte, war die Bedeutung der Zeichenfolge.

»Was kann das sein?«, fragte er seine Kollegin, nachdem er die Nummer in sein Notizbuch geschrieben hatte.

»Ich habe keine Ahnung«, sagte sie, ohne ihren Blick dabei von dem Toten abzuwenden. Auch sie schien angestrengt nachzudenken. Hölbing maulte kurz und ging nach draußen, wo er sein Handy dazu befragte, was es mit dem Code anfangen könne. Doch bei Google erhielt er auf den ersten Blick nur unbrauchbare Ergebnisse. Zum Beispiel die Adresse von Anne Stensrud im Haneholmveien 75A in 3209 Sandefjord, Norwegen. Oder den

Eintrag in einem Portal für Schönheitschirurgie. Dort wurde auf Seite 3209 die Frage erörtert, wie viel Milliliter man braucht, um von Körbchengröße 75 A auf 75 C zu kommen. Gleichermaßen fasziniert wie missgelaunt brach er die Suche ab.

Doro Alberti kam aus dem Schuppen. Sie wischte sich mit dem Taschentuch das stark riechende Erkältungsmittel von der Oberlippe.

»Unser Toter ist Linkshänder«, sagte sie. »Es sei denn, ein anderer hat diese Ziffernfolge auf seinen Arm geschrieben.«

»Ein guter Punkt«, meinte Hölbing. »Aber zu viele Abers. Wichtiger wäre erst einmal, herauszukriegen, was die Ziffern zu bedeuten haben.«

Sie riefen sich ein paar Stichworte zu, die sie rasch wieder verwarfen. Allerdings könnte ein Bankschließfach mit hoher Wahrscheinlichkeit zu dem Code passen.

Plötzlich schlug sich Frank Hölbing mit der flachen Hand vor die Stirn.

»Doro!«, rief er aus und packte seine Kollegin am Unterarm. »Das ist es. Wir haben es die ganze Zeit vor der Nase und sehen es nicht.«

Sie kniff die Augen zusammen.

»Wir haben uns vom Fundort irritieren lassen. Wir sind davon ausgegangen, dass eine Leiche auf dem Grundstück eines Vermissten auch der Vermisste sein muss.«

Alberti nickte vorsichtig.

»Mensch, das ist Detlef Hahn. Überleg doch mal, das passt doch alles.«

»Ja«, dämmerte es nun auch ihr. »Hahn ist vor zwei Wochen verschwunden. Aus Mund und Nase unseres Toten hier sind schon Körperflüssigkeiten ausgetreten. Das könnte von der Zeit der Verwesung her hinkommen.«

»Genau! Dazu passt, dass er keine äußerlich sichtbaren Verletzungen aufweist.«

»Und das auf seinem Arm ist das, was die Täter gesucht haben, als sie Hahns Leiche raubten.«

»Bingo!«, rief Hölbing begeistert. »Damit wird die Theorie vom Bankschließfach immer wahrscheinlicher. Wir fahren nachher noch bei der Geno-Bank vorbei und schauen uns dieses Schließfach an.«

»Ohne Gerichtsbeschluss?« Alberti verzog skeptisch den Mund.

Hölbing verdrehte die Augen.

»Na, wenigstens sollen die uns sagen, ob der Mieter Hahn heißt.«

»Wollen wir los?«, fragte Alberti.

»Viel Neues werden wir hier nicht mehr erfahren«, sagte Hölbing und machte mit dem Arm eine den ganzen Garten umfassende Geste.

»Denke ich auch«, stimmte Alberti zu. »Außerdem haben wir eine Menge neuer Aufgaben.«

»Richtig. Du setzt dich bitte mit Hahns Witwe in Verbindung. Ich kann die nicht ausstehen. Wenn die Jungs in der Rechtsmedizin den Toten frisch gemacht haben, soll sie sich ihn ansehen.«

»Willst du ihr den Anblick wirklich zumuten?«

»Ja.« Hölbing zeigte keinerlei Regung. »Außerdem muss einer Frau Eisel beibringen, dass ihr vermisster Mann ebenfalls tot ist. Ihr Frauen seid da immer so einfühlsam.«

»Du Schleimer.« Doro Alberti seufzte. Dann schloss sie den Wagen auf.

»Komm, mach schnell«, sagte Hölbing plötzlich und flitzte um das Auto herum. »Da vorne kommt Hartmann von der Rundschau. Mit dem will ich nicht auch noch quatschen müssen.«

Der Polizeireporter war gerade an der Absperrung vorbei und kam mit ausholenden Schritten durch die Heynestraße.

Alberti legte den Gang ein und fuhr los. Dass der Reporter ihnen Zeichen zum Anhalten gab, übersahen sie beide. Der würde sich an Rattmann wenden müssen.

## 27

Wäre es nach Peter Hartmann gegangen, hätte die Küche einen großen frei stehenden Arbeitsplatz mit integriertem Herd gehabt. Auch eine Bar wäre nicht schlecht. Aber Anette – auch in diesen Fragen zweifellos die Vernünftigere der beiden – hatte argumentiert, dass dann die Küche größer ausgefallen wäre als das Wohnzimmer. Außerdem sollte auch Maria noch ein großzügiges Jugendzimmer erhalten. Nun war Maria längst aus dem Haus, und die Küche war ziemlich konventionell geblieben, sah man mal von dem barähnlichen Frühstücksplatz ab.

Dennoch: Immerhin waren die Arbeitsflächen groß genug, dass Hartmann seine vorbereiteten Platten und Schüsseln abstellen konnte. Er kochte gerne, war aber nicht unbedingt begnadet im Improvisieren. Er benötigte Anleitungen. Doch für einen gemütlichen Männerabend auf der Terrasse brauchte es gar nicht so viel.

In fünf Minuten würde er die Ciabatta-Stange aus dem Backofen nehmen können. In zehn Minuten würde Sternberger erscheinen. Die Platten mit den italienischen Antipasti sahen gut aus, er hatte auch an verschiedene Sorten Salami gedacht, darunter welche vom Wildschwein und richtig fette mit Anis gewürzte. Parmaschinken lag gemeinsam mit Scheiben von der Honigmelone auf einem gesonderten Teller. In kleinen Schüsselchen warteten Oliven und Kirschpaprika mit Frischkäsefüllung. Auch der spezielle Hartmann'sche Tomatensalat, der mit der Spur Thymian, fehlte nicht. Natürlich passte dazu ein kühler italienischer Weißwein. Für sich selbst hatte er auch schon eine Flasche im Kühlschrank deponiert. Ungeachtet des kleinen Stilbruchs wartete dort auch Sternbergers Lieblingsbier.

»Hallo, Cowboy«, begrüßte er wenig später seinen Freund und hieb ihm auf die Schulter.

Sternberger sah wieder aus, als wäre er geradewegs zum Country-Fest unterwegs. Schwarze Jeans, ein Gürtel mit einer gewaltigen Schließe in Form eines Büffel-Totenkopfes, ein rot kariertes Holzfällerhemd und eine schwarze Lederweste darüber.

»Wo ist dein Sheriffstern?«, fragte Hartmann und klopfte mit dem Fingerknöchel auf die Weste.

»Ich komm in friedlicher Absicht«, dröhnte Sternberger und grinste.

»Komm, du kannst mir gleich helfen, das Essen rauszutragen. Das wollte ich wegen der Fliegen noch nicht auf die Terrasse stellen.«

»Du sollst dir doch nicht immer solche Mühe geben. Von Essen war doch gar keine Rede«, wehrte Sternberger ab.

Hartmann, der schon in der Küche war, rief über die Schulter: »Ist auch nur eine Kleinigkeit. Brauchst nicht auf ein T-Bone-Steak zu hoffen.«

»Wow«, sagte Sternberger mit Blick auf die Platten und Schüsseln. »Das sieht ja lecker aus.«

»Nicht wahr? Für einen kleinen Snack nicht übel.« Gut gelaunt ob des Lobes öffnete Hartmann den Kühlschrank und hielt Sternberger eine Flasche Bier hin. »Mit Glas?«, fragte er.

»Du, heute, wo Anette nicht da ist, trink ich es auch gerne aus der Flasche.«

»Das kannst du auch mit Anette haben.«

»Ich weiß nicht, da empfinde ich das immer als unhöflich.«

Die Männer stellten die Leckereien auf den Tisch und prosteten sich zu – mit Bier und mit Wein.

»Sag mal«, begann dann Sternberger noch mit halb vollem Mund, »so einem Sonderberichterstatter scheint es richtig gut zu gehen.«

Hartmann runzelte die Stirn.

»Na, so früh am Abend so auftafeln zu können. Ich als verarmter Wirtschaftsredakteur hätte nicht mal die Zeit gefunden, das ganze Zeugs hier einzukaufen. Mal abgesehen von deinem Wissen um die Zusammenstellung.«

»Lass mal«, winkte Hartmann ab. »Dafür war ich gestern Abend bis halb elf in der Redaktion.«

Sternberger verzog den Mund und nickte zustimmend.

»Ja, ich habe den Riesenbeitrag gelesen.«

»Na ja, war schon heftig. Aber immerhin wissen wir jetzt, wer der Tote aus dem Wald ist und wo Hahns Leiche die ganze Zeit verbuddelt war.«

Sternberger lehnte sich zurück und leckte sich ein wenig Öl von den Fingern der rechten Hand.

»Das war richtig lecker«, lobte er erneut. »Und hast du inzwischen eine Ahnung, warum man den Toten bei Eisel abgelegt hat?«

»Zum Schreiben ist das noch nichts. Aber ich hab da so eine Ahnung, dass der Eisel selbst das war. Wenn Hahn nicht eines natürlichen Todes starb und da auch kein Polizist nachgeholfen hat, dann könnte Eisel der Täter gewesen sein.«

Sternberger nahm einen Zug von seinem Bier.

»Und dann musste Eisel sterben, weil er Hahn umgebracht hat?«

»So ungefähr könnte es gelaufen sein.«

»Und der Mörder von Eisel schafft ihn gleich richtig weit weg und karrt ihn nach Saalfeld.«

»Möglich.«

»So richtig überzeugt scheinst du von deiner Theorie aber nicht zu sein …«

»Na ja«, machte Hartmann und spießte mit seiner schon schinkengespickten Gabel ein Stück Melone auf. Er zeigte damit auf Sternberger. »Ich denke, da steckt so was wie Menschenhandel dahinter.«

»Die russischen Mädchen?«

»Weißrussische, Frank. Aus Weißrussland kommen die.«

»Ist doch egal.«

»Vielleicht. Überall, wo ich recherchiere, stoße ich auf Weißrussen. Eisel ist wahrscheinlich der Mann, der bei der Übergabe der letzten ›Lieferung‹ erschossen wurde. Hat er vorher Hahn erledigt, dann könnte das so eine Art Revierkrieg im Rotlichtmilieu sein.«

»Aber da sind doch keine Kraftfahrer und Fuhrunternehmer die Strippenzieher.«

»Eben. Ich vermute, die sind Handlanger der weißrussischen Mafia.«

»Und ihr Tod so was wie ein Kollateralschaden?«

»Genau wie der der beiden Bestatter.«

»Mann, und wie willst du da rankommen?«

Hartmann stand auf und ging ins Wohnzimmer. Als er zurückkam, hatte er eine Flasche Laphroaig 18 und zwei große Whiskygläser in der Hand.

»Verdammt gutes Stöffchen«, staunte Sternberger.

»Eis zum Scotch nimmst du ja nicht.« Hartmann formulierte es vorsichtig. Bei Sternberger, der ein wirklicher Kenner war, konnte man nie wissen.

»Von den zwei Dingen, die ich am liebsten nackt mag, ist Scotch das andere«, dozierte Sternberger und musste eine Weile warten, bis die Pointe bei Hartmann angekommen war und dieser trocken auflachte. »Obwohl du mit deinem fragenden Unterton gar nicht so falschliegst. Laphroaig reift in den Fässern aus Weißeiche, die vorher für die Lagerung von Bourbon genutzt werden. Deswegen nehmen viele Scotch-Trinker zum Laphroaig ein wenig Eis. Andererseits gilt es ja längst nicht mehr als Stilbruch, Eis in den handwarmen Scotch zu geben. Du solltest mal beobachten, wie sich dabei die Flüssigkeit verändert.« Sternberger schmatzte beinahe schon beim Reden vor lauter Genuss. Er trank rasch den Rest seines Bieres aus und beobachtete dann Hartmann beim Einschenken. Das Thema des Gesprächs hatte er nicht vergessen.

»Wie willst du da rankommen?«, nahm er den Faden wieder auf.

»An den Laphroaig? Ach, den gab's bei Globus im Angebot«, antwortete Hartmann.

»Verarsch mich nicht, Peter!«

»Doch, wenn ich es dir sage. Hat nicht mal fünfzig Öcken gekostet.«

»Wie du an die Mafia rankommen willst«, wiederholte Sternberger mit leicht gedämpfter Stimme.

Hartmann schwieg und schwenkte den Whisky im Glas. Nach einer Weile sagte er: »Ich weiß gar nicht, ob ich da rankommen will.«

Sternberger nickte.

»Kann ich nachvollziehen«, pflichtete er dem Freund bei.

»Zumindest hier in Thüringen will ich mich nicht so weit vorwagen. Vielleicht könnte man über ein Journalistennetzwerk an weißrussische Kollegen kommen, die dort mal die Fühler ausstrecken können.«

»Oder auch an deutsche Kollegen«, ergänzte Sternberger. »Ich hab mal so eine Reportage über den Babystrich an der Europastraße nach Tschechien gesehen. Ist aber schon eine Weile her.«

»Könnte auch funktionieren«, sinnierte Hartmann. »Denn ich habe mal gelesen, dass Menschenhandel und Prostitution genauso funktionieren wie ein Wirtschaftsunternehmen.«

Sternberger gluckste. »Jetzt komm mir nicht mit der Ressortnummer.«

»Welcher Ressortnummer?«

»Na, dem neuesten Spleen von Grieshaber. Muss dir doch Böhnke erzählt haben, wurde doch schon in der Ressortleiterberatung rauf- und runterdekliniert.«

»Ich hab schon über eine Woche lang an keiner Redaktionssitzung mehr teilgenommen. Du weißt doch …«, Hartmann malte mit den Fingern Anführungszeichen in die Luft. »Sonderberichterstatter. Ich bin nur noch Grieshaber direkt unterstellt.«

»Da wundert es mich fast, dass er sich nicht direkt mit dir beraten hat«, frotzelte Sternberger.

»Na, rück schon raus mit der Sprache«, forderte Hartmann.

Sternberger setzte sich bequem zurecht und streckte die Beine aus. Fast hatte es den Anschein, als suche er nach etwas, worauf er seine Füße legen könnte.

»Grieshaber spielt mit dem Gedanken, die Ressorts aufzulösen.«

»Aufzulösen?« Hartmann wurde ungewollt lauter. Er saß plötzlich kerzengrade da. »Diese Modeerscheinung von Newsdesk und dem ganzen Kram? Großraumbüros?«

Sternberger schüttelte den Kopf. »Sagen wir, die kleine Version vom großen Zeitgeist. Er will aus jedem Ressort ein bis zwei Kollegen abziehen, die Seitendienst machen sollen. Alle anderen kommen in einen Reporterpool, dessen Chefreporter die Kollegen für die einzelnen Themen einteilt. Die Ressortleiter beschäftigen sich dann nur noch mit der Themenplanung für ihre Seiten und bedienen sich sozusagen aus dem Reporterpool. Sogar kleine Recherchetearns lassen sich so zusammenstellen, sagt Grieshaber, damit die Ressortchefs zustimmen.«

»So ein Quatsch!« Hartmanns Empörung war nicht gespielt. »Wie viele seid ihr denn noch in der Wirtschaft? Vier! Nun stell dir vor, er zieht zwei ab als Blattmacher und dein Chef setzt nur noch die Themen. Du sollst dann als Einzelner in den Reporterpool?«

»Ich alleine oder zwei Kollegen, je nachdem ob er einen oder zwei zum Seitendienst einteilt.«

»Gut. Und wie will er da Teams einteilen? Dann machst du oder macht ihr die Themen für die Wirtschaft alleine. Stell dir vor, er würde jetzt ein Team für die Morde zusammenstellen – wer soll dann noch über die Wirtschaft schreiben? Oder du bist im Urlaub? Das ist doch alles eine Milchmädchenrechnung.«

»Reg dich doch nicht auf, er stellt es doch erst mal nur zur Diskussion. Und die Ressortleiter geben ihm schon Feuer, zumindest meiner.«

»Na, glaubst du, Böhnke lässt sich seine Landesredaktion zerpflücken?«

»Siehst du. Immer hübsch abwarten.«

»Abgesehen davon könnte ich jetzt einen wie dich im Team brauchen, einen Wirtschaftsspezialisten für die Mafia.« Hartmann grinste Sternberger an.

»Also ganz ehrlich gesagt, mir ist es tausendmal lieber, drei Stunden auf einer Bilanz-Pressekonferenz zu sitzen, als mir am Ufer der Ilm den Arsch in Nachbarschaft einer Wasserleiche abfrieren zu müssen. Bei der Bilanz-PK gibt es im Übrigen auch die besseren Getränke. Und Schnittchen.«

Jetzt feixte Sternberger.

»Das war nicht am Ufer der Ilm, das war mitten im Wald. Den Arsch habe ich mir trotzdem abgefroren. Aber überleg es dir: Laphroaig gibt es nur in meinem Team.«

Sie hoben die Gläser und prosteten sich zu.

»Da fällt mir ein«, sagte Sternberger nach einer Weile, »dass ich dir vielleicht doch helfen kann. Ich kenne nämlich einen Weißrussen in Riedburg. Genauer gesagt, eine Weißrussin.«

Hartmann beugte sich vor.
»Sag!«
»Tasha Bazooka.«
»Die Designerin?«
»Oh, du kennst sie?«, staunte Sternberger.
»Kennen ist zu viel gesagt. Sagen wir mal so, ich habe just an dem Tag, als Hahn auf der Strecke blieb, eine Pressekonferenz mit ihr sausen lassen. Aber ich denke, sie ist Engländerin?«
»Tasha Bazooka ist die, nun, sagen wir, etwas phantasievolle Übertragung ihres ursprünglichen Namens. Geboren wurde sie als Natallja Bazjukou.«
»Woher weißt du das?«
»Tja, mein Lieber. Die Design- und Modebranche gehört ins Wirtschaftsressort. Und gemerkt habe ich mir ihren Geburtsnamen, weil die von ihr gewählte englische Form so durchgeknallt ist, dass jedermann denken muss, es handele sich dabei um einen Künstlernamen.«
»Genau das habe ich auch gedacht. Aber ich dachte ja auch, die Glitzer- und Glamourwelt ist Sache von unserem Unterhaltungs-Chef.«
»Das hätte der gerne!« Sternberger lachte auf. »Nein, nein, das haben wir uns schon lange unter den Nagel gerissen. Und da gibt es wirklich tolle Termine.«
»Mag ja sein. Aber noch mal zu dieser Tasha. Wieso ist die keine Engländerin?«
»Na, eigentlich schon. Das ist die Tochter weißrussischer Auswanderer. Dann hat sie in London eine bekannte Designschule besucht und ist nach ihrem Abschluss nach Deutschland gekommen.«
»Und ausgerechnet im beschaulichen Riedburg gelandet.«
»So toll ist sie nun auch wieder nicht. Aber sie sieht gut aus.« Sternberger machte ein träumerisches Gesicht.
»Ich weiß, ich hab die Bilder in der Pressemappe gesehen.«
»Wieso solltest eigentlich du zu dieser Pressekonferenz?«
»Ach weißt du, das war ein Sparkassentermin, bei dem sie als ›Botschafterin für die Riedburger Kinderhilfe‹ vorgestellt werden sollte.«

»Was ist denn das?«

»Ein Ableger der Tafeln. Kostet aber Geld, und da hat die Sparkasse wohl ein paar tausend Euro pro Jahr zur Verfügung gestellt.«

Sternberger grinste. »Also die Tasha als Vorzeigepüppchen für Sozialklimbim.«

»Na ja, Sozialklimbim würde ich das nicht gerade nennen. Wenn du einmal die Augen der Kinder bei einer Weihnachtsfeier der Tafel gesehen hättest …«

»Hast du?«

»Mehr als einmal. Ich glaub sogar, dass es in unserer Stadt nicht wenig Kinder gibt, die richtig hungern.«

»Ach, Peter, jetzt geh denen nicht auf den Leim. In unserm Land muss niemand hungern.«

»Ja, wenn das Geld, das die Armen kriegen, auch bis zu den Kindern kommt.«

Sternberger nippte an seinem teuren Whisky. »Hm. Das ist natürlich denkbar.« Nach einer Pause setzte er hinzu: »Noch ein Grund, die Ressorts nicht aufzulösen. Ich bleibe lieber bei meinen Designerinnen und den Schnittchen zur PK. Du gehe mal schön zu deinen Leichen und zur Tafel.«

# 28

»Gottlieb Werner Nachf.« stand erhaben auf der Stuckbanderole über der Hofeinfahrt. Eine schmale Einfahrt nur, aber sie war noch original erhalten. Das Gebäude selbst war ein schon etwas heruntergekommener Klinkerbau aus den Gründerjahren. Historismus nannte man diese Form der Backsteingotik, wenn Hartmann richtig aufgepasst hatte.

Prächtige große Bogenfenster, Ziergiebel und aufwendig gemauerte Gesimse schmückten die Fassade, zu der er gerade emporsah. Hätte man sie ordentlich sandgestrahlt und die Fensterrahmen schneeweiß gestrichen, würde auch der alte Glanz wieder auferstehen, dachte er. Andererseits hätte vermutlich schon der Strahl eines Hochdruckreinigers ausgereicht, die maroden Fenster einfach herauszureißen. Die Heizkostenrechnung eines solchen Baus musste immens hoch sein.

Auf dem Innenhof klappte ihm dann vor Staunen gänzlich der Unterkiefer runter. Ein wunderschöner Laubengang zog sich wie eine Girlande um das erste Stockwerk. Leider war auch hier das Holz in einem erbarmungswürdigen Zustand. Sanierungsnotstand, musste man schon sagen. Die Besitzerin schien zu wenig Gewinn aus dem Unternehmen zu schöpfen, als dass sie den Bau erhalten konnte. Kein Wunder, die Strickindustrie in Mittelthüringen war nach der Wende komplett zusammengebrochen. Ein Wunder war höchstens, wie sich solche Buden noch halten konnten.

Tasha Bazooka hatte sich ganz schön geziert, bevor er einen Termin bei ihr ergattern konnte. Vielleicht hätte er sie im Ungewissen lassen sollen, was den Inhalt der Recherche betraf. Aber er musste ja sagen, dass es sich mehr um etwas Persönliches handelte. Und nein, nicht um eine Privat- oder Homestory. Das hatte sie zögern lassen, sodass er eine gehörige Portion Charme und Überredungskunst in die Waagschale werfen musste, um doch noch zum Zuge zu kommen.

»Kommen Sie morgen Nachmittag«, hatte Tasha Bazooka

schließlich vorgeschlagen. Gegen sechzehn Uhr seien an einem Freitag die meisten Angestellten schon gegangen, die Maschinen stünden still, und sie sei in ihrem Atelier ganz allein. Da hatte sie nicht unrecht. Auf dem Hof zumindest war es so still, dass er die Spatzen hörte, die sich draußen in den Straßenbäumen balgten.

Im Inneren der Fabrik sah die Bausubstanz ähnlich sanierungsbedürftig aus wie von außen. Die Treppenstufen waren ausgetreten und knarrten, vom alten, ehemals weißen Geländer mit den kunstvoll gedrechselten Stäben und dem dunkelroten Handlauf blätterte die Farbe ab – die vom ersten Anstrich, wie man sehen konnte, da darunter das blanke Holz zum Vorschein kam. Und die Wände in Lindgrün hatten einen hüfthohen Ölsockel. Die Treppe wand sich um den augenscheinlich solidesten Teil des Gebäudes, den imposant großen Schacht eines alten Lastenaufzuges mit Scherengittern. Vermutlich auch noch die Erstausstattung der Fabrik.

Wie beschrieben bog er im ersten Stock in den rechten Flur ab. Auf alten Emaille-Schildern, die sorgsam mittig der Türen angeschraubt waren, konnte man die zumindest ehemalige Funktion der Räume ablesen. »Kontor« stand da und »Fakturierung«. Das »Garnlager« schien gleich mehrere Räume einzunehmen. »Sekretariat« und »Direktor« folgten. Die Designerin der Werner'schen Strickfabrik residierte in dem Raum, an dem »Zuschnitt I« stand. Weil auf sein Klopfen niemand reagierte, trat Hartmann ein.

Es war ein großer heller Saal, in dem die Designerin arbeitete. Das lag an dem großzügigen Fenster, das sich beinahe über die gesamte Zimmerbreite erstreckte. Die eng gerasterten Sprossen gaben ihm ein filigranes Aussehen, aber der Fensterputzer würde es schwer haben. Mehrere große Tische, auf denen scheinbar wahllos Skizzen und Entwürfe, Stoffe und Schnitte, diverse Stifte, Scheren, Lineale und Maßbänder ausgebreitet waren, standen unter dem Fenster. An der linken Stirnseite fand sich ein annähernd senkrecht stehendes Reißbrett wie für Architekten, davor stand eine Art hochbeiniger Barhocker auf Rädern. Kaum vorstellbar, dass in diesem großen Raum nur ein einzelner Mensch arbeitete.

Von diesem war allerdings nichts zu sehen.

Hartmann, der kaum zwei Schritte in den Raum hineingegangen war, wollte sich gerade wieder entfernen, als er das Klackern von Absätzen auf dem Flur hörte. Er verharrte einen Moment, da ging die Tür auch schon auf.

Herein kam eine ziemlich kleine Frau, die er vom Äußeren her nicht für eine Designerin gehalten hätte. Über ihre schwarzen Strumpfhosen – oder waren es Leggings? – hatte sie ausgefranste Jeans-Shorts gezogen, auf ihrem ärmellosen Schlabbershirt aus einem undefinierbaren Grau waren Klebstoffreste, und es schien auch sonst lange nicht gewaschen worden zu sein.

»Tasha Bazooka«, sagte sie und streckte ihm eine Hand hin. »Sorry fürs Warten, ich war nur mal rasch auf der Toilette.«

Ihre Hand fühlte sich feucht an. Hartmann hoffte, dass das nur vom Händewaschen war. Er hasste es, Menschen mit Handschweiß begrüßen zu müssen.

»Peter Hartmann«, sagte er. »Ich freue mich, dass Sie es möglich gemacht haben.«

Sie wies auf einen alten Nierentisch, der über und über mit Farbe bekleckert war, und zwei Polstersessel mit hölzernen Armlehnen, die ebenfalls aus den sechziger oder siebziger Jahren zu stammen schienen.

»Setzen wir uns doch«, lud sie ihn ein. »Sie haben am Telefon sehr geheimnisvoll getan.«

Auf dem Tisch standen ein voller Aschenbecher, eine halb gefüllte Kaffeekanne und ein paar schmutzige Tassen.

»Möchten Sie einen Kaffee?«, fragte sie. »Ich habe auch saubere Kaffeetassen.« Offensichtlich hatte sie seinen Blick bemerkt.

Hartmann lehnte höflich ab, akzeptierte aber ein Glas Wasser. Tasha Bazooka sah aus wie ein halbherzig domestizierter Punk mit Gothic-Einschlag. Sie hatte schneeweiße Haut und rabenschwarze lockige Haare mit leuchtend orange eingefärbten Strähnen, die sie mit Nadeln auf dem Hinterkopf festzuhalten versuchte. Sie war in kräftigen, aber düsteren Farben geschminkt, und ihre violett angemalten Lippen wurden von zwei dicken Piercingringen durchbohrt. Piercings schmückten auch die Nasenflügel, während sie um ihren zarten Hals eine mit einem Gummiband gehaltene gepunktete Fliege gebunden hatte.

»Nun, das ist tatsächlich eine vertrauliche Angelegenheit, die mich zu Ihnen geführt hat, Frau Bazooka.« Er kam sich albern vor, ihren Namen auszusprechen, aber sie nahm es hin, ohne mit der Wimper zu zucken.

»Hoffentlich wollen Sie keine Betriebsgeheimnisse von mir wissen«, versuchte sie es mit einem Scherz.

»Sicher nicht.« Hartmann wollte nicht mit der Tür ins Haus fallen, deswegen verstrickte er die junge Frau zunächst in ein Gespräch über ihre Herkunft.

»Wofür brauchen Sie das?«, fragte sie misstrauisch.

»Ich will einen Beitrag über das Leben von Weißrussen im Ausland schreiben. Wie sie sich integrieren, wie sie mit der fremden Kultur zurechtkommen, wie sie möglicherweise eigene kleine Gemeinden bilden.« Das war gelogen, zugegeben, aber es war auch nicht so weit weg von der Wahrheit. »Die meisten Zeitungsbeiträge zur Integration beschäftigen sich ja derzeit mit Kriegsflüchtlingen. Ich will von den normalen Menschen erzählen.«

»Da fragen Sie die Falsche«, sagte Bazooka schnell.

Hartmann zog die Augenbrauen hoch.

»Sehen Sie, meine Eltern sind aus Weißrussland ausgewandert, als Lukaschenka an die Macht kam. Das ist jetzt aber auch schon wieder zwanzig Jahre her. Sie taten gut daran, wie man heute weiß. Ich selbst war damals noch ein Kind, ich habe diese Entwicklung gar nicht bewusst gesteuert.«

»Sie sind in London aufgewachsen, kann man über Sie lesen.«

»Deswegen kann ich auch nur wenig zu dem Thema beitragen. Ich fühle mich mehr als Europäerin, nicht als Weißrussin. Im Übrigen sind meine Vorfahren auch erst aus Russland eingewandert. Sie sehen – in Sachen Kultur und Tradition kann ich Ihnen überhaupt nichts sagen.«

»Leben dort noch Verwandte von Ihnen?«, setzte Hartmann unbeirrt nach.

»Nein.«

Sie musste keine Sekunde überlegen. Die Antwort kam zu schnell, um wahr zu sein, dachte Hartmann.

Sie hatte sich aufrecht und ganz vorn auf die Sesselkante gesetzt. Ihre ganze Körperhaltung drückte aus, dass sie dieses

Gesprächsthema lieber vermeiden würde und dass sie Hartmann nicht über den Weg traute.

»Schade, ich wüsste gerne mehr über Ihr Heimatland.«

»Schauen Sie im Internet nach, lesen Sie einen Reiseführer, fahren Sie hin«, schlug sie ihm mit schnippischem Unterton vor. »Verzeihung, ich wollte nicht unhöflich sein«, setzte sie schnell hinzu, als sie die aufkommende Entrüstung in seinem Blick sah.

»Sie wissen genau, dass ein Deutscher nicht einfach nach Weißrussland fahren kann«, sagte Hartmann leicht verärgert.

»Lassen Sie sich von einem Kollegen einladen.«

»Kennen Sie welche?«

»Sie meinen Journalisten?«

»Ja.«

Sie tat, als überlegte sie, doch dann schüttelte sie nur den Kopf.

Ich muss konkreter werden, dachte er. Entweder nahm sie ihm den kulturlastigen Integrationsbeitrag nicht ab, oder sie wollte nichts mit den Medien zu tun haben. Wobei er ihr Letzteres nicht abnahm. Zum einen wegen ihres Berufs, zum anderen wegen ihres Engagements für sozial Benachteiligte. Obwohl es nicht das erste Mal wäre, dass jemand ein solches Engagement nur vorschob, um Publicity für sich selbst zu erreichen. Egal, das war nicht sein Thema.

»Lassen Sie mich nicht ganz umsonst gekommen sein«, bettelte er. »Sie sagten, dass Ihre Eltern wegen Lukaschenko auswanderten. Ihrem Präsidenten wird ja oft vorgeworfen, das Land in eine Isolation getrieben zu haben.«

»Lieber Herr Hartmann, das ist nicht *mein* Präsident. Ich habe eine doppelte Staatsbürgerschaft. Ich bin Bundesbürgerin mit britischem Pass. Also kommen Sie mir nicht mit Lukaschenka.«

»Sehen Sie, da fangen die Klischees und Irrtümer schon an. Mir wurde zum Beispiel auch gesagt, dass sich viele Ihrer … ehemaligen Landsleute illegal in Thüringen aufhalten.«

»Davon weiß ich nichts. Das ist Sache der Behörden.«

Wieder kam die Antwort sehr schnell, registrierte Hartmann. Das Thema war ihr unangenehm, er würde ganz schön bohren müssen. Nur nicht den Bogen überspannen, sagte er sich, sonst fliegst du hier ganz schnell raus.

»Schon. Aber wo die Behörden selbst versagen, werden sie mir auch keine Auskunft geben. Zum Beispiel wenn sie des Problems nicht Herr werden. Oder eine dünne Personaldecke keine effiziente Kontrolle zulässt. So etwas würde eine Behörde nur ungern in der Zeitung lesen.«

»Und ausgerechnet dabei erhoffen Sie sich von mir Hilfe?« War da ein spöttischer Unterton zu hören?

»Ich hoffte, Sie kennen vielleicht ein paar Landsleute, ähm, ehemalige Landsleute, die mir weiterhelfen könnten.«

»Ich habe keinen Kontakt zu Weißrussen hier in Deutschland.«

Sie stand auf. Für sie schien das Gespräch zu Ende zu sein. Hartmann blieb sitzen.

»Tja«, sagte er scheinbar resigniert, »das ist dann natürlich Pech für mich. Aber erlauben Sie mir eine letzte Frage.«

»Ja bitte.«

»Wir sprachen vorhin über Journalisten. Und auf meine Frage, ob Sie welche kennen, überlegten Sie eine Weile. Können Sie bitte noch mal darüber nachdenken? Es wäre mir wirklich sehr wichtig. Sehen Sie, was die Illegalen betrifft, da gibt es konkrete Hinweise ins Rotlichtmilieu. Und Sie wollen sicherlich nicht, dass Ihre ehemaligen Landsleute«, diesmal legte er auf das Wort »ehemalige« eine besondere Betonung, »auf diese Weise in Misskredit gebracht werden.« Er zog eine Visitenkarte aus seiner Hemdtasche und stand nun auch auf. »Wenn Ihnen also doch noch etwas einfallen sollte … Sehen Sie, der Kontakt zu einem mutigen Journalisten aus Minsk, der sich nicht einschüchtern lässt und der auch Erfahrungen mit verdeckten Recherchen hat, würde mir schon sehr weiterhelfen.«

Er reichte ihr die Visitenkarte und gab ihr zum Abschied die Hand. An der Tür drehte er sich noch einmal um und umfasste mit einer weit ausholenden Armbewegung ihren Arbeitsraum.

»Ach ja. Schön haben Sie es hier. Das muss eine sehr inspirierende Arbeitsatmosphäre für einen kreativ Schaffenden sein. Und das meine ich durchaus aufrichtig. Ich bewundere so was immer.«

Sie lachte.

»Warten Sie«, rief sie ihm hinterher, als er die Tür schon von außen wieder zuziehen wollte.

Ja! Er jubelte innerlich. Sie würde ihm doch helfen. Er drehte sich um und bemühte sich, ein vollkommen neutrales Gesicht zu wahren.

»Kommen Sie rein und machen Sie die Tür zu«, forderte sie ihn auf. Dann trat sie dicht an ihn heran. »Was Sie da gerade gesagt haben, über den Wunsch nach einem Kontakt nach Minsk …«

»Ja?« Er frohlockte.

»Hören Sie, Mann, ich kenne Sie nicht, aber Sie scheinen auch relativ furchtlos zu sein. Dort, wo ich geboren bin, könnte ein Journalist schon für eine solche Frage ins Gefängnis wandern. Deswegen glaube ich nicht, dass ich Ihnen irgendwie helfen kann. Aber auch hier, hier in Deutschland, hier in Riedburg, ist das Thema brandheiß. Als deutscher Journalist werden Sie das nicht wissen, aber Sie begeben sich mit solchen Fragen in Gefahr. In eine große Gefahr. Und, verstehen Sie mich bitte nicht falsch, ich sage das nicht, um Ihnen zu drohen, ich sage das, um Sie zu warnen. Das ist wie, wie …« Sie suchte nach einem Vergleich. »Das ist, wie mit der Hand in ein Wespennest zu greifen. Es wird nicht reichen, wenn Sie die Hand wieder herausziehen, verstehen Sie? Die Wespen werden Sie verfolgen. Die Wespen werden Sie jagen und stechen. Und wenn Sie dann nicht schnell genug sind, kann es auch sein, dass die Wespen Sie töten werden.«

Hartmann überzog ein Schauer. Auch wenn das Ganze etwas theatralisch klang, er bekam eine Gänsehaut. Wollte Bazooka sich nur aufspielen, ihn von dem Thema abbringen? Oder wusste die Designerin viel mehr, als sie zugab?

# 29

»Du weißt, dass ich das nicht mag.«

»Du keifst wie ein altes Waschweib. Füg dich doch mal und sei ganz entspannt. Dir wird ganz sicher niemand etwas tun.«

Hartmann stiefelte durch die Küche wie ein Tiger im Käfig. »Mein Magen meldet sich schon wieder«, quengelte er. »Sag doch einfach, wer das ist, und gut.«

Seine Frau Anette, die gerade Zwiebeln schnitt, wischte sich mit dem Handgelenk übers tränende Auge. »Nimm dir einen Jägermeister aus dem Eisschrank, das entspannt. Auch deinen Magen.«

»Du machst mich verrückt, du kannst stur sein wie ein Panzer.« Demonstrativ holte er sich ein kleines Schnapsglas aus dem Schrank und goss sich einen ein.

»Braver Junge«, sagte sie und lächelte verschmitzt.

Er grummelte. Den ganzen Tag lang hatte sie ihn hingehalten. Ihre »Kurschättin« wollte sie ihm heute vorstellen. Ein paar zwanglose Happen auf der Terrasse, ein Glas Wein, und das war's auch schon, hatte sie gesagt. Die musste es seiner Frau mächtig angetan haben, dachte sich Hartmann.

Er war unzufrieden. Nicht dass er ihr keine neue Freundin gönnte, aber er hasste Überraschungen. Vor ein paar Jahren hatte sie ihn auf eine Themenparty schleppen wollen, er wusste weder, wohin es ging, noch, wer dort sein würde. Es hatte ihn ganz krank gemacht – sein Reizmagen hatte verrücktgespielt, und er konnte den Abend, der eigentlich ganz nett war, nicht richtig genießen. Hätte sie ihm vorher reinen Wein eingeschenkt, da war er sich sicher, wäre die Party auch für ihn schön geworden. Manchmal glaubte er, sie tat das nur, um ihn zu ärgern. Gleichwohl wusste er natürlich, dass es nicht so war. Wie heute. Wahrscheinlich freute sie sich nur so auf ihren Gast, dass sie ihn mit ihrer Geheimnistuerei ein wenig necken wollte.

Missmutig begann Hartmann, das Geschirr von der Küche auf die Terrasse zu tragen. Sogar ein blütenweißes Tischtuch hatte Anette für ihre neue Freundin über den Terrassentisch gelegt.

Zu den irrationalen Ängsten seines Reizmagens kam auch eine ganz rationale Angst: Was, wenn sich Anette dann doch mit dieser Marion Eisel angefreundet hatte? Mit der Männerhasserin. Vielleicht aus Mitleid mit deren Schicksal. Anette hatte ihn gleich angerufen, als die Eisel vom Tod ihres Mannes erfahren hatte. Am Tag nach dem Leichenfund in der Heynestraße war das gewesen.

Er konnte sich allein deswegen gut daran erinnern, weil das für ihn ein außerordentlich harter Arbeitstag wurde. Denn noch am Vorabend hatte Hartmann in Erfahrung gebracht, dass es sich bei dem Toten auf Eisels Grundstück um die geraubte Leiche von Hahn handelte und dass Eisel selbst der Tote aus dem Wald sein musste. Auch wenn es der Polizei garantiert nicht in den Kram passte – sie hatte auch nichts über den Zusammenhang verlauten lassen –, hatte er sofort den Bogen zwischen Hahn und Eisel geschlagen. Die Thüringer Laster GmbH, so konnte es der Leser auch dann schlussfolgern, wenn Hartmann es nicht explizit aussprach, war tief in ein Verbrechen verstrickt. Worüber sowohl die Polizei als auch er bis heute eisern schwiegen, waren die Verbindungen zu Osteuropa. Ob die Polizei inzwischen wusste, dass es auch Verbindungen ins Rotlichtmilieu gab? Hartmann hatte keine Ahnung.

»Hey, Träumer, die Salate!«

Er schreckte auf. Anette stand vor ihm und drückte ihm energisch zwei Schüsseln in die Hand. Er blickte ein wenig hilflos darauf, er war regelrecht weg gewesen.

»Auf den Tisch damit!«

Wie ein braves Hündchen trottete Hartmann mit den Salatschüsseln wieder auf die Terrasse. Doch noch bevor er sie auf den Tisch gestellt hatte, war er mit seinen Gedanken schon wieder bei den Toten. Wenn diese Eisel seit einer Woche vom Tod ihres Mannes wusste, dann würde sie nicht die Chuzpe haben, heute hier zu Wein und Häppchen aufzuschlagen. Wahrscheinlich malte er nur den Teufel an die Wand.

Den Teufel an die Wand gemalt hatte in der vergangenen

Woche auch Tasha Bazooka, diese Designerin. Hartmann war noch gar nicht dazu gekommen, seiner Frau von dieser Begegnung zu erzählen. Aber was hieß »von dieser Begegnung«? Er war überhaupt noch nicht richtig zu Wort gekommen, hatte sie nicht auf den neuesten Stand der Dinge bringen können. Aber schließlich hatte sich Anette auch nicht sonderlich für den Fortgang seiner Arbeit interessiert.

War sie verändert wiedergekommen? Oder fremdelte sie nur? Sie waren schon öfter getrennt gewesen, das war nicht der Punkt. Aber drei Wochen? Er konnte sich nicht erinnern, dass sie schon einmal so lange ohneeinander auskommen mussten. Einen eigenen Kopf hatte sie plötzlich, war so konzentriert auf sich selbst und ihren Besuch heute Abend. Das schien ihr ungeheuer wichtig zu sein.

Mit den Händen in den Hosentaschen stand er am Rand der Terrasse und blickte in den Garten, als sie die Gläser brachte. Ihr Schnauben ob seiner Untätigkeit nahm er allerdings nur gedämpft wahr, gerade so, als ginge ihn das Ganze nur wenig an.

Wie war denn der Stand seiner Arbeit? Das Obduktionsergebnis von Hahn hatte ergeben, dass er einem plötzlichen Herztod erlegen war. Keine Vergiftung, keine Polizeigewalt, nichts, was auch nur irgendwie nach einer Schlagzeile roch.

Hartmann hatte dennoch eine daraus gemacht. Schließlich war die Auffindesituation spektakulär genug. Ein paar Tage lang hatte er gezittert, ob nicht plötzlich die Polizei bei ihm klingelte, weil sie Spuren von ihm im Schuppen gefunden hatten. Doch nichts geschah. Der Mord an Eisel – und dass es ein Mord war, ließ sich auch durch die Polizei nicht mehr verheimlichen – hing mit an Sicherheit grenzender Wahrscheinlichkeit mit dem Rotlichtmilieu zusammen. Hartmann hatte die – freilich nicht zitierbare – Aussage von Analisa, und er hatte die Versicherung von Sternberger, dass sein »Mädchen« Ähnliches gesagt hatte.

Er war sogar so weit gekommen, dass er einen gewissen Khaled Bourghiba ausfindig gemacht und gegen eine gewisse Geldsumme herausbekommen hatte, dass dieser regelmäßig einer Riedburger Geschäftsfrau sein Waldhotel gegen Bares vermietete. Auch hier deckten sich die Frequenzen mit den von Analisa geschilderten

Ankünften der Frauen aus Weißrussland. Allerdings hatte sich Bourghiba rundweg geweigert, ihm den Namen der sauberen Unternehmerin zu verraten. Mehr noch, er hatte ihm erklärt, dass er ihn auch bei einer beträchtlichen Erhöhung des Handgeldes nicht preisgeben würde. Sonst nämlich würde sie ihm … und hier deutete er lediglich mit einer schnellen Bewegung der Hand über den Hals an, dass er bei einem Verrat um sein Leben fürchtete. Das bewies Hartmann zum einen, dass er auf der richtigen Spur war, führte ihm aber auch vor Augen, wie gefährlich seine Recherchen waren. Je näher er der Unbekannten kam, desto heißer wurde es für ihn.

Ein kurzes Hupen auf der Straße ließ Hartmann aus seinen Gedanken aufschrecken. Er holte tief Luft und seufzte, als seine Anette aus der Küche rief: »Das wird sie sein, gehst du mal? Ich hab noch nasse Hände.«

Mit den Händen in der Hosentasche schlenderte er durchs Wohnzimmer und in Richtung Haustür. Dort bekam er fast einen Schlag. Polizeihauptkommissarin Steffi Schmaerse hatte bereits das Gartentor aufgeklinkt und kam auf das Haus zu. Also doch: Irgendetwas im Schuppen, irgendetwas in der Umgebung von Hahns Leiche hatte die Kripo auf seine Spur gebracht.

»Scheiße«, murmelte er leise.

Jetzt saß er tief in der Tinte. Und er hatte sich noch nicht ein bisschen Gedanken gemacht, was er denn den Ermittlern erzählen wollte, wenn sie ihn fragten, was er auf Marion Eisels Grundstück zu suchen hatte, wieso er in einem fremden Schuppen rumwühlte und warum er nicht die Polizei rief, wenn er eine Leiche fand. Er musste ein ziemlich bedeppertes Gesicht gemacht haben, doch Schmaerse sah wie an ihm vorbei.

»Steffi«, rief da seine Frau neben seinem Ohr, stieß ihn beinahe beiseite und nahm die Kommissarin in die Arme. »Na?«, fragte sie dann und drehte sich zu ihm um, »Überraschung gelungen?«

Ein paar Sekunden lang begriff er überhaupt nichts. Dann dämmerte es langsam.

»Wie jetzt?«, fragte er. »Du und Steffi? Also Frau Schmaerse?«

Anette strahlte übers ganze Gesicht.

»Ja, stell dir vor!«

Auch der Polizistin schien die Situation etwas unangenehm. Sie gab ihm linkisch die Hand.

»Guten Tag, Herr Hartmann, so sieht man sich wieder«, sagte sie. »Sie scheinen sich nicht unbedingt zu freuen, mich zu sehen.«

»Ich dachte … ich hätte nie gedacht … ich hatte ja keine Ahnung …«

»Stimmt das?«, fragte Schmaerse, an Hartmanns Frau gewandt und mit sanftem Tadel in der Stimme. »Hast du ihn wirklich bis jetzt im Ungewissen gelassen?«

»Schau ihn an – so habe ich ihn lange nicht überrascht.«

Hartmann warf seiner Frau einen Blick zu. Obwohl es ihm immer gefiel, wenn sie sich freute, war er in diesem Augenblick ziemlich wütend auf Anette.

Als sie wenig später auf der Terrasse saßen, nahm Hartmann ganz entgegen seiner sonstigen Art zunächst einen großen Schluck aus seinem Weinglas, bevor er sich dem Essen widmete. Es dauerte eine ganze Weile, bis er sich wieder gefangen hatte.

»Du bist ein ganz schön gerissenes Luder«, sagte er dann zu seiner Frau, die darüber nur ausgelassen lachen konnte. Wie albern sie heute war, dachte er irritiert. »Und du … Sie sind also nicht abkommandiert gewesen, sondern auch zur Kur geschickt worden?«, wandte er sich dann Steffi Schmaerse zu.

Schmaerse nickte.

»Richtig. Ich habe auch Rücken, wie man so schön sagt, und das schon eine ganze Weile. Aber …« Sie druckste ein wenig herum. »Sie sind zwar der Ältere, aber ich bin die Frau. Wenn Sie mögen, können wir uns auch duzen.«

Hartmann musste tatsächlich erst einmal über diese Option nachdenken. Doch Anette kam ihm wieder zuvor.

»Klar mag er«, versicherte sie. »Nun stoßt schon an!«

Hartmann ärgerte sich. Höflich beugte er sich vor, und sie ließen die Gläser klingen. Fast erwartete er, seine Frau würde sie zum Beküssen der Brüderschaft auffordern.

»Also ich bin der Peter«, sagte er, noch immer stirnrunzelnd.

»Steffi«, sagte sie und hob das Glas. »Aber das wissen Sie … das weißt du ja.«

Hartmann lehnte sich zurück und begann, sich zu entspannen.

Weder seine Frau noch ihre neue Freundin hatten die geringste Ahnung, warum er die ganze Zeit so verkrampft war. Er legte die Hände in den Nacken, sah in den Himmel, wo sich gerade die Kondensstreifen von zwei Flugzeugen kreuzten, und dachte über die neuen Optionen nach, während seine aufgedrehte Frau mit ihrer neuen Freundin schnatterte wie ein Teenager.

Sie hatten also jetzt eine Kriminalhauptkommissarin in ihrem Freundeskreis. Die Chefermittlerin. Die Leiterin der Mordkommission. Hartmann war sich noch nicht sicher, ob das unbedingt von Vorteil war. Auf der einen Seite würde es ihnen fortan leichter fallen, Wissen zu teilen. Aber ob sie als Polizistin ihn jemals wirklich in die Karten sehen lassen würde? Er hatte allen Grund, das zu bezweifeln. Zu viel wusste er inzwischen über den Polizeidienst im Allgemeinen und die Ermittlungen der Kriminalpolizei im Besonderen. Er kannte auch den Paragrafen des Geheimnisverrats im Strafgesetzbuch. Er als Journalist hatte es in der Hand, wem aus seinem Freundes- oder Bekanntenkreis er was erzählte. Bei einer Polizistin sah das ein wenig anders aus. Nein – die Freundschaft zwischen seiner Frau und Steffi Schmaerse war ganz bestimmt der Beginn einer neuen Qualität seiner Beziehungen zu der Polizistin, das Tor zum journalistischen Schlaraffenland war sie jedoch mit Sicherheit nicht.

## 30

Zwei Mal schon hatte Grieshaber gedroht, Hartmann als Reporter zbV zurückzupfeifen und wieder in den normalen Redaktionsdienst zu stecken. Einen Monat, hatte er gesagt, einen Monat ließ er ihn noch vollenden. Hartmann hatte mit den Schultern gezuckt. Nicht gegenüber Grieshaber, freilich, das nicht, aber innerlich ging ihm das schon ziemlich am Bein vorbei. Schließlich tat er, was er konnte, und das war allemal mehr als die Kollegen der anderen Blätter. Würde man die Berichterstattung der Riedburger Rundschau neben die der Konkurrenz legen, die Rundschau hätte in allen Kriterien die Nase vorn. Bei der Quantität sowieso – Hartmann hatte mehr als doppelt so viel geschrieben wie die anderen. Und in Sachen Qualität musste er sich ohnehin nicht verstecken.

Dass die Recherchen ein wenig stockten, dafür gab es mehrere Gründe. Den gewichtigsten verschwieg Hartmann gegenüber allen: Er hatte Angst. Und zwar richtig. Früher hatte er sich immer für relativ furchtlos gehalten, zumindest in seinem Beruf. Aber seit man ihn im Vorjahr seiner Recherchen wegen brutal zusammengeschlagen hatte, fragte er sich immer wieder, ob es sich wirklich lohnte, einer guten Geschichte wegen sein Augenlicht zu riskieren. Oder mehr. Wie weit ließen sich Risiken wirklich berechnen? Er musste an die beiden Bestatter denken. Denen hatte man einfach in den Kopf geschossen. Einfach so. Vermutlich nur, weil sie gesehen hatten, wer ihnen da die Leiche klauen wollte. Nein, die Strippenzieher in diesem Fall würden es nicht bei einer Tracht Prügel bewenden lassen, wenn sie sich bedrängt fühlten.

Und was konnte Grieshaber ihm schon anhaben? Ihn wieder in die Landesredaktion stecken? Da war er doch nie wirklich fort gewesen. Im Gegenteil: In den letzten Wochen war es ihm immer wieder peinlich, wenn er von den Kollegen quasi außen vor gelassen wurde, wenn sie ihn bei der Redaktionssitzung mit diesem Was-willst-du-denn-hier-Blick musterten. Sollte er doch, der Grieshaber!

So. Der Eingang an elektronischer Post war gecheckt, der Kaffeebecher fast leer. Hartmann überlegte, ob er sich bei Sonnenscheinchen Isabell noch einen zweiten holen sollte, stand dann aber doch unschlüssig in der Mitte des Raumes, als es an die Tür klopfte. Fast zaghaft.

Innerhalb der Rundschau klopfte niemand an – außer an Grieshabers Tür, und selbst das war die Aufgabe der Chefsekretärin.

»Ja«, rief Hartmann.

Die Tür schwang auf – und er sah sich Tasha Bazooka gegenüber, der Designerin, die ihn erst vor wenigen Tagen beinahe hätte abblitzen lassen. Hartmann konnte seine Freude nur schwer verbergen. Sie würde ihm nun doch einen Kontakt nach Weißrussland verschaffen, hoffte er.

»Frau Bazooka, wie schön«, strahlte er sie an.

Doch sie verzog keine Miene, verschloss die Tür wieder hastig, sagte nur »Guten Tag« und setzte sich an den kleinen Besuchertisch, auf dem sich alte Arbeitsbücher von Hartmann türmten.

»Setzen Sie sich doch«, sagte Hartmann überflüssigerweise. Doch er spürte, dass nicht Arroganz der Grund für ihre Unhöflichkeit war, sondern eher eine Art Verwirrung. Fast ängstlich huschten ihre Augen hin und her. Rote, entzündete Augen, was sie mit ein wenig dunkler Schminke nur unzulänglich überdeckt hatte.

»Kann uns hier jemand belauschen?«, fragte sie ohne jede Einleitung.

»Ich denke nicht«, sagte er und rollte seinen Drehstuhl an den Besuchertisch. Er nahm Platz. »Was drängt denn so?«

Ihre Hand schoss plötzlich vor und packte sein Handgelenk.

»Hören Sie«, begann sie mit harter Stimme und beugte sich verschwörerisch zu ihm vor. »Ich will, dass Sie mir jetzt ganz genau zuhören und dann handeln.«

Als sie ihn anfasste, wollte sich Hartmann zunächst empören. Es war ein Reflex, wie aus Instinkt. Er war der Journalist, er wollte Herr des Gesprächs bleiben. Doch der Tonfall, in dem sie sprach, ließ ihn verstummen. Er nickte nur.

»Gut, dann ist das geklärt. Also: Sie lagen mit Ihrem Verdacht in Sachen Rotlichtmilieu und in Sachen Weißrussland schon vollkommen richtig. Aber Sie haben an der falschen Stelle gesucht. Oder nicht gründlich genug, egal. Jedenfalls, um es abzukürzen: Tatjana Leibowitz ist eine Verbrecherin. Sie ist eine Menschenhändlerin, sie ist eine Zuhälterin, und sie ist eine Mörderin.« Sie holte Luft.

»Langsam, langsam, Frau Bazooka …«, begann Hartmann.

Sie schlug mit der Hand fest auf den Tisch.

»Nein!« Sie brüllte beinahe. »Ich habe gesagt, *Sie* sollen *mir* zuhören. Ich kann das alles belegen und beweisen, aber ich habe keine Ahnung, wie lange ich noch die Kraft habe, zu erzählen, bis ich … bis ich …« Sie brach ab.

In der Tür tauchte der Wuschelkopf von Alexander Böhnke auf. Er runzelte die Stirn und deutete mit dem Kinn fragend auf Hartmanns Besucherin. Hartmann stand auf, schüttelte beschwichtigend den Kopf, ging zur Tür und machte sie seinem Chef vor der Nase zu.

»Ich hab nur die Tür wieder geschlossen«, sagte er so sanft wie möglich und setzte sich wieder. »Wenn Sie wollen, dass uns niemand belauscht, müssen Sie leiser sein. Erzählen Sie!«

»Also noch mal: Tatjana Leibowitz, die gar nicht Leibowitz heißt, wie Sie sich denken können, ist der Kopf der Hydra, den es abzuschlagen gilt.«

Hartmann konnte sich im Moment gar nichts denken, aber er hielt einfach mal die Klappe. Er wusste, dass das manchmal am sinnvollsten war.

»Die Leibowitz ist meine Chefin«, setzte Bazooka fort.

Hartmann nickte. So viel immerhin war ihm schon klar.

»Ich weiß nicht, wann sie nach Deutschland gekommen ist, aber ich weiß, warum. Sie kam mit viel Geld, das nicht ihr eigenes war, um Geld zu waschen und um von hier aus den Handel mit jungen Mädchen und Frauen aus Weißrussland zu koordinieren. Sie ist auch nicht aus Russland, wie sie immer vorgibt. Sie ist die Spinne im Zentrum des Netzes.«

Eine Vorliebe für Sprachbilder aus der Fauna hatte sie, das war Hartmann schon beim Besuch in der Werner'schen Fabrik aufgefallen. Erst die Wespen, nun die Spinne.

»Wenn Sie sich vielleicht erst einmal sammeln wollen?« Hartmann sprach immer noch sanft. »Kann ich Ihnen vielleicht einen Kaffee anbieten?«

Sie packte wieder sein Handgelenk.

»Ich will hier mit Ihnen alleine bleiben, ja? Keine weiteren Zeugen, kein Tonband, nichts.«

»Okay, okay«, beruhigte er sie. »Ich hol den Kaffee selber, wenn Sie mögen. Und uns wird keiner stören.«

»Gut. Wenn Sie einen wirklich starken hätten.« Sie kramte in ihrer Handtasche und holte ein Päckchen Zigaretten heraus.

Hartmann griff zum Telefon und rief Isabell an. »Herzchen, machst du mir bitte einen ganz, ganz starken Kaffee? Und bring ihn bitte nicht her, ich will ungestört bleiben. Klingel mich bitte kurz an, wenn er fertig ist, okay?« Er legte behutsam wieder auf, kippte die Büroklammern aus seinem smaragdgrünen schweren Glas-Ascher und stellte ihn vor Tasha Bazooka auf den Tisch.

»Ganz von vorn?«, fragte er und bemühte sich um sein freundlichstes Lächeln.

»Ganz von vorn«, sagte sie, »aber wo ist vorn? Also: Als die Leibowitz, von der ich auch nicht den richtigen Namen kenne, hierherkam, gab sie sich als reiche Russin aus, deren Eltern, unter dem Kommunismus verfolgte Juden, die erst unter Jelzin ihren Geschäften nachgehen konnten, in Odessa zu Millionen gekommen waren. Öl und Yachten und so Kram. Das erzählt sie noch heute, das erzählt sie immer, damit prahlt sie regelrecht vor Fremden. Nettes Märchen. Funktioniert immer.« Sie knipste sich eine Zigarette an, inhalierte tief und redete dann weiter. »In Wahrheit war das Geld aus schwarzen Quellen. Sie kaufte die Firma aus der Insolvenz und machte im Prinzip so weiter wie bisher. Bisschen Lohnarbeit für kleine Versandhäuser unter fremdem Label. Die Strickerinnen konnte sie immer bezahlen, Geld war ja da.«

Sie blickte ihn an, um sich zu vergewissern, ob er auch mitkam. Er nickte.

»Ich weiß nicht, wann das mit dem Mädchenhandel begonnen hat. Sie lässt die Mädchen in Containern kommen und bereitet sie hier im Gewerbegebiet West auf die Verteilung in Bordelle vor.«

Hartmann runzelte die Stirn und hob die Hand.

»Ja?« Tasha Bazooka erteilte ihm regelrecht das Wort.

»Hier im Gewerbegebiet?«

»Ja. Sie hat eine halbe Halle angemietet. Schwarz angemietet, glaube ich, gegen Bares. Die gehört dem Verein für soziale Kompetenz oder so. Der hat dort seine Kleiderkammer. Das passte gut zur Legende, weil sie immer an den Verein spendet und die Halle angeblich als Lager nutzt. In Wirklichkeit gibt es dort einen großen Schlafsaal, Duschen und Toiletten, Umkleiden und all so was. Das lässt sich natürlich alles nachprüfen.«

Hartmann machte sich die ersten Notizen.

»Das Laufhaus am anderen Ende der Stadt gehört ebenfalls der Leibowitz. Natürlich sind die meisten der Mädchen dort auch aus Weißrussland. Manchmal tauscht sie auch mit anderen Bordellen. Ungarinnen, Tschechinnen, Polinnen. Von den Weißrussinnen, das können Sie mir glauben, sind die wenigsten freiwillig dort. Die sollen Schulden abarbeiten, die ihnen durch die Schleusung entstanden sind, so wird es ihnen schon bei der Ankunft in Deutschland verkündet. Wenn Sie dort als Freier aufkreuzen, werden Sie angelächelt und bezirzt, in Wahrheit ist das ein bestialisches Geschäft. Die lässt dort junge Frauen arbeiten, lässt sie kaputtficken, bis sie körperlich und geistig am Ende sind. Die, die der Chefin aus der Hand fressen, kriegen vielleicht eine andere Stelle. In der Wohnungsprostitution. Besonders gute auch im Edelpuff in Nürnberg, da soll sie auch Geschäftsanteile haben. Egal …« Sie machte eine wegwerfende Handbewegung, dann zögerte sie und schluckte heftig. Sie schien den Tränen nahe.

Hartmann wollte ihr helfen, wusste aber nicht recht, wie. So saß er nur da. Nach einer Weile stand er wortlos auf, ging hinaus und kam mit einer Tasse Kaffee wieder, die er ihr schweigend hinstellte. Sie nahm einen winzigen Schluck, schlürfte hörbar.

»Und Sie, Frau Bazooka, woher wissen Sie …?« Er ließ die Frage einfach so stehen. Sie sah ihn unter gesenkten Wimpern an. Mit einem Blick, der eigentlich zehn Zentimeter aus seinem Hinterkopf ragen müsste.

»Was glauben Sie denn, woher?«, stieß sie unwirsch hervor. »Ich gehörte dazu.«

Hartmanns Gedanken sprangen im Quadrat. Er musste nicht verwirrt tun, er war es. Er riss ungläubig die Augen auf.

»Sie haben mit Frau Leibowitz …?«

»Quatsch«, fuhr sie dazwischen. »Tun Sie doch nicht so. Sie können es sich doch längst denken. Ja, ich war auch eins ihrer Mädchen.«

Jetzt wurde Hartmann gänzlich konfus.

»Aber ich denke … Sie als Designerin …«

Sie winkte ab.

»Alles Käse. Mein Glück war, dass ich intelligent war. Intelligent und begabt. Und ich habe ihr nicht widersprochen.« Sie dachte nach. »Mein Pech war nur«, fuhr sie fort, »dass ich jung und rebellisch war.« Sie machte eine Pause.

»Wollen Sie darüber sprechen, wollen Sie mich aufklären?«

Sie überlegte eine Weile, besah sich ihre Nägel, die abgekaut waren, wie Hartmann erst jetzt bemerkte. Schließlich sprach sie weiter.

»Wissen Sie, ich war ein hochbegabtes Kind. Musikalisch und kreativ. Ich kann Sprachen, ich habe gemalt. Ich war sogar auf dem Konservatorium, habe Klavier studiert. Aber ich habe die Musik gehasst, meine Eltern, die angeblich immer nur das Beste wollten, haben mich dazu genötigt. Dann bin ich ausgebrochen. In schlechte Gesellschaft gekommen, wie man hier sagt. Ich wollte nur noch weg.« Sie zündete sich eine weitere Zigarette an.

»Als ich wieder richtig zu mir kam, war ich eine kleine Nutte im Riedburger Laufhaus. Benutzt und weggeworfen. Ein menschlicher Abfallhaufen.«

Hartmann spielte mit seinem Kuli.

»Ich habe gezeichnet, um nicht vollkommen durchzudrehen. Malen als Therapie, verstehen Sie? Die Bilder hat Tatjana gefunden. Dass ich klug bin, hat sie vorher schon gewusst. Sie hat so getan, als wollte sie mir eine Chance geben, aber ich habe sie durchschaut. In Wirklichkeit wollte sie nichts weiter, als mich zu einem weiteren Bestandteil ihrer ach so perfekten Tarnung zu machen. Ich spielte mit, weil ich nur noch rauswollte, raus aus diesem Elend.« Sie machte eine Pause.

»Und dann?«, wollte Hartmann wissen.

»Nichts und dann.« Da war wieder dieser schnippische Unterton in der Stimme. Sie schien sich nach ihrem Ausbruch einigermaßen gefangen zu haben.

»Warum gehen Sie nicht zur Polizei und zeigen Ihre Chefin an?«

Sie sah ihn verblüfft an, dann lachte sie kurz und böse auf.

»Zur Polizei, sind Sie verrückt? Ich will mich da völlig raushalten.«

»Zu mir sind Sie doch auch gekommen.«

»Weil ich Ihnen vertraue.« Und dann, nach einer Weile, leiser: »Und weil Sie mich nicht abschieben können.«

»Aber … London, Ihre Biografie, Ihre Eltern. Sie … Sie sind doch legal hier?«, fragte Hartmann, doch plötzlich überfiel ihn mehr als nur Zweifel; plötzlich lag die Wahrheit kristallklar vor ihm. Er hätte es schon die ganze Zeit wissen können: London, Designerin – Tasha Bazooka war genau die, von der ihm schon Analisa erzählt hatte.

»Legal, was heißt schon legal. Meine Papiere sind echt, ja. Aber da darf keiner tiefer graben.«

»Das verstehe ich jetzt nicht«, gab er vor.

»Müssen Sie auch nicht.«

»Aber ich soll Ihnen trauen?«

Sie atmete tief durch. »Also schön, wenn Sie mich nicht verraten …«

Hartmann nickte.

»Meine Papiere sind echt, aber meine Identität ist genauso falsch wie meine Biografie. Meine Eltern haben nie einen Fuß nach London gesetzt. Meine Chefin hat mich nach London geschleust, um mir eine echte Identität zu verschaffen. Das war dort einfacher, als man denkt. Geburtsurkunden sind dort nicht geschützt. Wenn man sich als Verwandter ausgibt, bekommt man jederzeit ein Duplikat der Geburtsurkunde ausgestellt. Man muss sich also nur auf dem Friedhof einen Grabstein aussuchen, bei dem das Geburtsjahr einigermaßen passt. Schon hat man das erste echte Dokument. Dann macht man den Führerschein. Für dessen Ausstellung genügt eine Geburtsurkunde. Mit dem echten Führerschein meldet man seinen Ausweis als verloren oder gestohlen. Und so weiter und so fort. Irgendwann hat man einen echten Pass. Ist jetzt alles ein bisschen vereinfacht, aber im Prinzip funktioniert das so.«

»Und Ihr Design-Diplom?«

Tasha Bazooka winkte ab. »Ich kann nur gut zeichnen, das ist alles. Das Diplom ist, sagen wir mal, gekauft.«

Hartmann lehnte sich zurück. Ihm war jetzt auch nach einer Zigarette. Er sagte aber nichts. Er dachte nach, und sie sah es. Ihr Blick wurde lauernd, ein wenig verschlagen vielleicht. Aber möglicherweise lag das auch an ihrem allgemeinen Erscheinungsbild.

»Nehmen wir mal an«, begann Hartmann dann bedächtig, »ich würde Ihnen glauben. Was erwarten Sie von mir?«

Bazooka rutschte ein wenig auf ihrem Stuhl herum.

»Ich wünschte, Sie würden so einen Artikel schreiben, dass die Polizei gleich auf die richtige Spur kommt.«

»Die Polizei pflegt nicht nach Beiträgen von Journalisten zu ermitteln, die findet ihre Spuren schon selbst«, hielt Hartmann dagegen. Und wusste, dass er recht hatte.

»Gehen Sie ins Gewerbegebiet, schauen Sie sich die Halle an, machen Sie Fotos, stellen Sie Fragen.«

»Liebe Frau Bazooka!« Er beugte sich vor und sah sie eindringlich an. »Wenn das stimmt, was Sie mir hier erzählen, dann wurden mindestens drei Menschen kaltblütig ermordet, weil sie den Hintermännern in die Quere gekommen sind. Vor ein paar Tagen noch haben Sie mich eindringlich gewarnt, ich würde mich in Gefahr begeben, wenn ich weiterrecherchieren würde. Heute wollen Sie mich in diese Gefahr schicken? Meinen Sie das wirklich ernst? Was wollen Sie wirklich?«

Sie senkte den Blick. Nach einer Weile sah er, wie ihr eine dicke Träne über die Wange kullerte, eine hässliche Spur von Mascara nach sich ziehend. Hättest dich mal nicht so schminken sollen, schoss es Hartmann durch den Kopf. Aber er schwieg. Schweigen, so hatte er gelernt, provoziert oft reden.

»Rache«, sagte sie schließlich leise. Sie flüsterte es fast.

»Bitte?«

»Ich will Rache.«

»Wofür?«

Sie schniefelte, kramte in ihrer Tasche, putzte sich umständlich die Nase und wischte sich die Tränen ab. Fast schien es, als wollte sie nach einem Spiegel suchen, um ihr derangiertes Aussehen zu korrigieren. Doch sie schloss die Tasche wieder, blickte ihn flüchtig an.

»Rache für Sveta.«

Hartmann schwieg. Er wusste, dass sie weiterreden würde. So wie sie ihm gerade die Geschichte von Tatjana erzählt hatte, ja erzählen musste, so musste sie ihm auch Svetas Geschichte erzählen. Er sah die dunklen Ringe um ihre Augen und wusste, sie würde wohl erst wieder ruhig schlafen können, wenn diese Tatjana hinter Schloss und Riegel saß.

Bevor er irgendetwas unternahm, würde er mit Sternberger reden müssen. Über die Gottlieb Werner Nachf. GmbH ebenso wie über deren Chefin Tatjana Leibowitz. Ob Sternberger wusste, dass die Geschäftsführerin dieser kleinen Strickerbude ihre Finger tief im Menschenhandel hatte, einem der rücksichtslosesten Verbrechen im Geschäft mit der Ware Lust?

Tasha Bazooka klopfte sich eine weitere Zigarette aus der Schachtel und zündete sie an. Für einen Moment war Hartmann versucht, zum Fenster zu gehen und es zu öffnen. Wenn jemand auf dem Flur den Rauch bemerken würde, wären sie nicht mehr ungestört. Grieshaber achtete streng auf die Einhaltung des Rauchverbotes bei der Rundschau.

Sie nahm einen tiefen Zug, wedelte dann mit der Hand den Rauch weg und sprach weiter. »Vor drei Tagen stand eine kleine Nachricht in der Zeitung. Der Zugverkehr bei Nürnberg stockte, weil eine Frau vom ICE überfahren wurde. Das war Sveta.«

Sie ließ wieder eine Pause.

»Sveta hat mir einen Abschiedsbrief geschrieben. Sveta, müssen Sie wissen, ist mit dem letzten Transport nach Riedburg gekommen, Anfang des Monats erst. Tatjana … dieses Stück Scheiße hatte mir versprochen, sie aus Weißrussland rauszuholen. Sie nicht in diese Knochenmühle zu stecken, sondern ihr eine anständige Arbeit zu verschaffen. Und was hat sie gemacht? Sie hat sie nach Nürnberg verschachert, an einen üblen Zuhälter, der sich seine

Nutten selber zureitet. Und glauben Sie mir, Sie wollen gar nicht wissen, wie so etwas zugeht. Sveta war so … sie war so zart, so verletzlich. Ihr Körper hat es kaum verkraftet. Ihre Seele aber, die ist dabei gestorben.«

Sie verstummte und rauchte. Wieder rollte eine Träne über ihre Wange.

»Sie stand Ihnen wohl sehr nahe, diese Sveta?«, fragte Hartmann.

Tasha Bazooka schaute langsam auf, sah ihn an, als würden seine Worte gar nicht bis zu ihr durchdringen. Sie weinte stumm. Beinahe hätte er die Frage wiederholt, als sie dann doch den Mund öffnete.

»Sveta war meine kleine Schwester.«

# 31

Genauso schnell und unauffällig, wie sie gekommen war, rauschte Tasha Bazooka auch wieder ab. Von ihrer emotionalen Aufgewühltheit war nach außen hin nicht viel zu sehen: Die junge Frau versteckte ihre Gefühle hinter auffälliger Kleidung, hinter provozierendem Auftreten und einer gehörigen Portion Schminke wie unter einer venezianischen Maske. Darüber sinnierte Hartmann, als er, ans Fenster gelehnt, darauf wartete, dass sie das Gebäude verließ. Auf der relativ ruhigen Nebenstraße waren weder verdächtige Personen noch verdächtige Fahrzeuge zu sehen. Aber, so dachte Hartmann, wir sind ja schließlich auch nicht im Film, wo man den Bösewicht schon am hochgeschlagenen Mantelkragen oder an der Limousine mit den abgedunkelten Scheiben erkennt. Hätte man über ihren Besuch einen Film gedreht, dann hätten sich beim Gehen wohl sämtliche Bürotüren auf dem Flur geöffnet, und man hätte ihr hinterhergesehen. So hörte Hartmann nur, wie sich seine Tür leise öffnete und Alexander Böhnke eintrat.

Da, jetzt kam sie. Tasha Bazooka eilte aus dem Redaktionsgebäude. Sie lief auf die andere Straßenseite, wo sie an der Bushaltestelle den Fahrplan studierte. So tat, als studierte sie den Fahrplan, korrigierte Hartmann seine Beobachtungen. Denn sie spähte an der Tafel vorbei und suchte die Straße aufmerksam nach irgendetwas ab.

»Sag mal«, begann Böhnke dann.

»Jetzt nicht, warte«, zischte Hartmann, ohne sich umzudrehen.

Bazooka stand an der Haltestelle wie jeder andere Fahrgast, hatte aber der Tafel mit den Abfahrtszeiten den Rücken zugewendet und beobachtete aufmerksam die entgegengesetzte Richtung. Schließlich machte sie kehrt und lief los.

Hartmann sah ihr noch eine Weile hinterher, während er nachdachte. Auf gar keinen Fall wollte er seinen Kollegen in diesem Moment die Wahrheit sagen. Vielleicht würde er Sternberger einweihen. Später. Vielleicht. Aber nicht diese schwatzhafte Bande von der Landesredaktion. Er hatte nur Sekunden, sich eine Geschichte zurechtzulegen, wusste er, als er die Blicke seines Ressortleiters bohrend im Rücken spürte.

Dann drehte er sich um und machte ein unverbindliches Gesicht.

»Die ging ja ab wie eine Rakete«, sagte Böhnke unbestimmt.

»Na ja, ich hab sie ein bisschen provoziert«, zog Hartmann die Aufmerksamkeit auf sich.

Merten und Isabell tauchten im Türrahmen auf. Während sie theatralisch erschrocken die Augen aufgerissen und die Hand vor den Mund geschlagen hatte, grinste er süffisant. Wer den wohl geweckt hatte?, fragte sich Hartmann.

»Oho, hat der Herr Reporter zbV ein widerborstiges Liebchen? Und auch noch Riedburgs Stardesignerin.«

Hartmann biss sich fast die Zunge ab. Nicht die Bemerkung selbst ärgerte ihn, sondern die Tatsache, dass Merten Bazooka kannte. Er sah ihn frech an.

»Ich lass mir nur eine neue Hose schneidern, und sie staunte so beim Maßnehmen.«

Das saß. Merten machte ein eingeschnapptes Gesicht und zog ab. Böhnke runzelte die Stirn, und Isabell in seinem Rücken zwinkerte Hartmann verschwörerisch zu.

»Na komm«, sagte Böhnke, »was ist da vorgefallen?«

»Nichts von Bedeutung«, winkte Hartmann ab. »Die prahlte, mir einen Kontakt zur Russenmafia verschaffen zu können, aber sie wollte Geld dafür.«

»Soll ich bei Grieshaber mal vorfühlen?«, bot Böhnke an.

»Lass mal gut sein, Alexander, so wichtig ist mir das grad nicht. Außerdem … noch bin ich ja zbV, hast doch Merten gehört.«

»Nimm's dir nicht so zu Herzen.« Böhnke klopfte ihm auf die Schulter und drehte wieder ab.

Isabell blieb in der Tür stehen.

»Kann ich noch was für dich tun?«, fragte sie, scheinbar besorgt.

Hartmann lachte. »Netter Versuch, mein Herzchen, aber ich hab alles, was ich brauche.«

Es dauerte eine ganze Weile, bis Hartmann wieder einen klaren Gedanken fassen konnte. Er saß auf seinem Stuhl, blickte abwechselnd nach draußen und auf seinen Monitor, wo das doppelte R, das Logo seiner Zeitung, unablässig über den Bildschirm wanderte, sich drehte und strahlte, wie eine Tänzerin in einem Spiegelsaal, die fortwährend bewundert werden wollte. Ein schönes Sinnbild für die Rundschau, dachte Hartmann böse und schnippte nach der Maus, woraufhin der Bildschirmschoner erlosch und wieder seine Mailbox zu sehen war.

Polizeisprecher Rattmann hatte ihm Post geschickt. In Eisenberg trieb eine Gruppe südosteuropäischer Betrügerinnen ihr Unwesen, zog von Tür zu Tür, um sich Einlass in Wohnungen zu verschaffen, wo sie trickreich die meist älteren Bewohnerinnen bestahlen. War man in der Landespolizeiinspektion wieder zur Tagesordnung übergegangen?, fragte sich Hartmann. Für einen Moment war er geneigt, zum Telefonhörer zu greifen und Rattmann brühwarm die Geschichte zu erzählen, die er eben gehört hatte. Er musste das loswerden, es würde ihm sonst Alpträume erster Güte bescheren.

Andererseits nistete da ein uralter Wunsch in seinem Hinterstübchen. Ein Wunsch, den er wohl mit so manchem Journalisten teilte, der seinen Job noch ernst nahm: Mit einem Beitrag richtig etwas bewegen können. Einen Artikel schreiben, nach dessen Lektüre die Welt für einen Moment die Luft anhält. Morgen die Leibowitz auf die Titelseite krachen – und am Mittag klicken überall die Handschellen. Doch das Bild überlagerte sich mit Fotos, die er von Tatorten kannte, mit Eindrücken vom Schauplatz schwerer Verkehrsunfälle: Tote, die in ihrer Blässe so zerbrechlich und vorwurfsvoll aussahen. Oder trübe, brechende Augen, aus denen grenzenlose Verwunderung sprach, während die Notärzte verzweifelt den letzten Funken Leben zu erhalten suchten. Und da waren die Bilder von Kopfschüssen aus nächster Distanz, von Hinterköpfen, die aufgeplatzt waren wie eine gefallene Melone. Nein, er wusste, dass er nicht bereit war, einen so hohen Preis für die Wahrheit zu zahlen.

Als Böhnke ihn fragte, ob er zum Essen mit in die Kantine gehen wollte, und er geistesabwesend ablehnte, saß er noch immer annähernd bewegungslos auf seinem Stuhl. Da dachte er gerade über Kriegsberichterstatter nach. Die riskierten auch Kopf und

Kragen für ihren Job. Eine euphemistische Umschreibung für permanente Lebensgefahr. Gut, nicht die Reporter der deutschen Medien, die seit dem arabischen Frühling schwer in die Kritik geraten waren. Diese vor allem vom Privatfernsehen als Krisenreporter hochstilisierten Vorzeigejournalisten pflegten erst dann vor die Kamera zu treten, wenn die Kollegen der amerikanischen und englischen Agenturen schon wieder weiterzogen, um dann vor Hotelbauten oder bestenfalls vor einer zerschossenen Fassade mit gewichtiger Miene *Statements* abzulesen. Nein, er meinte die wirkliche Gefahr, meinte Freelancer, die unter Beschuss durch das syrische Aleppo hasteten, die, deren einzige Alternative zur tödlichen Gefahr das Verschweigen war.

Aber genau das konnte nicht seine Aufgabe sein, befand Hartmann nach längerem Nachdenken. Denn er wollte und würde schreiben, was zu schreiben wäre, würde aufdecken, was er – zugegebenermaßen mit dem Glück des Tüchtigen – über diesen Sumpf von Menschenverachtung und Geschäftemacherei herausbekommen hatte. Aber er musste dafür nicht sein Leben riskieren. Er war nicht Teil des Krieges, der im Thüringer Rotlichtmilieu immer mal wieder aufflackerte. Er konnte aus dem sicheren Schützengraben berichten und würde doch die Erstinformation haben, fundiert und mit genügend Hintergrundwissen für die ganz große Story. Er musste sich nur genau überlegen, wie er das anstellte.

Am Nachmittag fing er an, die Geschichte zu strukturieren, und schrieb einzelne Passagen. Ausnahmsweise war er beim Schreiben nicht unter Druck, in der Ausgabe des kommenden Tages würde noch nichts stehen. Er schrieb vor allem, um sich abzulenken, um irgendetwas Sinnvolles zu tun. Er schrieb gegen das lähmende Gefühl an, etwas tun zu müssen, aber nicht zu wollen.

Der Tag blieb ruhig, die Kollegen schienen den emotionalen Auftritt der halbwegs prominenten Designerin schon wieder vergessen zu haben, und abends lagen keine Termine an.

Er hatte seine Entscheidung getroffen und wartete, bis Böhnke – in der Tagesproduktion traditionell der Letzte in der Redaktion, das hatte er sich so von Grieshaber abgeguckt – sein

Büro verließ und sich mit einem kurzen Gruß verabschiedete. Dann rief er zu Hause an.

Nein, er würde sich nicht an Polizeisprecher Florian Rattmann wenden. Auch Hölbing als Leiter der Soko zur Ermittlung der Todesfälle wollte er die Leibowitz nicht auf dem silbernen Tablett präsentieren. Beide waren klassische Behördenvertreter, die sich für die Information vermutlich auch künftig nicht revanchieren würden. Außerdem hätte er immer das Gefühl, sich am Ende doch an die Polizei gewandt zu haben. Eine Rolle, in die er sich partout nicht begeben wollte – das schickte sich für einen Journalisten einfach nicht.

Er würde Steffi Schmaerse erzählen, was er wusste. Dann gab er sein Wissen nicht der Polizei weiter, sondern einer Freundin. Denn als solche musste er sie ja jetzt wohl betrachten, was ihm auch keineswegs unangenehm war. Zumal er sie damit auch ein wenig in eine Quidproquo-Situation bringen könnte. Ohnehin würde es auch für die Kommissarin nicht mehr so einfach sein wie früher, ihn bei konkreten Fragen mit Halbwahrheiten abzuspeisen. Die Freundschaft zu seiner Frau und damit über kurz oder lang auch zu ihm würde zwangsläufig auch ihr dienstliches Verhältnis beeinflussen, positiv beeinflussen. Jetzt würde er ihr die Leibowitz sozusagen als Begrüßungsgeschenk ihrer beginnenden Beziehung darbieten.

Es dauerte ewig, bis Anette das Gespräch annahm.

»Bist du mal so lieb und gibst mir die Privatnummer von Steffi?«

»Du willst mir doch nicht etwa meine neue Freundin abspenstig machen?«, scherzte Anette.

Doch Hartmann war so konzentriert bei der Sache, dass er gar nicht erst auf den Ton einging.

»Nein, keine Sorge, gib mir einfach nur die Nummer«, forderte er ungeduldig.

»Aber nicht dass du sie jetzt ständig dienstlich nervst, nur weil wir nun befreundet sind«, argwöhnte sie.

»Dienstlich nerve ich sie sowieso, daran wird sich wohl nichts ändern lassen. Siehst du jetzt bitte mal nach?«

»Mann, bist du ungeduldig. Warte!«

Er hörte an dem leisen Signalton, dass sie ihr Handy entsperrte.

Dann, nach einer ganzen Weile, diktierte sie ihm die Ziffernfolge. Sogar eine private Handynummer hatte sie für ihn.

»Du bist ein Schatz«, sagte er.

»Wird es heute Abend später?«, wollte sie wissen.

»Nur noch dieser Anruf, dann mache ich hier Schluss.«

Es sollte dennoch fast eine Stunde werden.

Steffi Schmaerse ging an ihr Telefon, kaum dass das erste Klingeln verklungen war.

»Ja?«, sagte sie, und es klang atemlos.

Typisch, dachte Hartmann. Er hatte sich bei unbekannten Anrufern auch längst dieses unverbindliche Ja als Begrüßung angewöhnt.

»Frau … Steffi?«, fragte er.

»Herr Hartmann, was für eine Überraschung, dass … du hier anrufst.«

Das Du kam beiden noch unsicher über die Lippen, zu lange hatten sie einen verbindlichen Ton miteinander gepflegt.

»Entschuldige, wenn ich dich zu Hause störe«, fuhr er fort.

»Das ist schon okay«, sagte sie. Aber es hörte sich keineswegs okay an, vielmehr so, als wäre sie insgeheim ein wenig entrüstet, wie er es wagen konnte, ihre Privatsphäre zu stören. Wir sind noch ganz am Anfang, dachte Hartmann. Doch er hatte jetzt andere Sorgen.

»Es ist schon wichtig«, sagte er, »aber ich hätte dich deswegen ohnehin nicht in der Dienststelle angerufen.«

Und dann fing er an zu erzählen.

Erzählte von seinem anfänglichen Verdacht, die Polizei wolle einen Bankraub vertuschen. Von der Vermutung, ein Polizist habe Hahn vom Leben zum Tode befördert, von seiner Spur ins Rotlichtmilieu, wobei er freilich die Identität von Sternberger als Quelle ebenso verschwieg wie seine eigenen Recherchen bei Analisa. Er sprach von der vagen Spur, die nach Weißrussland wies. Immerhin, Schmaerse ließ ihn ein Stück weit in die Erkenntnisse der Polizei Einblick nehmen, verriet, dass sie auch schon in Richtung Russenmafia ermittelten, aber noch nicht sehr weit gekommen waren und etwas in Richtung Autoschieberei in großem Maßstab vermuteten.

*Quidproquo*, dachte Hartmann und erzählte ihr von seinen weiter reichenden Erkenntnissen über Riedburg als die Drehscheibe des Handels mit osteuropäischen Mädchen – einschließlich ihrer Bedeutung und ihres Ausmaßes für Mittel- und Süddeutschland.

Steffi Schmaerse hörte ihm aufmerksam zu, stellte ihm nur behutsam Zwischenfragen, benahm sich ihm gegenüber genauso, wie er sich einer unsicher sprudelnden Quelle gegenüber benommen hätte. Doch Hartmann ließ sich auf so eine Befragung gar nicht erst ein. Seine Quellen, das machte er ihr deutlich klar, würde er nicht zu Zeugen machen. Das müsse die Polizei schön alles selbst nachprüfen.

Schließlich brachte Hartmann Tatjana Leibowitz und ihre Schlüsselrolle in dem ganzen Fall zur Sprache. Er benannte den Standort der Halle, in der die Mädchen für den Verkauf aufgehübscht wurden, die Bedeutung des Waldhotels, die Rolle von Hahn und Eisel. Seinen nächtlichen Besuch auf dem Eisel'schen Grundstück verschwieg er wohlweislich.

Nach dem Gespräch fuhr er erschöpft nach Hause, wo er noch einmal ein langes Gespräch mit seiner Anette führte. Die streichelte immer noch seinen Kopf in ihrem Schoß, nachdem er längst eingeschlafen war.

Für Steffi Schmaerse hingegen, die während des Gespräches mit Hartmann immer munterer geworden war, fing eine lange und arbeitsreiche Nacht an.

## 32

Peter Hartmann hatte denkbar schlecht geschlafen. Dennoch fühlte er sich schon relativ früh am Morgen frisch, ausgeruht und vor allem: tatendurstig. Während er hastig frühstückte, fuhr er den Rechner hoch und loggte sich in das Firmensystem ein, wo er seine Mails prüfte.

Gerade als er die Toastkrümel von der Tastatur pusten wollte, klingelte sein Handy.

»Nehmen wir mal, an, hier würde Herr Jemand sprechen«, begann der Anrufer, und Hartmann hielt wie elektrisiert inne. Als er diesen Satz das letzte Mal gehört hatte, bekam er die Information, dass die Abteilung Interne Ermittlungen gegen einen Polizisten vorging, der bei der Festnahme von Hahn dabei war. Auch wenn der Anruf ihn auf eine falsche Fährte gelockt hatte, erwies sich der Tipp am Ende als wahr. Leider konnte er die Stimme des Anrufers nicht identifizieren. Offenbar hatte er in Polizeikreisen einen neuen Freund, der es vorzog, anonym zu bleiben. Dennoch ging eine Warnlampe in seinem Hinterkopf an: Wer immer etwas von der Presse wollte, der verfolgte eigene Ziele, sagten ihm seine Erfahrungen. Ganz besonders anonyme Anrufer – die wollten oft nur die Medien instrumentalisieren.

»Oh«, gab er sich gleichermaßen überrascht wie gut gelaunt, »was verschafft mir die Ehre eines weiteren Kontakts?«

Doch der andere hielt sich nicht beim Vorgeplänkel auf.

»Fahren Sie doch mal in den Gewerbepark West. Und vergessen Sie Ihre Kamera nicht. Da können Sie heute schöne Bilder machen.«

»Gibt es dort jetzt schon eine Lage?« Ganz bewusst benutzte Hartmann einen Begriff aus dem Polizeijargon. Und es klappte. Sein Gegenüber stutzte nicht ob des Fachwortes.

»Noch nicht. Aber das kann jeden Moment so weit sein.« Also doch ein Polizist, registrierte Hartmann wie nebenbei. Doch auf mehr durfte er nicht hoffen. Heute noch nicht. Der Anrufer legte wortlos wieder auf.

Der heutige Tag, das spürte er, würde ein ganz besonderer werden. Genau dreizehn Tage lang hatte er darauf gewartet. Dreizehn Tage, in denen die Polizisten hoffentlich ihre Hausaufgaben gemacht hatten. Gewerbepark West. Da lag er richtig mit seiner Vermutung. Er widerstand der Versuchung, Steffi Schmaerse anzurufen und nach dem Stand der Dinge zu fragen, setzte sich schon vor acht in sein Auto und fuhr in das Industriegebiet.

Nach einer langsamen Runde über die planmäßig angelegten Straßen mit den beiden großen Wendeschleifen am Ende des Gewerbeparks stellte er sein Auto auf dem Firmenparkplatz des ersten Unternehmens nach dem Kreisverkehr, einer Großbäckerei, ab. Hier mussten sie vorbeikommen. Und sie würden vorbeikommen, da war sich Hartmann sicher. Er hatte sein Handwerkszeug einschließlich seiner Kamera dabei, wollte aber beim Nahen des ersten Polizeifahrzeuges die Zentrale anrufen, einen Fotografen anfordern, damit er sich ganz auf die Textarbeit konzentrieren konnte, und Alexander Böhnke bitten, mit einem weiteren Fotografen zu einem Polizeieinsatz in der Firma Gottlieb Werner zu fahren. Das war sein Szenario. Später würde ihn niemand mehr fragen, woher er seine Informationen hatte. Aber die Bilder würden allein der Riedburger Rundschau gehören.

Nach einer Stunde vertrat er sich die Beine und suchte eine Stelle, wo er einigermaßen unbeobachtet pinkeln konnte.

Nach der zweiten Stunde bekam er Appetit auf eine Zigarette. Er stellte Figaro ein, den Kulturkanal des Mitteldeutschen Rundfunks, lauschte dem »Gedicht des Tages« und folgte dann einer Diskussion über die Entwicklung der Jazzszene in Dresden. Das Verlangen nach einer Zigarette wurde fast übermächtig. Ein Jahr danach noch so ein Firlefanz, ärgerte er sich. Das Gefühl bestärkte ihn in seiner Überzeugung, dass ein Ex-Raucher in den gleichen Gefahren schwebte wie ein trockener Alkoholiker: Einmal zum Glimmstängel oder zum Glas gegriffen, und das war es.

Kurz nach elf startete er seinen Wagen und rollte langsam wieder Richtung Stadt. Er ärgerte sich darüber, dass die Zeit ereignislos verstrichen war. Natürlich fielen ihm tausend Gründe ein, warum noch alle die Füße stillhielten. Zum einen brauchte die Polizei einen richterlichen Durchsuchungsbeschluss und gegebenenfalls einen Haftbefehl. Beides ließ sich nicht übers Knie brechen, beides bedurfte auch tiefer gehender und detaillierter Ermittlungen zu den vielen globalen Informationen, die er Anettes neuer Freundin gegeben hatte.

Und dann sah er sie: Eine ganze Kolonne kam die Erfurter Straße hoch. Ein Streifenwagen, gleich drei sogenannte Sixpacks, Mannschaftswagen in Kleinbusgröße, ein Transporter der Kriminaltechnik, zwei Zivilfahrzeuge, noch ein Streifenwagen. Eine ganze Kolonne mit blitzenden Blaulichtern, aber ohne Martinshorn. Er verlangsamte die Fahrt, bog nach rechts auf ein Tankstellengelände ein und tippte die Kurzwahl der Redaktion in sein Handy. Noch bevor jemand an den Apparat ging, hatte er sein Auto gewendet und fuhr wieder Richtung Gewerbepark. Die Kolonne mit den Polizeifahrzeugen hatte schon einen gehörigen Vorsprung, aber er hatte es nicht mehr eilig. Er würde nichts verpassen, er wusste, wohin die wollten.

Sieben Minuten später stoppte Hartmann vor den Füßen eines Bereitschaftspolizisten im Kampfanzug, der ihn mit wild rudernden Armen zum Umkehren veranlassen wollte. Hartmann hielt das Presseschild in die Windschutzscheibe, griff sich Arbeitsbuch und Kamera vom Beifahrersitz und stieg seelenruhig aus.

»Hier dürfen Sie nicht fotografieren«, giftete ihn der Polizist an.

Ein erfahrener Beamter schon. Fitnessstudio, Sonnenstudio, geschorener Schädel und Kaugummi. Hartmann wusste Bescheid. Es gab da Typen, die fühlten sich in ihren Springerstiefeln wie Rambo. Manche führten sich auch so auf.

»Sind Sie hier die Absperrung?«, fragte er betont lässig, obwohl ihm das Herz im Halse klopfte.

»Was denken Sie denn?«

»Gut.« Er hielt ihm seinen Presseausweis vor die Nase. »Dann wissen Sie auch, dass Sie mich hier durchlassen müssen, bis zu Ihrem Einsatzleiter beziehungsweise dem Pressebeauftragten.«

Das war ein klein bisschen gelogen. Hartmann ärgerte sich an polizeilichen Absperrungen immer wieder darüber, dass es die alten Presseausweise nicht mehr gab. Damals, bis Ende der neunziger Jahre, stand auf der Rückseite der großen Klappausweise, dass die Vertreter der Presse auch hinter die behördlichen Absperrungen durften. Unterschrieben war das vom Vorsitzenden der Innenministerkonferenz. Doch diese Zeiten waren längst passé. Journalistische Arbeit wurde eben nicht leichter.

»Gar nichts muss ich«, sagte der Polizist feixend. »Hier kommt niemand durch, auch nicht die Presse.«

Na gut, einen Versuch war es wert, befand Hartmann und hob die Kamera.

»Öffentliche Straßen, Wege und Plätze«, rief er schnell, als der Polizist protestieren wollte. »Von hier aus darf ich. Wenn Sie vielleicht aus dem Bild gehen wollen – ihr wollt doch immer nicht erkannt werden.«

Mit zweihundert Millimeter Brennweite bekam Hartmann genug aufs Bild: Bereitschaftspolizisten, die in großen Abständen rings um eine Halle postiert waren. Ein Techniker und mehrere Zivilbeamte, die sich an einem Tor zu schaffen machten. Einsatzkoffer, die von Männern in weißen Overalls vom Kleintransporter aus in Richtung Tor geschleppt wurden.

Der Polizist hatte sich abgewandt und sprach in sein Funkgerät. Wenig später hastete ein junger Beamter mit den zwei Sternen eines Oberkommissars die Betriebszufahrt herauf.

»Gibt es hier Probleme?«, fragte er Hartmann streng.

»Wärt ihr sonst hier?«, fragte Hartmann zurück und grinste ihn freundlich an.

Es wirkte. Der Polizist, offenbar der Gruppenführer der Bereitschaft, entkrampfte sich.

»Woher haben Sie denn Wind von dem Einsatz bekommen?«, wollte er wissen.

»Phhh.« Hartmann winkte ab. »Ein Glückstreffer. Ich wollte gerade in die Redaktion fahren, da habe ich eure Kolonne gesehen. Alles andere ist Routine. Aber das hier«, er wies auf den Einsatzort, »ist offenbar alles andere als Routine.«

Der Polizist folgte mit den Augen Hartmanns Fingerzeig.

»Dazu kann ich Ihnen nichts sagen«, teilte er militärisch knapp mit. »Die K leitete die Ermittlungen vor Ort. Informationen bekommen Sie sicherlich im Laufe des Tages von Herrn Rattmann.«

»Ist Florian hier?« Hartmann täuschte Vertraulichkeit vor.

»Ich habe ihn noch nicht gesehen.«

»Und wer leitet von der K?«

»Das kann ich Ihnen nicht sagen.«

»Dann seien Sie so freundlich und fragen Sie nach.« Hartmann blieb hartnäckig. »Bitte!«, setzte er hinzu.

»Na schön«, sagte der Einsatzleiter. »Aber Sie warten hier.«

Was wollt ihr tun, wenn ich einfach weiterlaufe? Mich erschießen? Hartmann dachte es sich nur. Es laut auszusprechen hätte wieder nur Komplikationen gebracht. Die konnte er gerade nicht gebrauchen.

Hinter ihm quietschten Bremsen. Aus einem dunkelblauen und völlig verwahrlosten VW Golf kletterte Roberto Thalmann, der Fotograf.

»Der gehört zu mir«, rief Hartmann Rambo zu, der schon wieder an seinem Funkgerät herumfingerte.

»Also, du hast einen Riecher«, sagte Thalmann anerkennend und boxte Hartmann auf den Oberarm.

Nach einer Weile kehrte der Einsatzleiter zurück.

»Frau Schmaerse sagt, Sie dürfen mit runterkommen«, sagte er.

»Der gehört zu mir«, wiederholte Hartmann boshaft in Richtung Rambo, als Thalmann ebenfalls losmarschierte.

***

Als Alexander Böhnke vor der imposanten Fassade der »Gottlieb Werner Nachf.« stoppte, glaubte er zunächst, von Hartmann in die Irre geführt worden zu sein. Von einem größeren Polizeieinsatz war nichts zu sehen. Erst als er und der Fotograf ausstiegen und auf die Toreinfahrt zugingen, bekamen sie eine Ahnung von dem Geschehen. Dort nämlich stand, als könne er kein Wässerchen trüben, ein Streifenpolizist in Uniform, noch dazu einer, der Böhnke kannte.

»Wie habt *ihr* denn Wind von der Sache bekommen?«, fragte er freundlich, während er Böhnke die Hand schüttelte.

»Ach«, winkte der ab, »ein Leseranruf, man kennt das doch.« Das war so ziemlich die billigste, gleichzeitig jedoch die überzeugendste Lüge in der Branche. »Was läuft da drin?«, fragte Böhnke beiläufig.

»Frag mich nicht, wir sind hier nur das Bodenpersonal. Der Einsatzzug ist da, die Kripo auch. Wartet am besten unten am Eingang und fragt nach dem Häuptling.«

»Wer ist das diesmal?«

»Ich glaube, das ist dieser Helbing oder Hölbing, so ein kleiner drahtiger.«

»Ja, kenne ich«, sagte Böhnke und ging auf den Innenhof.

Dort standen eine Menge Fahrzeuge herum, der Fotograf hielt die ganze Versammlung für die Nachwelt fest. In der Tür wachte ein Bereitschaftspolizist wie der Türsteher einer Disco: der Blick irgendwo ins Leere, die Brust rausgestreckt, die Hände auf dem Rücken. In diesem Moment klang Getrappel von der Treppe her. Dann kam eine Frau in Handschellen aus der Tür, am Oberarm geführt von einer Zivilbeamtin. Hektisch schaute sich Böhnke nach seinem Fotografen um, doch der hatte die Situation längst erfasst und schoss Dauerfeuer.

Wenig später kam auch Kriminalhauptkommissar Frank Hölbing aus der Tür. Er wirkte hektisch wie immer und ein wenig verärgert – aber schon bevor er die beiden Journalisten sah.

»Auf ein Wort, Herr Hölbing«, rief Böhnke.

»Nicht jetzt«, schnitt dieser ihm das Wort ab, beobachtete, wie die Festgenommene sorgfältig im Wagen verstaut wurde, und gab der Zivilbeamtin ein paar Anweisungen. Dann hastete er wieder ins Gebäude zurück. Als Böhnke ihm folgen wollte, machte der Bereitschaftspolizist einen demonstrativen Schritt in den Türrahmen. Du kommst hier nicht rein, sollte das signalisieren. Böhnke versuchte es gar nicht erst. Er kannte die Spielregeln.

Geschlagene zwanzig Minuten musste er warten. Zwanzig Minuten, in denen er und der Fotograf vollkommen ignoriert wurden. Beamte kamen aus dem Haus, trugen Computer und Akten zu einem Kleintransporter, der Fotograf ließ jedes Mal seine Kamera klicken. Keiner stellte den beiden irgendwelche Fragen, sie waren wie Luft für die Polizisten.

Böhnke kannte das gut, es war das typische Verhalten von Polizisten an Tatorten, vor allem bei schweren Verbrechen. Kluge

Polizisten wussten, dass jede noch so kurz angebundene Antwort, die sie einem Journalisten geben würden, in Ermangelung anderer Details am nächsten Tag in der Zeitung stünde. Und dann gäbe es Ärger mit den Vorgesetzten.

Es war schon eine ganze Reihe von Fahrzeugen vom Hof gerollt, als endlich der Einsatzleiter aus dem Gebäude kam. Nur unwillig kam er auf Böhnke zu.

»Tag, Herr Böhnke.«

»Guten Tag, Herr Hölbing.« Böhnke musste keine Frage stellen, die ergab sich schon aus der Situation.

»Ja, es hat einen Einsatz gegeben«, sagte Hölbing und grinste schief. »Dabei wurden in dem Unternehmen Beweismittel sichergestellt.«

»Und die Frau?«

»Wir haben sie mitgenommen.« Ein listiges Lächeln stahl sich in Hölbings Gesicht. Eigentlich wollte er gar nichts sagen.

»Festgenommen oder verhaftet?«, bohrte Hölbing nach.

»Wir hatten einen Haftbefehl.«

»Was wirft man der Frau vor?« Böhnke wusste, dass es sinnlos war, nach dem Namen zu fragen. Den musste er auf andere Weise herausfinden.

»Das müssen Sie den Haftrichter fragen«, beschied ihn der Polizist.

»Aber Herr Hölbing …« Böhnke versuchte es mit einem versöhnlichen Ton.

Doch Hölbing kannte sein Repertoire.

»Ich nehme an, dass es heute noch eine offizielle Presseerklärung geben wird.«

»Sie leiten derzeit eine Sonderkommission. Sagen Sie mir wenigstens, ob die Verhaftung im Zusammenhang mit den Mordfällen stand.«

»Kein Kommentar.«

Hölbing wandte sich ab und ging zu einem Zivilfahrzeug mit Magnet-Blaulicht auf dem Dach. Die Tür war schon offen, als er sich noch einmal umdrehte und ein paar Schritte zurückging.

»Der Polizeidirektor wird entscheiden, ob es heute oder morgen eine Pressekonferenz dazu gibt.«

Böhnke bedankte sich. Er wusste genug. Die Andeutung einer Pressekonferenz war ein indirektes Ja auf seine Frage nach dem Zusammenhang mit den Mordfällen. Hoffentlich hatte Hartmann im Gewerbepark mehr erfahren, dachte Böhnke. Ansonsten konnte er nur hoffen, dass die Pressekonferenz erst morgen stattfinden würde und dass sein Polizeireporter mit seinen ganz eigenen Methoden noch heute mehr in Erfahrung bringen konnte.

Alexander Böhnke zog das Handy aus der Tasche und wählte Hartmanns Nummer.

## 33

»Ist es vorbei?« Anette Hartmann sprach die Worte mehr in den Geschirrspüler hinein, den sie gerade einräumte, währenddessen sie ihren Hintern in die Küche streckte.

Ein prächtiges Hinterteil, befand Hartmann, grinste und antwortete: »Vorbei ist es erst, wenn die fette Lady singt.«

»Bitte?« Anette fuhr herum.

»Ach, nur so eine Redensart«, winkte er ab.

»Hoffentlich«, sagte sie mit leicht drohendem Unterton.

»Ich bring erst mal meine Sachen weg.«

»Du kommst spät.«

»Es war ein harter Tag, ich erzähl gleich«, sagte er, weit hinten im Flur.

»Ich denke, es ist vorbei«, rief sie ihm hinterher.

»Na, sagte ich doch schon«, tönte es aus seinem Arbeitszimmer.

Anette widmete sich wieder der Küchenarbeit. Seit Tagen ging das nun schon so. Über zwei Wochen war es her, dass die große Razzia in Riedburg zum Thema des Tages geworden war. Nicht nur in den Gesprächen der Riedburger, auch in der Rundschau, wo Peter die ganze Seite drei belegen durfte. Da fand Anette alles, worüber ihr Mann am Abend zuvor nicht mehr hatte reden wollen, weil er nach einem Dreizehn-Stunden-Tag völlig breit war. Einen dicken Whisky hatte er sich eingegossen und war auf der Couch eingeschlafen, noch bevor der Eiswürfel geschmolzen war.

Und so hatte sich das fortgesetzt. Zwei Mal eine komplette Seite, sonst immer große Mehrspalter. Erst in den letzten vier Tagen wurden die Beiträge kleiner, wanderten von Seite drei in den Thüringen-Teil. Auch seine Arbeitszeiten nahmen wieder ein akzeptables Maß an.

Mit der Verhaftung der so bieder daherkommenden Unternehmerin schien das Rattennest ausgeräuchert, die Berichte wurden Seite für Seite durchs Blatt nach hinten gerückt, und nun konnte man, so folgerte sie aus bisherigen Erfahrungen, bis zum ersten Gerichtstermin durchatmen.

Daher täglich das gleiche Ritual: Anette fragte, ob es vorbei sei, und er antwortete mit einem Scherz.

Sie ärgerte sich ein wenig, weil es heute wieder relativ spät geworden war – die Uhr zeigte schon wieder acht. Aber heute würde sie sich die gute Laune durch seine Frotzeleien nicht verderben lassen. Viel zu stolz war sie auf ihren Peter. Und erleichtert. Denn, und das wusste er noch nicht, sie würden heute noch Besuch bekommen. Ihre neue Freundin Steffi hatte angekündigt, sie wolle nach dem Dienst mal kurz vorbeischauen. Aber sie konnte keine konkrete Uhrzeit benennen. Dass sie die Einladung zu einem kleinen Imbiss rigoros ausschlug, war für Anette Hinweis genug, dass es mit dem Besuch ebenfalls später werden könnte. Das kannte sie schon von ihrem Peter. Irgendwie waren die jeweiligen Berufe einander gar nicht so fremd, wie es dem jahrelangen Katz-und-Maus-Verhältnis der beiden nach den Anschein hatte. Aber allein die Tatsache, dass Steffi trotz ihres Arbeitspensums vorbeikommen wollte, schien Anettes Hoffnung zu bestätigen, dass es langsam vorbei sein würde.

Als Peter wenig später barfuß und nur mit Boxershorts bekleidet über den Flur in Richtung Dusche huschte, pfiff sie ihn zurück.

»Dass du mir danach was Vernünftiges anziehst«, wies sie ihn an.

»Willst du noch weg?« Seine Stimmfarbe lag genau zwischen erstaunt und verärgert.

Sie lächelte.

»So ähnlich. Wir kriegen heute noch Besuch. Steffi will auf einen Sprung vorbeikommen.«

»Oh!« Er kratzte sich am Kopf.

»Das scheint dir zu gefallen«, neckte sie ihn.

»Ist mir nicht mehr so unangenehm wie beim ersten Mal«, räumte er ein. »Da will ich mal fix machen.«

Es klappte wie nach Drehbuch. Als Peter mit noch etwas feuchten Haaren wieder auftauchte – frisches weißes Shirt, sandfarbene Vierfünftelhosen aus Leinen –, fuhr draußen Steffi Schmaerse mit ihrem Privatauto vor.

Anette hatte inzwischen den Tisch im Wohnzimmer gedeckt. Drei Rotweingläser, ein dekantierter Lagrein, etwas Schokolade, ein bisschen Knabberzeug. Das Wetter hätte zwar auch noch eine schöne Stunde auf der Terrasse zugelassen, aber zum einen schwärmten heute wieder die Mücken, zum anderen konnte sich die Hausherrin leicht vorstellen, dass im Gespräch auch dienstliche Dinge berührt werden würden, wenn ihr Mann und die Kommissarin privat am Tisch saßen.

»Es ist vorbei«, sagte Steffi Schmaerse ruhig und leise, nachdem sie ein paar Nettigkeiten zur Begrüßung ausgetauscht hatten.

Anette lachte prustend los, auch Hartmann grinste, und Steffi Schmaerse schaute die beiden irritiert an.

»Habe ich was verpasst?«, fragte sie.

»Ja«, antwortete Hartmann und grinste noch breiter. »Vorbei ist es erst, wenn die fette Lady singt«, sagte er. »Wir hatten den Satz heute schon mal.«

»Ja«, bestätigte Anette. »Jetzt schuldest du uns aber langsam eine Erklärung, was es mit dem Spruch auf sich hat.«

»Tu ich das?«, fragte Hartmann sarkastisch.

»Bitte«, bettelte sie.

Hartmann blickte fragend zu Steffi Schmaerse, die nickte knapp.

»Also schön. Aber danach erzählt Steffi.«

Die nickte wieder.

»›Es ist erst vorbei, wenn die fette Lady singt‹ ist eine alte Redensart, die immer der Oper zugeschrieben wird. Ihr Entstehen wird sogar auf Wagners ›Ring der Nibelungen‹ zurückgeführt. Die Walküre Brünnhilde singt dort als Letzte – und sie wird oft als dicke Frau dargestellt.«

»Aha«, machte Anette, »leuchtet ein.«

Steffi Schmaerse nippte an ihrem Wein.

»Das ist noch nicht alles!« Hartmann hob die Hand. »Ich habe mal eine tolle Geschichte gehört, nach der die Wendung eine ganz andere Herkunft hat. In Amerika soll es eine berühmte Segelregatta geben. Und weil es früher keine elektronischen Messungen gab und auf dem Wasser Zielstriche unbekannt sind, lag die Entscheidung über den Sieg im Ermessen der Schiedsrichter.

Bei dieser Regatta jedenfalls gab es an der Hafeneinfahrt eine Art Sirene, und die nannte man ›the fat lady‹. Erst wenn diese erklang, bedeutete das: Wir haben einen Sieger. Mit anderen Worten: Du sollst nicht zu früh den Arm hochreißen – die Regatta ist erst vorbei, wenn die fette Lady erklingt.«

Anette schaute skeptisch. Sie kannte ihren Mann.

»So was habe ich noch nie gehört. Das hast du dir doch wieder nur ausgedacht, gib's zu.«

»Kein bisschen, ich schwör«, sagte Hartmann und legte sich theatralisch die Hand auf das Herz. Das Lachen der drei klang nervös, jeder von ihnen wusste, warum.

»Aber jetzt du, Steffi: Du hast gesagt, es ist vorbei. Jetzt klär uns auf.«

Alle machten wieder ein ernstes Gesicht. Steffi Schmaerse drehte den Stiel des Weinglases in der Hand und folgte mit dem Blick versonnen der Bewegung der Flüssigkeit.

»Also«, fing sie an. »Das bleibt alles erst mal hier im Raum.« Anette Hartmann nickte eifrig. »Wir haben zu Monatsbeginn den Hinweis eines Bürgers überprüft.« Steffi Schmaerse schenkte Hartmann einen tiefen Blick, der lächelte genießerisch.

»Der Hinweis hat unsere bisherigen Ermittlungen zu den Morden nicht in Frage gestellt, ihnen aber eine etwas andere Richtung gegeben. Wir hatten bis dahin richtigerweise im organisierten Verbrechen gesucht, aber sozusagen an einer völlig falschen Stelle. Plötzlich hatten wir den Namen einer Verdächtigen und eine ganze Reihe von Behauptungen, die es zu überprüfen galt.«

»Den Namen dieser Tatjana?«, fragte Anette nach, und die beiden anderen nickten.

»Je tiefer wir gegraben haben, desto schneller sind wir fündig geworden. Das muss man sich vorstellen wie so ein Puzzle. Wenn man den entscheidenden Stein gefunden hat, nicht den Schlussstein, eher so einen … Schlüsselstein, dann läuft es wie von selbst, dann fügt sich eins ins andere.«

»Ich verstehe.« Anette nickte.

»Das war am Anfang gar nicht so einfach. Wir hatten die konkreten Hinweise, aber keinerlei konkrete Belege. Die mussten wir sammeln, das war ziemlich mühsam. Ich meine, das meiste hat Peter ja schon unmittelbar nach der Razzia geschrieben. Unsere Hauptverdächtige organisierte die Transporte junger Mädchen von Weißrussland nach Deutschland. Ein klassischer Menschenhandel zum Zweck der sexuellen Ausbeutung. Das ließ auch gleich auf organisierte Kriminalität schließen. Sie betrieb ein Bordell, hatte eine ganze Menge Sexarbeiterinnen in der Wohnungsprostitution und belieferte andere Bordelle sozusagen mit Frischfleisch.«

»Aber die hatte doch eine Firma hier in Riedburg. Waren das alles ihre Komplizen?«

Steffi Schmaerse schüttelte den Kopf.

»Im Gegenteil. Die meisten wussten nicht einmal was von ihrer zweiten Identität. Die Firma war sozusagen nur der Tarnumhang für ihre tatsächlichen Geschäfte. Sie hatte eine fleißige Prokuristin, eine Designerin und ein paar Näherinnen, der Rest lief so dahin – ohne größeres Aufsehen. Aber sie hat ihre Firma benutzt, um Geld zu waschen und offizielle Verträge zu schließen. Diese Halle im Gewerbepark zum Beispiel, bei der wir zeitgleich zur Durchsuchung in ihrer Firma waren, die hatte sie über ihre Firma angemietet. Sonst lief viel über Bargeld. Das mussten wir erst mühsam ermitteln. Aber …«

»Aber?« Hartmann schaute sie erwartungsvoll an.

»Ach, kein Aber. Wir haben halt auch unsere Mittel und Methoden.«

Er wusste, wann er nicht tiefer zu bohren hatte.

»Auf jeden Fall hatten wir nach knapp zwei Wochen genügend Verdachtsmomente zusammen.« Sie zählte auf und benutzte dabei die Finger: »Körperverletzung, Zuhälterei, Beschäftigung von Ausländern ohne Aufenthaltstitel, Menschenhandel zum Zweck der sexuellen Ausbeutung, Bildung einer kriminellen Vereinigung, das halbe Strafgesetzbuch hoch und runter. Fluchtgefahr ist in Anbetracht der zu erwartenden Freiheitsstrafe per se gegeben, sodass auch der Haftrichter nicht lange überlegen musste. So konnten wir uns dann mit einer ganzen Reihe von Durchsuchungsbeschlüssen und Haftbefehlen auf den Weg machen. Das hast du ja durch einen Zufall mitbekommen.« Sie zwinkerte Peter verschwörerisch zu.

Anette war auf der Couch bis nach vorne gerutscht und hielt die Knie fest zusammengepresst. »Das ist ja aufregend!«, rief sie.

Steffi Schmaerse wollte nicht den coolen Bullen mimen. Vor Anette und Hartmann hatte sie dazu keinen Grund.

»Das ist sogar sehr aufregend«, bestätigte sie.

»Aber hatte nicht Hölbing die Leitung der Soko inne?«, fragte Hartmann.

»Richtig, der ist auch jetzt noch der Chef der Soko, wir müssen da nichts durcheinanderbringen. Wir kommen damit schon zurecht, ich kenne ihn lange genug. Außerdem tut es mal ganz gut, nicht die Zusammenfassungen schreiben zu müssen oder so viel zu koordinieren. Mich hat er jetzt auf die Strobl angesetzt, das ist mir ganz recht.«

»Strobl?«, unterbrach Hartmann. »Wer ist jetzt diese Strobl?«

»Du kennst sie unter dem Namen Leibowitz.«

»Das ist diese Tatjana, die Chefin vom Ganzen«, sagte Hartmann zu seiner Frau.

»Ich weiß schon, wer das ist«, fauchte sie ihn an.

Hartmann hob die Hände. »Entschuldige nur, wir haben den Nachnamen in der Zeitung abgekürzt.«

»Und das bedeutet?« Anette war ganz Aufmerksamkeit.

»Wir kürzen die Nachnamen immer ab.«

»Ach, dich hab ich doch jetzt gar nicht gefragt. Ich wollte wissen, was es bedeutet, dass Steffi auf die Strobl angesetzt ist. Und wieso die nicht Leibowitz heißt.«

»So viele Fragen auf einmal.« Steffi Schmaerse hielt inne und nahm einen Schluck von ihrem Wein. »Ich weiß gar nicht, ob ich das alles erzählen sollte. Du unterstehst dich, den Namen in der Zeitung zu schreiben«, warnte sie mit einem Seitenblick auf Hartmann.

»Das würde mir nicht viel nützen. Wenn ich sie als Geschäftsführerin der Werner-Moden bezeichne, kennt sie jeder. Und den Namen schreiben wir ohnehin nicht aus. Aber mich interessiert die Geschichte dahinter. Und wenn du mir einen Tipp gibst, bei wem ich diese Geschichte nachrecherchieren kann, dann warst du es auch nicht, die sie mir verraten hat.« Er zwinkerte ihr zu, aber ihr Stirnrunzeln wurde nur noch tiefer.

»So macht ihr das also. Na, das muss ich mir noch gut überlegen.« Sie stellte das Glas wieder auf den Tisch. »Also die Strobl hat den falschen Namen aus zwei Gründen benutzt. Zum einen wollte sie nicht mit den ganzen Grundstücksgeschäften und anderen Deals in Verbindung gebracht werden, bei denen sie mit ihrem richtigen Namen unterzeichnete. Sie heißt auch nicht Tatjana, sie heißt Aksana.«

»Aksana Strobl?« Hartmann lachte spontan. »Das klingt ja nun erst recht wie ein ausgedachter Name.«

»Ist es aber nicht. Ich fang mal von vorn an. Geboren wurde die saubere Dame als Aksana Fedarenka in Naumburg.«

»Also doch nicht in Odessa.«

»Quatsch doch nicht immer dazwischen«, fauchte Anette.

»Ach, das wusstest du schon?« Steffi Schmaerse hob eine Augenbraue.

»Sorry«, sagte Hartmann. »Sprich weiter, ich sag jetzt nichts mehr.«

»Aksana Fedarenka ist die Tochter eines höheren Offiziers der Sowjetarmee, der in Naumburg in einer Schützendivision diente. Die Mutter, eine geborene Leibowitz, kam übrigens tatsächlich aus Odessa.«

Hartmann holte Luft, machte aber sofort den Mund zu, als er das Aufblitzen in den Augen seiner Frau sah.

»Nach dem Abzug der russischen Truppen begann der soziale Abstieg der Familie in Minsk, der Heimatstadt des Vaters. Fedarenka kam schon als junge Frau auf das, was wir hier eine schiefe Bahn nennen. Ihre kriminelle Karriere begann als Prostituierte und als Dealerin. Schnell kam sie ins organisierte Verbrechen. Weil sie die Kindheit in Deutschland verbracht hatte, beherrschte sie die Sprache gut. Die Lust auf den Westen hatte sie schon als Hure, war aber schlau genug, sich nicht zu den Schafen, sondern zu den Wölfen zu gesellen. Sie reiste nach Finnland, wo sie ein Ökonomiestudium begann, kam von dort in einem Austauschpraktikum nach Leipzig und heiratete wenig später Karl-Alois Strobl, den Sohn eines Nürnberger Möbelhändlers. Ein Jahr nachdem sie die endgültige Aufenthaltsgenehmigung für Deutschland erhalten hatte, ließ sie sich wieder scheiden.«

Sie machte eine kleine Pause, die Hartmanns schwiegen. »Was diese Frau angefasst hat, zog sie gnadenlos durch – immer auf ihren persönlichen Vorteil bedacht und ohne Wenn und Aber. Wenn die ihre Energie nicht in Verbrechen gesteckt hätte … aber so ist das ja immer.« Sie straffte sich und legte die Hände in den Schoß. »Aber ich sollte wirklich nicht so viel plaudern.«

»Nein, nein, mach nur weiter«, forderte Anette sie auf. Sie war ganz rot vor Aufregung.

Hartmann kniff die Augen leicht zusammen.

»Was ihr inzwischen zu den Morden ermittelt habt, willst du mir wohl nicht erzählen?«

»Netter Versuch – du bist darin richtig gut.«

»Hm.« Er schmollte.

»Und wie habt ihr das alles so schnell rausgekriegt?«

»Ich bin täglich in Chemnitz, und noch redet die Frau wie ein Buch.«

»In Chemnitz?« Hartmann und Anette hatten fast gleichzeitig gesprochen.

»Ja, die sitzt in der JVA in Chemnitz-Reichenhain.«

»Aber … warum bringt man die nach Sachsen? Haben wir hier nicht genügend Gefängnisse?«

»Oh, unser Starreporter schwächelt …« Der Sarkasmus war nicht zu überhören. Hartmann biss die Zähne zusammen und wartete.

»Weibliche Gefangene kommen immer nach Reichenhain. In Thüringen werden schon lange keine inhaftierten Frauen mehr untergebracht.«

»Warum kann ich die Geschichte nur schwer glauben?«, fragte Hartmann.

Anette blickte ihn entrüstet an, und Steffi Schmaerse runzelte die Stirn.

»Ja, warum, was ist daran so schwer?«

»Ich kann mir nicht vorstellen, dass eine Frau vom Schlag dieser Leibowitz … also die Strobl, dass die so mir nichts, dir nichts ihre Lebensgeschichte erzählt.«

»Jaaa«, sagte Steffi Schmaerse gedehnt und strahlte. »Kleiner Psychotrick. Sie weiß noch nicht, dass wir auch wegen Mordverdachts gegen sie ermitteln. In Sachen Menschenhandel und sexuelle Ausbeutung habe ich angedeutet, die Staatsanwaltschaft beantrage bei Kooperation nur eine kurze Freiheitsstrafe. Und nun plaudert sie und plaudert und plaudert.«

»Manchmal seid ihr ganz schön ausgekocht«, sagte Hartmann anerkennend.

»Danke für das Kompliment. Du musst nicht denken, dass Raffinesse ein Vorrecht der schreibenden Zunft sei.«

»Ich hielt es immer für ein Vorrecht der Frauen.«

»Wie hältst du das mit dem eigentlich aus?«, fragte sie Anette.

Alle lachten.

»Ich sollte jetzt aber wirklich gehen«, sagte Steffi Schmaerse. »Ich wollte ja nur auf einen Sprung vorbeikommen, außerdem bin ich todmüde und muss noch fahren.« Sie zeigte mit schuldbewusster Miene auf ihr Weinglas und stand auf.

»Ach, das war so interessant, mit solchen Geschichten kannst du gerne öfter kommen«, sagte Anette.

Hartmann blieb sitzen und brummte. Steffi Schmaerse schaute ihn an und schüttelte den Kopf.

»Das reicht dir alles noch nicht, stimmt's?«

»Solange sie das nur dir erzählt hat, nützt es mir nichts. Das kann ich nicht verwenden, ohne dich als Quelle aufzudecken.«

»Aber du könntest rüber nach Naumburg fahren und ins Café Moskau gehen. Der Inhaber ist ein Sandkastenfreund von der Strobl. Und sie haben sich erst vor einem halben Jahr durch einen Zufall wiedergefunden. Das hat mir die Strobl in einem Anfall von Rührseligkeit erzählt – so ein Knast scheint richtig einsam zu machen. Wir haben den Inhaber nicht befragt, er ist für uns nicht von Relevanz. Und wo du deine Informationen herhast, musst du ja nicht jedem Cafébetreiber auf die Nase binden.«

Hartmann strahlte wie ein Zehnjähriger unterm Weihnachtsbaum. Er sprang spontan auf und nahm Steffi in den Arm.

»Du Gute! Dafür gibt es einen dicken Kuss«, sagte er und schmatzte ihr theatralisch auf die Wange.

## 34

Tasha Bazooka saß auf einem der bekleckerten Drehstühle in ihrem Atelier. Sie hatte ihn an den mittleren Tisch am Fenster gerollt.

Eigentlich hatte sie sich fest vorgenommen, zu arbeiten. Doch sie saß nur da, hatte ihre Füße auf den Tisch gelegt, und wenn sie nicht rauchte, dann kaute sie an ihren Nägeln. Ihre Augen waren rot geweint und von dunklen Ringen umgeben, die sie der Trauer um Sveta und der einen oder anderen Flasche Wodka zu verdanken hatte. Gestern erst hatte sie versucht, zu arbeiten. Doch aus den Röcken, die sie mit dem Fine-Liner in flinken, präzisen Bewegungen auf das Papier brachte, schauten plötzlich *skulls* empor, schreckliche Totenköpfe, aus deren Augenhöhlen Würmer krochen.

Sie hörte Schritte auf dem Flur. Nicht schon wieder die Stein. Tasha hasste die Prokuristin. Es hieß, diese sei schon vor der Wende kaufmännische Direktorin in der Firma gewesen. Immer die Nummer zwei. Immer nach oben buckeln und nach unten treten. War die Leibowitz nicht da, so zog die Stein einen Eishauch hinter sich her, wenn sie über den Flur schritt.

Vor der Tür zum Zuschnitt hielten die Schritte inne. Die Stein lauschte, Tasha war sich da ganz sicher. Sie hielt fast die Luft an. Nach ein paar Sekunden lief die Prokuristin weiter. Gestern wollte sie auf mütterlich machen. Wollte Tasha trösten. Es werde schon irgendwie weitergehen mit der Firma. Sie sei ja schließlich auch noch da.

Glaubte die blöde Kuh wirklich, Tasha würde sich wegen der Verhaftung der Leibowitz vor Kummer verzehren? Als die Stein den Arm um Tashas Schultern legen wollte, hätte sie ihn beinahe weggeschlagen. Doch sie riss sich noch mal zusammen, wich lediglich mit einer heftigen Bewegung aus und funkelte die Stein an.

Die Schritte kamen zurück, verharrten wieder vor der Tür. Es klopfte. Leise, zaghaft fast. Tasha betrachtete ihre Nägel. Nichts da von jugendlichen Halbmonden. Es waren abgefressene Hornplatten mit entzündeten Nagelbetten. Sollte sie »Herein« rufen? Sie hatte schon als Kind gerne auf den Nägeln gekaut. Nagellack kam überhaupt nicht in Frage. Sie brauchte das Gefühl der Fingerkuppen auf dem Papier, so hielt sie ihre Nägel immer kurz. Eine Schere brauchte sie dafür nicht.

Die hohe zweiflüglige Tür quietschte beim Öffnen. Tasha drehte sich nicht um. Das brauchte sie nicht, um zu wissen, dass die Stein im Raum war. Die Temperatur sank.

»Na, haben Sie sich wieder ein wenig gefangen?«, fragte die Prokuristin.

Wer sie nicht kannte, der konnte in ihrer Stimme womöglich eine Spur Mitgefühl hören. Tasha wusste es besser.

»Es geht schon, danke«, sagte sie, nur um einem weiteren Gespräch aus dem Weg zu gehen.

Die Prokuristin stellte sich neben sie und sah ebenfalls durchs Fenster.

»Suchen Sie da draußen Einfälle?«, fragte sie spitz.

»Manchmal schon«, antwortete Tasha gelangweilt. Würde man mit dem Ohr ganz dicht an den Kopf von der Stein herankommen, so stellte sie sich vor, dann müsste man hören können, wie es auf deren Festplatte knisterte, so angestrengt suchte sie offenbar nach einer passenden Entgegnung. Doch die Stein holte nur tief Luft.

»Wir brauchen dringend die Entwürfe für die Vero-Moda-Röcke«, sagte sie schließlich. »Wir müssen bis Ende kommender Woche in die Produktion gehen.«

»Die Dänen wollen die doch erst Ende August«, maulte Tasha.

»Eben«, beharrte die Stein.

Tasha betrachtete ihre Nagelbetten und sagte nichts. Sie spürte die Seitenblicke der Möchtegernchefin fast körperlich.

»Hübsche Nägel«, ätzte diese.

Tashas »Leck mich« ging im Quietschen der Tür unter. Die Stein drehte sich um.

Die Sekretärin kam ins Zimmer.

»Post für dich«, sagte sie so förmlich wie möglich und legte einen Brief auf Tashas alten Nierentisch.

Die Stein machte einen langen Hals. Am Ende verließ sie die Geduld. Sie würde hier nichts ausrichten können.

»Jedenfalls … denken Sie bitte an die Entwürfe.«

Tasha nickte.

Als die Schritte der Prokuristin auf dem Flur wieder leiser wurden, drehte sie sich um und angelte sich den Brief vom Tisch.

»Frau T. Bazooka« stand auf dem Umschlag. Nichts weiter. Sie drehte ihn. Die Rückseite war leer. Sie drückte ein wenig auf die Umschlagkante, bis der Hohlraum am Falz groß genug war, den kleinen Finger hineinzubohren. Dann riss sie den Umschlag auf. Ein sauberes Blatt Papier, mit Computer bedruckt, eine serifenlose Schrift, vielleicht 14 Punkt, leicht lesbar:

*Du bist tot. Ich habe nicht lange gebraucht, um herauszufinden, wer mein Judas war. Dabei habe ich dir vertraut, das war mein einziger Fehler. Heute weiß ich, dass du nichts weiter bist als ein wertloses Stück Scheiße.*

Tasha ließ den Brief fallen. Ihr Herz begann zu rasen. Sie musste keinen Absender lesen, um zu wissen, wer ihn geschrieben hatte. Dennoch riss sie den Umschlag vom Tisch und besah ihn sich ganz genau. Kein Hinweis auf den Transportweg. Wie, zum Teufel, konnte man im Knast so einen Brief schreiben und ihn dann auch noch hinausschmuggeln? Der Umschlag segelte auf den Boden, sie nahm mit klopfendem Herzen erneut den Brief zur Hand.

*Du weißt, was man mit Verrätern macht.*

Oh ja, das hatte sie schon in Minsk geahnt, aber erst in Deutschland wirklich erfahren. Ihr Mund wurde trocken, kalter Schweiß trat ihr auf die Stirn. Sie las weiter.

*Wenn ich etwas bereue, dann nur zwei Dinge: dass ich dich Stück Dreck aus deinem Elend geholt habe und dass ich deine verhurte Schwester nicht gleich im Hotel zum Abschuss freigegeben habe. Wenn ich die Zeit zurückdrehen könnte, ich hätte sie an einen speziellen Kunden in Frankreich verkauft. Weißt du Stück Scheiße, was ein Snuff-Movie ist? Ich will es dir sagen, damit du weißt, was dir bevorsteht: Wenn du tief und friedlich schläfst, kommen sie dich holen. Sie reißen dich aus dem Bett, sie fesseln und knebeln dich, sie schleppen dich in ein Auto, und sie fahren dich weg. Dann wirst du gefilmt, während sie dich vergewaltigen, während sie dich spreizen, bis du glaubst, du zerreißt, während sie dich mit ihren Schwänzen und mit Gegenständen ficken, bis du blutest. Dann brechen sie dir die Knochen, sie schneiden dir die Haare ab und stopfen sie in dein schreiendes Maul.*

Tasha wurde schlecht. Sie wusste, wie brutal und grausam Zuhälter mit widerborstigen Frauen umgehen konnten. Aber so etwas hatte sie bisher weder gelesen noch gehört.

*Dann bist du wieder und wieder dran. Wenn du dein Bewusstsein verlierst, dann gibt es eine Ladung kaltes Wasser ins Gesicht. In den letzten Stunden, bevor sie dich schlachten, wirst du dir wünschen, nie geboren worden zu sein. So ein Video bringt 20.000 Euro ein – allein die Kopie. Du wirst unter unsagbaren Schmerzen immer an diesen Brief denken. Der Gedanke an mich wird dein letzter sein, bevor du verreckst.*

Zu der Übelkeit gesellte sich ein plötzlicher Schwindel, so als ob der Fußboden sich mal zu der einen, mal zu der anderen Seite neigte. Stark neigte. Trinken. Sie musste trinken. Tasha griff nach ihrer Wasserflasche und nahm einen tiefen Zug. Besser.

Sie beugte sich etwas vor, um den Brief, der auf ihren Schoß gefallen war, noch einmal zu lesen. Doch sie brachte es nicht fertig, die Buchstaben verschwammen ihr vor den Augen. Und wie in einem Tagtraum sah sie, fühlte sie, wie sie eines Morgens aus dem Bett gerissen würde. Ich werde nie wieder schlafen können, schoss es ihr durch den Kopf.

Sie trank noch einmal von dem Wasser, versuchte, wieder klar zu denken. Dann spürte sie den eisernen Griff um ihren Knöchel, wenn man sie aus dem Bett zerren würde. Sie musste etwas unternehmen. Irgendetwas. Alles war besser, als hier zu sitzen und zu warten, dass sie die Spirale zerstörerischer Gedanken in einen Nervenzusammenbruch trieb.

Sie bekam eine unbändige Lust, die Wasserflasche fest zu packen, weit auszuholen und sie mit kühnem Schwung durch das Fenster zu werfen. Sie konnte die berstende Scheibe fast hören, das Auseinanderfliegen der in der Sonne funkelnden Scherben sehen, das verängstigte Zucken der Passanten, den entsetzten Blick nach oben, wenn das schwere Glasgeschoss angesegelt kam.

*Du bist tot.*

Wer konnte sie verraten haben? Sie hatte die Geschichte nur dem Journalisten erzählt, sich sonst verhalten wie immer. Na ja, sie hatte sich bemüht, sich zu verhalten wie immer.

Zwischen der Unterredung mit dem Journalisten und der Verhaftung der Leibowitz lagen Wochen. Wochen lagen auch zwischen der Verhaftung und dieser unverhüllten Drohung, die bleischwer auf ihrem Schoß lag.

Mit ihrer Chefin hatte es dazwischen nur zwei oder drei Gespräche gegeben. Alle drehten sich um die Möglichkeit, eine eigene Kollektion auf dem Markt platzieren zu können. Tasha war im Herzen dagegen, sie wusste, dass das nur wenig bringen würde. Doch sie wehrte sich nicht, weil die Leibowitz und die Stein beharrlich an der Idee festhielten, es mit eigenen Stücken zumindest in der Damenoberbekleidung zu versuchen. Tashas Bemühungen, die Damen auf Herrenstrickjacken umzulenken, ein nur scheinbares Nischenprodukt, hatten keine Chance. Noch an dem Tag, als die Leibowitz abgeholt wurde, waren sie zum Kaffee verabredet gewesen, Tasha hatte neue Skizzen vorbereitet. Als die Bullen die Chefin in ihr Fahrzeug verluden, stand Tasha am Fenster und lächelte.

Und jetzt das. Wer hatte sie verraten? Kontakte zum Milieu hatte es nicht gegeben. Patrick war zweimal in der Fabrik aufgetaucht, aber immer gleich bei der Chefin verschwunden. Suchten sie nach Möglichkeiten, die Transportkette wieder aufzubauen?

Hatte sie sich selbst verraten? Die Trauer um Sveta hatte sie depressiv gemacht, reizbar und apathisch zugleich. Ahnte die

Leibowitz nur, dass sie es gewesen war? War der Brief nur eine Provokation? Nein. Dafür war er zu deutlich.

Der Schwindel hatte nachgelassen. Tasha klopfte sich eine Zigarette aus der Verpackung.

Der Journalist? Ausgeschlossen. Oder? Immerhin, er würde den Zorn der Leibowitz kanalisieren. Würde ein Journalist so etwas machen? Seine Informantin über die Klinge springen lassen, um von sich selbst abzulenken? In Weißrussland sofort, in Deutschland aber? Andererseits: Sie hatte genug im Leben gesehen und erlebt, um allen alles zuzutrauen.

Eigentlich konnte es nur der Journalist sein. Außer Hartmann wusste niemand, wer den entscheidenden Hinweis gegeben hatte. Konnte natürlich sein, er hatte innerhalb der Zeitung geplappert, und irgendeiner gehörte zu den Nutznießern von Leibowitz' Huren. Aber das spielte auch keine Rolle mehr.

Und nun? Wem könnte sie sich anvertrauen? Wer würde ihr helfen? Sie sah ziellos aus dem Fenster. Das Bild verschwamm nach wenigen Sekunden.

Tasha Bazooka, du sitzt in einer Falle, sagte sie sich. Du musst verhindern, dass sie dich finden. Aber wie? Jeder Gedanke an Flucht erschien ihr sinnlos. Zumindest in Deutschland würde sie sich nicht verstecken können. Es war ja nicht der Arm der Leibowitz, der so weit reichen würde. Es war das Netz, dessen sich die Leibowitz bedienen konnte. Eine scheinbar anarchische Organisation, in der die Wölfe immer gegen die Schafe zusammenhielten. Und bisher auch stets triumphiert hatten. Siehe Sveta.

Der Gedanke an ihre kleine Schwester schnürte ihr die Kehle zu. Ihr Tod durfte nicht umsonst gewesen sein.

Sie schraubte die Wasserflasche wieder auf, um zu trinken. Vertrauen? Sie würde niemandem mehr vertrauen. Hilfe? Sie würde nie mehr auf Hilfe hoffen. Sie würde die Sache selbst in die Hand nehmen.

In Tasha Bazooka reifte ein Plan.

Erst eine halbe Stunde später war sie in der Lage, mit spitzen Fingern den Brief wieder anzufassen. Sie nahm ihn an einer Ecke, hielt ihn über den Aschenbecher und zündete ihn an. Sie musste ihn nicht noch einmal lesen. Sie würde kein einziges der Wörter jemals wieder vergessen können.

Dann wusch sie sich die von den Tränen verlaufene schwarze Farbe aus dem Gesicht, machte sich frisch und schminkte sich. Sie ging ins Sekretariat und meldete sich krank. Zwei Tage nur, dann würde sie wieder fit sein, sagte sie der Sekretärin.

Zu Hause legte sie sich auf ihr Bett, setzte Kopfhörer auf und dröhnte sich zwei Stunden mit Musik zu. Dann wusste sie, wie sie weiter vorgehen würde.

# 35

Es gab nur wenige Tage im Jahr, an denen sich Peter Hartmann so auf die Arbeit freute wie an diesem. Er war früher aufgestanden als sonst, hatte sich ausgiebig geduscht, sorgfältig rasiert und ein frisches Hemd angezogen. Ein weißes. Weiß, so pflegte er immer zu sagen, ist die Farbe der Unschuld. Wenn Hartmann Weiß trug, dann versprach der Tag entweder außergewöhnlich heiß zu werden, oder Hartmann hatte einen außergewöhnlichen Termin.

Heute war beides der Fall.

Um zehn Uhr, so verkündete die Tafel vor dem Sitzungssaal 92 des Landgerichtes, würde der erste Prozesstag gegen Aksana Strobl beginnen. Die Liste der Anklagepunkte war lang. An erster Stelle standen drei Morde – die an Siegfried Eisel und an den beiden Bestattern. Hartmann hatte inzwischen sogar herausbekommen, warum die beiden Männer, die nun so gar nichts mit dem Rotlichtmilieu zu tun gehabt hatten, sterben mussten. Schade, dass er die Geschichte nicht schreiben konnte, ohne seine Quelle zu gefährden.

Im Grunde waren die beiden Bestatter nur zur falschen Zeit am falschen Ort. Als Detlef Hahn an einem plötzlichen Herztod starb, war die Strobl an Ort und Stelle. Sie überwachte zu diesem Zeitpunkt Eisel, dem Hahn die Nummer des Schließfaches nennen sollte, in dem er die Frachtpapiere und weitere Instruktionen für seine nächste Lieferung von Frauen aus Weißrussland finden würde.

Nach dem überraschenden Tod von Hahn geriet sie in Panik und gab sich zu erkennen. Sie zwang Eisel, mit ihr gemeinsam den Leichenwagen auf dessen Fahrt in die Rechtsmedizin zu überfallen, und erschoss kaltblütig die beiden Fahrer. Die Leiche zerrten sie in Eisels Kombi, entdeckten den Code und entsorgten anschließend den Leichnam von Hahn. Praktischerweise ließ die Strobl die Leiche durch Eisel auf dessen eigenem Grundstück vergraben, um ihn in der Hand behalten zu können.

Hartmann war bereits um neun Uhr vierzig auf dem Flur des Landgerichtes erschienen und hoffte, dass er noch zu den

Ersten gehörte. Nicht dass er Angst hatte, keinen Sitzplatz zu bekommen – die 92 bot mindestens dreißig Gästen Platz, und der vorsitzende Richter Engelhardt hätte ihm auch bei großem Andrang die Möglichkeit eingeräumt, am Prozess teilzunehmen. Aber er wollte die Ankömmlinge besser im Auge behalten können.

Bei den geladenen Zeugen, das hatte er schon oft beobachtet, gab es eine feste Reihenfolge des Erscheinens, fast wie nach einem ungeschriebenen Gesetz. Wer noch nie mit dem Gericht zu tun gehabt hatte, würde als Erster und ziemlich nervös im Wartebereich vor dem Verhandlungssaal aufkreuzen. Als Letzte, manchmal sogar erst nach Verhandlungsbeginn, kamen die »Profis« unter den Zeugen. Polizeibeamte etwa schlugen sich mit der Wartezeit oft einen halben Tag um die Ohren, bevor der Gerichtsdiener sie aufrief.

Hartmann wählte seinen Platz mit Bedacht. Gegenüber den Toiletten, am Ende des T-förmigen Ganges, der vom Treppenhaus bis in den Wartebereich führte, war eine Reihe von Klappsitzen an die Wand geschraubt. Er setzte sich auf den äußersten. So hatte er sowohl den Wartebereich im Blick als auch das Richterzimmer und den Treppenaufgang. Ein guter Beobachtungsposten.

Im Wartebereich saßen bereits einige – ob nun Besucher oder Zeugen, ließ sich nur schwer feststellen. Hartmann schlug die Beine übereinander, legte sein Smartphone auf den Oberschenkel und tat, als sähe er sich gelangweilt um.

Nach Hartmanns »Unterricht« bei Sternberger und seinen Lektionen bei Analisa erschien es ihm nicht mehr unmöglich, festzustellen, ob eine Frau zum horizontalen Gewerbe gehörte oder nicht. Zwar dürfte die Fehlerquote dabei recht hoch sein, aber bei den beiden gleich neben der Tür des Verhandlungssaales war er sich beinahe sicher. Sie hätten Schwestern sein können, obwohl sie einander gar nicht ähnlich sahen. Vielleicht war es die Art, wie sie sich anschauten, wie sie miteinander umgingen, wie sie sich kleideten. Nach dem, was sie redeten, mussten sie schon eine ganze Weile hier sitzen.

Dann kam – nein dann schritt ein Mann die Treppe hinauf und den Flur hinunter, der auch jederzeit in einem amerikanischen Kinofilm der fünfziger Jahre hätte mitspielen können. Khaled Bourghiba, der Eigentümer der Hotel-Bruchbude bei Saalfeld. Die beringte Hand auf einem polierten Stock, schwarze Lackschuhe, ein vanillefarbener Dreiteiler mit dunkelblauem Einstecktuch, brauner Teint und weiße Haare. Er nickte freundlich grüßend nach rechts und links, dann setzte er sich separat auf einen der Polsterstühle im Wartebereich und stellte seinen Spazierstock vor seine geschlossenen Knie. Als eine Justizbeamtin vorbeieilte, erhob sich der Tunesier höflich und deutete eine Verbeugung an.

Die Beamtin hielt irritiert inne, schloss dann den Verhandlungssaal auf und öffnete die Doppeltüren.

»Der Verhandlungssaal ist geöffnet«, sagte sie an die Anwesenden gewandt. »Wer als Zeuge geladen ist, muss nach der Eröffnung des Prozesses wieder hier draußen Platz nehmen. Sie dürfen natürlich auch gleich hier warten.«

Einige, offenbar Besucher, sprangen sofort auf und drängten in den Saal, vermutlich auf der Jagd nach den Plätzen mit dem besten Sichtfeld. Hartmann war ein wenig enttäuscht. Da beherrschten die Morde und die Verhaftung wochenlang die Schlagzeilen, und dann kamen gerade mal ein Dutzend Neugierige zu dem Prozess.

Ebenso wie der scheinbar aus der Zeit gefallene Bourghiba sah auch Staatsanwalt Heiko Walser wie aus dem Ei gepellt aus. Er hatte seine Robe über einen großen Aktenkoffer gehängt und marschierte energisch ausholend auf den Verhandlungssaal zu, die am Eingang Wache haltende Justizbeamtin mit keinem Blick würdigend.

Schließlich erschienen auch Frank Hölbing und Steffi Schmaerse beide noch um zehn. Hölbing nickte höflich, und Steffi Schmaerse schien sich nicht sicher, mit welchem Maß an Vertraulichkeit sie Peter Hartmann begrüßen sollte. Sie beließ es bei einem unentschiedenen Händedruck und setzte sich zu ihrem Kollegen, der sich instinktiv weit außerhalb der Hörweite des Journalisten platziert hatte.

Richter Engelhardt trat aus seinem Zimmer. Er repräsentierte die Würde selbst. Fast zwei Meter groß und schon weit über sechzig hatte er ein markantes Gesicht, das ebenso Strenge wie Güte ausstrahlen konnte. Hartmann kannte Engelhardts Standardspruch, wenn er sich dem Publikum und den Prozessbeteiligten vorstellte: »Welcher Teil meines Namens in Kraft tritt, hängt auch von Ihnen ab, meine Damen und Herren.« Und wehe, einer lachte dabei.

Engelhardt wünschte im Vorbeigehen den Anwesenden einen guten Morgen und ging in den Beratungsraum hinter dem Verhandlungssaal.

Wieder waren Schritte auf der Treppe zu hören. Zwei Justizbeamtinnen brachten Aksana Strobl zur Verhandlung. Gleich drei Fotografen umschwirrten das Trio und versuchten, ein Bild der Angeklagten zu bekommen. Diese schützte sich mit einer aufgeschlagenen Aktenmappe, die sie mit den gefesselten Händen vor das Gesicht hielt.

Die Tür zur Damentoilette wurde geöffnet. Hartmann sah Tasha Bazooka, mit einem fast knöchellangen Mantel bekleidet. Er war irritiert. Was machte Bazooka hier? Er wollte aufstehen und sie begrüßen, blieb aber sitzen, als er sah, dass sie ihn gar nicht wahrnahm, dass sie ausschließlich Aksana Strobl fixierte und aus der Manteltasche einen furchtbar groß aussehenden Revolver zog.

»Leibowitz«, schrie Bazooka, woraufhin diese die Mappe vom Gesicht wegnahm und Bazooka den Revolver hochriss.

Als der erste Schuss krachte, raste Hartmann ein stechender Schmerz durchs Trommelfell. Einer der Fotografen, gerade noch auf das Gesicht der Angeklagten fixiert, ließ seine Kamera fallen, ein anderer sprang so zur Seite, dass er mit der Schulter gegen einen Türrahmen knallte. Die Justizbeamtinnen rissen beide an der Führungskette, die an der Handfessel befestigt war – beide allerdings jeweils in ihre Richtung. Direkt über dem Hosenbund von Aksana Strobl breitete sich ein dunkler Fleck aus.

Als der zweite Schuss krachte, schien ihre linke Schulter förmlich zu explodieren.

»Für Sveta«, schrie Bazooka, die Mühe hatte, den Revolver zu halten.

Hinter Hartmann kreischten ein paar der Wartenden.

»Runter«, brüllte eine Männerstimme, wahrscheinlich die von Hölbing. Dann: »Waffe weg!«

Die Strobl verdrehte die Augen, wankte.

Der dritte Schuss riss ihr die linke Gesichtshälfte weg. Blut spritzte der Justizbeamtin, die sich gerade noch vor die Angeklagte werfen wollte, ins Gesicht und auf die Bluse. Ein Schatten flog an Hartmann vorbei.

Bazooka zielte erneut, als sie endlich von Hölbing umgerissen wurde. Als ihr Gesicht auf dem Boden auftraf, hörte man überdeutlich, wie das Nasenbein brach. Der Revolver schlitterte ein paar Meter in Richtung der Getroffenen. Die hockte auf den Knien. Eine Justizbeamtin suchte sie zu stützen. Türen wurden aufgerissen, Getrappel auf dem oberen Flur. Hölbing und Schmaerse fixierten Tasha Bazooka auf dem Boden. Von ihr ging jedoch keinerlei Gegenwehr aus. Sie hob den Kopf und sah ihr Opfer hasserfüllt an.

»Verrecke!«, rief sie ihr zu.

Ein Beamter drängte die Schaulustigen aus dem Wartebereich in den Verhandlungssaal. Einer der Fotografen hielt sich am Treppengeländer fest und kotzte auf die Stufen.

Aksana Strobl war auf die Seite gesackt. Ihre Beine begannen, konvulsivisch zu zucken. Aus ihrem Hals pulste in Schwallen das Blut.

»Einen Arzt«, schrie eine der Beamtinnen. »Wann kommt denn endlich ein Arzt?«

Die andere schloss der Angeklagten die Handschellen auf, versuchte, sie in eine stabile Seitenlage zu bekommen. Doch die panisch zuckenden Beine ließen das nicht zu. Die Strobl riss den Mund weit auf, aber kein Laut drang aus ihrer Kehle.

Ein Justizbeamter packte Hartmann am Ärmel.

»Gehen Sie dort in den Raum«, wies er auf den Verhandlungssaal.

Tasha Bazooka lag noch immer auf dem Bauch, das Knie von Kommissar Hölbing auf der Wirbelsäule. Sie hatte Mühe, den Kopf zu heben. Aus ihrer gebrochenen Nase sickerte ein wenig Blut. Blass war sie. Als die Zuckungen der Mörderin nachließen und deren Muskeln erschlafften, lächelte sie. Selig fast.

»Sveta«, flüsterte sie.

## Nachwort des Autors

Nein, ich konnte es nicht lassen. Es macht mir so eine Freude, den Polizeireporter Peter Hartmann und die Kommissarin Steffi Schmaerse in die Spur zu schicken, dass Sie, lieber Leser, nun einen vierten Krimi der Reihe in der Hand halten. Natürlich sind die beiden Protagonisten ebenso erfunden wie der Rest der Geschichte. Das Leben, auch das erdachte, steckt ja oft voller Überraschungen, und so führt in diesem Fall eine verschwundene Leiche die beiden tief ins Rotlichtmilieu.

Für die Hilfe bei der Arbeit bin ich einer ganzen Reihe von Menschen zu Dank verpflichtet. An erster Stelle möchte ich dabei meine Frau Beate nennen. Sie ist nicht nur meine erste Leserin und Kritikerin, sie erträgt auch mein Murren, wenn ich mal wieder stecken geblieben bin, und stärkt mir den Rücken, wenn ich glaube, aus meiner Geschichte würde nie ein Manuskript.

Meine Lektorin Dr. Marion Heister hat sich der Mühe unterzogen, meinen Text auf Unzulänglichkeiten abzuklopfen und mit mir gemeinsam so lange zu schleifen, bis alles stimmig war. Dafür herzlichen Dank!

Nicht namentlich nennen möchte ich die Polizistinnen und Polizisten der Landespolizei Thüringen, die mir bei vielen Details geholfen haben. Danke, dass ihr immer ein offenes Ohr für meine oft nervenden Fragen habt.

Um aus einem Manuskript ein Buch zu machen, bedarf es allerdings noch viel mehr. Hier kommen die Mitarbeiter des Emons-Verlags Köln ins Spiel, die sich um Korrektur und Satz, um Pressemeldungen und Lesetermine, um Vertrieb und um Marketing kümmern. Ohne sie wäre dieser Krimi nicht entstanden.

Vor allem aber danke ich Ihnen, lieber Leser, dass Sie dieses Buch in die Hand genommen haben. Für Sie ist es geschrieben. Missfällt es Ihnen, sagen Sie es mir ruhig. Finden Sie es klasse, dann sagen Sie es allen anderen.

Ob es einen fünften Fall für Hartmann und Schmaerse geben wird? Wer weiß das schon? Das Leben, auch das erdachte, steckt ja oft voller Überraschungen.

Klaus Jäger

Klaus Jäger
**ROSTBRATWURST**
Broschur, 240 Seiten
ISBN 978-3-95451-154-9

*»Ein Roman nicht nur für Bratwurstfans, sondern für alle Liebhaber von Spannung und Action.«* MDR

Klaus Jäger
**THÜRINGER QUELLE**
Broschur, 288 Seiten
ISBN 978-3-95451-393-2

*»›Thüringer Quelle‹ ist ein spannendes Porträt des Mikrokosmos Dorf.«* Thüringer Allgemeine

www.emons-verlag.de